도시의 전사 1

도시의 전사 1

초판1쇄 인쇄 | 2017년 4월 20일
초판1쇄 발행 | 2017년 4월 28일

지은이 | 이원호
펴낸이 | 박연
펴낸곳 | 한결미디어

등록일자 | 2006년 7월 24일
등록번호 | 제25100-2006-152호
주소 | 서울시 마포구 모래내로 83 한올빌딩 6층
전화번호 | 02 · 704 · 3331
팩스번호 | 02 · 704 · 3360

ISBN 979-11-5916-051-6 979-11-5916-050-9(set) 04810

도시의 전사 1

한결미디어
HANGYEOL
MEDIA

저자의 말

'도시의 전사(戰士)'는 테러단의 사냥꾼이며 편제는 미 육군 특수 부대 정찰대대 소속의 직업군인으로 구성된 암살 팀입니다. 각 팀은 5~8명으로 구성되었는데 테러단의 제거만이 목표입니다.

수단 방법을 가리지 않고, 시간, 장소, 환경에 구애받지 않으며 목표를 제거하는 것입니다.

그것은 공공장소에서 시민의 다소(多少)를 개의치 않는다는 뜻입니다.

주인공은 한국계 미국인으로 정찰대 팀장입니다.

그는 바그다드 시내 한낮에, 사람들이 들끓는 찻집 안에서 테러단원 하나를 목을 부러뜨려 죽임으로써 단숨에 주목을 받습니다.

'바그다드의 도살자'가 되어서 유튜브에 수억 회 조회 수를 기록하는 명사(名士)가 된 것입니다.

그때부터 주인공의 파란만장한 일대기가 전개됩니다.

군(軍) 지휘부는 일단 그를 파리의 미 대사관에 보내 명성(名聲)이 가라앉기를 기다리지만, 무참한 죽임을 당한 단원이 소속된 테러단은 타 테러단과 합종연횡하며 그를 쫓아 복수와 명예 회복을 꾀합니다.

테러단의 요청을 받고 그를 쫓던 북한의 '특공조장'과의 조우, CIA의 배신, 그리고 북한 '특공조장'의 도움, 이제 둘은 한 팀이 되어서 CIA와 테러단을 함께 상대하게 됩니다.

파리에서 자카르타, 미얀마를 거쳐 베트남으로 빠져나가는 끝없는 추적과 도피, 메콩강을 따라 갈라진 남과 북, 그리고 순간순간 엉켰다가 헤어지는 여자들.

결국 '그'는 한국인으로 한국에 돌아와 또다시 '북한' 테러단을 상대해야 합니다.

재미있게 읽어 주시기를 기대합니다.

2017. 4. 2. 이원호

목 차

1장 몬스터

"타깃이 보임."

리시버에서 톰의 목소리가 울렸다.

"경호원 2명, 그런데 시장 쪽으로 감."

톰의 목소리가 조금 흔들렸다.

"시장 쪽으로, 젠장."

제임스가 손에 쥔 AA무전기의 버튼을 누르고 말했다.

"기다려, 시야는 확보된 거냐?"

"다 보임."

"그럼 보고 있어."

손을 내린 제임스가 옆에 선 러셀을 보았다. 러셀도 리시버로 같이
들었다.

"아무디가 시장으로 들어갔는데, 젠장."

"저격은 글렀잖아, 보스."

그때 다시 톰의 목소리가 울렸다.

"시장 안 파이드 찻집으로 들어감."

파이드 찻집은 제임스도 안다. 노인들 단골이 많고 항상 시끄러운 곳이다. 출구는 세 곳.

"파이드 찻집으로 들어갔어, 그 개자식이."

이마의 땀을 손바닥으로 닦은 제임스가 러셀에게 말했다.

"러셀, 너하고 나 둘이 가자."

"파이드 찻집으로?"

러셀의 이맛살이 찌푸려졌다.

"거기서 해치우겠다고?"

"넌 엄호해."

"퍽."

둥근 어깨를 부풀린 러셀이 욕설을 뱉더니 콧수염을 손으로 다듬었다. 제임스가 찌그러진 문을 밀고 밖으로 나왔다. 더러운 회색빛 로브에 머리에는 케피에를 써서 이마와 목까지 가렸다. 짙은 콧수염을 기른 데다 피부도 햇볕에 그을렸지만 현지인 행세를 할 수는 없다. 얼핏 눈에 띄지 않을 뿐이다.

뒤를 따르는 러셀도 마찬가지, 러셀은 백인이어서 햇볕에 탄 피부가 붉다. 다만 콧수염 턱수염이 무성했기 때문에 동양인인 제임스보다는 나은 편이다.

"퍽큐, 더럽게 덥군."

투덜거리면서 뒤를 따르는 러셀의 로브 밑에서 금속 부딪치는 소리가 났다. 헐렁한 로브는 안에 무기를 숨기기에 적당하다. 그래서 자살폭탄 테러범이 안에 잔뜩 폭탄을 감고 다가와도 표시가 나지 않는다.

지금 러셀은 목에 우지 기관총에다 수류탄 네 발, 소음기가 끼워진 권총에다 탄창 5개, 그리고 만일의 경우에 대비한 화염탄 2개까지 매달고 있다. 지금까지 제임스와 러셀은 시장 건너편 상가 건물 3층에서 대기하고 있었던 것이다. 오늘 작전은 아무디 제거. 한 달 가깝게 계획을 세웠지만 수백 가지 변수가 생기는 법, 오늘도 상가 건물 옥상에 저격조인 톰과 크린을 배치시켜놓고 아무디가 사무실에서 나와 주차장으로 갈 때 저격할 예정이었다. 거리는 250미터, 그런데 아무디가 걸어서 반대편 시장으로 들어가 버렸다.

"어떻게 된 거야?"

주차장에서 기다리던 미켈슨 조가 물었으므로 제임스가 손에 쥔 마이크를 입에 붙였다.

"넌 대기해, 나하고 러셀이 직접 처리한다."

"퍽, 결국은 우리가 맡는군."

뒤를 따르던 러셀이 다시 투덜거렸다. 28세, 100킬로의 체중이지만 순발력이 뛰어났고 특히 육박전의 명수다. 제임스하고 격투기를 겨루면 승률은 6 대 4, 물론 제임스가 6이다. 더러운 계단을 내려가던 제임스가 올라오는 여인들을 피하면서 러셀에게 말했다.

"러셀, 내가 곧장 들어가 아무디를 처치할 테니까 넌 주변을 맡아라."

"알았어, 몬스터."

"닥쳐, 이 자식아."

그때 옥상의 저격조 크린이 물었다.

"우린 여기서 대기야? 더워 죽겠어."

"내가 처치할 때까지 기다려."

주의를 둘러본 제임스가 옥상과 주차장에서 대기하고 있는 2개 조에게 다짐하듯 말했다. 이제 거리로 나와 서 있다.

"기다려라. 우리가 끝내면 같이 철수한다. 저격조는 찻집 정문을 주시하도록."

그러고는 제임스가 다시 발을 떼었고 러셀이 뒤를 따른다. 길을 건넜더니 바로 시장이다. 오후 1시 반, 바그다드의 중심가인 모하메드 거리. 아직 부서진 건물이 많았고 주인 없는 개떼들이 차와 사람들 사이를 오갔지만 시장은 활기에 차 있다. 뜨거운 햇살을 받으며 제임스는 인파를 헤치면서 파이드 찻집으로 다가갔다. 아무디는 수입상 행세를 했지만 탈레반에 자금을 대면서 미국 측에도 정보를 주는 이중 정보원이다. 그러나 그것을 탈레반과 미국 양측이 알고 있었던 것이다. 따라서 이제 용도 폐기할 때가 되었다. 제임스가 거침없이 찻집 안으로 들어섰다.

아무디가 원탁에 앉아 있다. 앞쪽에 앉은 사내는 얼굴이 온통 수염으로 뒤덮였다. 아무디는 챙 없는 둥근 모자 페즈를 쓰고 흰 로브를 입었으나 앞쪽 사내는 케피에를 썼다. 그리고 왼쪽 테이블에 아무디의 경호원 둘, 오른쪽에는 수염쟁이 일행 셋, 경호원 같다. 찻집 안은 손님들로 가득 찼고 소란스럽다. 웃음소리, 부르는 소리, 서성대는 사람, 제임스는 누구를 찾는 시늉으로 안을 둘러보면서 아무디를 향해 다가갔다. 뒤를 러셀이 따른다. 제스처가 서툰 러셀은 두 걸음 간격을 두고 제임스의 등판을 응시한 채 발을 떼고 있다. 사내와 이야기를 하던 아무디가 힐끗 제임스를 보았지만 다시 시선을 돌린다. 물담배를 피우는 사내들이 많아서 찻집 안은 매캐한 냄새로 가득 차 있다. 여섯 걸음 간격이 되었을 때 제임스는 아무디의 경호원 둘이 긴장하는 것을 보았다. 그러나 시선을 준 채 움직이지는 않는다. 세 걸음 거리로 다가갔을 때 아무디 앞쪽 사내가 빤히 제임스를 보았다. 시선이 마주쳤을 때 제임스가 눈인사를 했다. 한 걸음 간격이 되었다. 사내가 머리를 기울이는 것이 '누군가?' 하고 생각하는 것 같다. 그때 아무디가 머리를 돌려 제임스를 보았다. 바로 옆으로 제임스가 다가갔기 때문이다. 옆으로 지나가는 것이다. 그 순간 제임스가 두 손으로 아무디의 두 볼을 감싸 안고는 몸을 딱 붙이면서 와락 두 손을 엇갈리게 비틀었다.

"뚜두둑."

나무 부러지는 소리가 들리면서 아무디의 얼굴이 등 쪽으로 돌아갔다. 뒤쪽으로 돌아간 아무디의 얼굴은 놀란 표정이다. 눈동자가 흔들렸고 입을 딱 벌렸다.

"아앗!"

그 순간에 놀란 외침을 뱉으면서 아무디의 경호원 둘이 자리를 차고 일어섰다. 그때였다.

"타타타타타타타타!"

로브를 추켜올리면서 우지 기관총 손잡이를 쥔 러셀이 그 둘을 향해 쏘아 갈긴 것이다.

"타타타타타타타타!"

다시 총구가 돌려지면서 아무디 앞쪽 사내의 경호원들이 빗발 같은 총탄을 맞고 사지를 흔들었는데 춤을 추는 것 같다. 그때서야 제임스가 로브를 들치고는 베레타92F를 꺼내 쥐었다. 그러고는 아무디 앞쪽 사내를 향해 총구를 겨누었다. 사내는 그대로 자리에 앉아 있었던 것이다. 사내와 시선이 마주쳤을 때 제임스가 픽 웃었다. 사내의 표정이 담담했기 때문이다.

"타타타타타타!"

다음 순간 뒤쪽에서 다시 우지의 발사음이 들리더니 사내의 가슴과 얼굴에 총탄 구멍이 뻥뻥 뚫렸다.

"가자!"

제임스가 소리쳤는데 그때는 찻집이 아수라장이 되었기 때문이다. 근처 테이블은 대부분 뒤집혔고 손님들은 엎드렸거나 도망치는 중이다. 제임스는 앞장서서 찻집을 뛰쳐나왔는데 손님들 사이에 끼어 있어서 밖에서는 구분되지 않았을 것이다. 그때였다.

"꾸꽈꽝!"

뒤쪽에서 폭음이 울리면서 등 쪽으로 뜨거운 기운이 느껴졌다. 러셀이 찻집을 나오면서 화염탄을 던진 것이다. 거리로 엄청난 파편이 쏟아져 나왔고 비명이 울렸다. 제임스도 케피에 끝에 불길이 붙어서 손으로 털어 꺼야만 했다. 시장 입구로 군중들과 함께 달려 나온 제임스가 무전기에 대고 말했다.

"A 지점으로 모여서 철수한다."

"알았습니다."

저격조 톰이 먼저 대답했고 곧 주차장에서 기다리던 미켈슨이 대답했다.

"지금 갑니다!"

그로부터 10분쯤 후에 팀원 8명은 승합차에 타고 달리는 중이다.

"너희들, 아무디를 어떻게 없앴는지 알려줄까?"

우지 기관총을 조립하던 러셀이 불쑥 말했으므로 모두의 시선이 몰렸다. 앞쪽 운전석 옆자리에 앉은 제임스가 눈을 치켜떴지만 돌아보지는 않았다.

"목 부러지는 소리가 끔찍했어."

러셀이 어깨를 움츠리면서 제임스가 아무디의 목을 부러뜨리는 장면을 이야기했다.

"얼굴이 등 쪽으로 돌았어도 눈이 껌벅이더란 말이야."

러셀이 눈을 치켜뜨고 떠들었다.

"난 우지를 갈겨대면서도 그놈이 입도 달싹이는 것을 보았어."

승합차 안이 조용해졌다.

"넌 몬스터야."

여단장 우드로 준장이 말했다. 대머리에 붉은 얼굴, 키가 170밖에 되지 않지만 목이 없고 상체가 발달되어서 별명이 고릴라다. 정식 별명은 '대머리 고릴라'인데 줄여서 그렇다. 이라크에 파견된 미 육군 특수정찰대 소속 제2여단장 우드로 잭슨, 직속상관은 특수정찰대장 마빈 워커 중장, 마빈 중장은 펜타곤에 있으니까 이라크에서는 우드로가 대장이다.

제임스가 눈만 껌벅이고 서 있었으므로 우드로가 입맛을 다셨다.

"야 노랭이, 듣나?"

"물론입니다, 보스."

"이 개자식."

어깨를 부풀린 우드로가 제임스를 노려보았을 때 옆쪽에 서 있던 토니 중령이 얼굴을 일그러뜨렸다. 웃음을 참는 것이다. 그것을 본 우드로의 얼굴이 시뻘게졌다.

"중령, 넌 왜 웃어? 이 개자식아."

"장군, 저 자식 성격이 개 같습니다."

"나도 알아, 개자식아."

"저 자식한테 노랭이라고 했다가 깁슨 대위가 똥 먹었다는 소문 들으셨지요?"

"그래서 저 새끼가 장군인 나를 어떻게 한단 말이냐? 저 노랭이가?"

그때 토니 마틴이 주위를 둘러보는 시늉을 했다. 이곳은 바그다드 동북방의 미 주둔군 사령부 안, 우드로의 사무실에는 그들 셋뿐이다. 오후 5시 반, 제임스는 모하메드 거리의 작전에 대한 우드로의 평가를 듣는 중이다. 토니가 대답했다.

"아닙니다, 장군. 저놈이 장군을 보스로 부른 건 심기가 불편하다는 뜻이지요, 저놈이 장군을 해코지할 리가 있습니까?"

"말이 이상한 곳으로 나갔군."

"그렇습니다, 장군."

"너 때문이야, 중령. 입 닥치고 있어."

"예, 장군."

키가 크고 어깨가 넓은 토니 마틴은 여단 작전참모다. 여단이라고 명칭은 붙었지만 특수정찰대는 대테러 부대로 1개 여단에 12개의 작전팀, 7개의 기술팀, 8개의 드론팀, 4개의 분석팀, 3개의 지원팀으로 구성되었다. 제임스는 제4 작전팀장인 것이다. 우드로가 머리를 들고 제임스를 보았다.

"상사, 너 군대 생활 몇 년째야?"

"예, 10년째올시다, 장군."

이제는 제임스도 정색하고 똑바로 섰다. 아직 로브 차림이었지만 케피에는 벗어서 부스스한 머리가 드러났다. 우드로가 눈을 가늘게 떴다.

"상사, 찻집 안에서 네가 아무디를 죽인 장면이 CCTV 화면에 떴다."

제임스가 몸을 굳혔다. 그 낡고 더러운 찻집에 CCTV가 설치되어 있었다니. 그때 우드로가 뱉듯이 말을 잇는다.

16

"넌 쏴 죽였다고 보고했지만 목을 부러뜨렸더군, 그 장면을 나도 보았다."

제임스의 시선이 옆에 선 토니에게로 옮겨졌다. 토니도 그런 말을 해주지 않았기 때문이다. 토니가 외면했고 우드로의 말이 이어졌다.

"그 장면이 탈레반 놈들한테도 갔겠지. 우리가 회수했지만 이미 유튜브에 퍼진 후였어."

우드로가 어깨를 부풀렸다가 내렸다.

"그리고 아무디하고 같이 있었던 놈, 그놈이 탈레반의 자금책 핫산의 사촌동생 카림이야, 넌 카림까지 죽였어."

"……."

"우리가 찾던 주요 인물 20명 중 하나지, 현상금 1백만 불이 걸려 있는 놈이야."

제임스의 시선을 받은 우드로가 쓴웃음을 지었다.

"잘 알겠지만 군인은 현상금의 10%를 받는다. 내 방에서 나가면 토니가 너한테 10만 불을 줄 거다."

"잘 쓰겠습니다, 장군."

"아직 좋아하긴 일러, 이 멍청한 놈아."

"예, 보스."

그때 어깨를 부풀렸던 우드로가 곧 쓴웃음을 지었다.

"상사, 넌 오늘밤에 이곳을 떠나야겠다."

숨을 삼킨 제임스를 우드로가 똑바로 보았다.

"너하고 같이 찻집에 들어간 러셀하고 둘이 말이다. 너희들 얼굴이 쫙 깔려서 이라크에서는 활동할 수가 없어."

"……."

"핫산이 네 얼굴을 복사해서 다 뿌릴 거다. 너 때문에 여럿이 당할 수가 있어."

"어디로 가란 말입니까?"

눈을 치켜뜬 제임스가 묻자 우드로가 담배를 꺼내 입에 물었다.

"파리로. 털 깎고 당분간 파리 미국 대사관에서 근무해."

"다 모였어, 진."

러셀이 투덜거리듯 말하고는 맨 뒤쪽 창가로 다가가 기대섰다. 오후 6시 반, 작전4팀은 상황실에 모여 있다. 팀원 티오는 본래 10명이었는데 지난달 모리스가 복부에 총상을 입어 본국으로 실려 갔고, 4개월 전에 제1 저격병 산티아고가 폭탄에 머리가 부서져 전사한 후에 보충을 받지 못했기 때문에 현재 8명이다. 제임스가 둘러앉거나 선 팀원을 보았다. 모두 내막을 알고 있는지 입을 다물고 있다. 4팀장이 된 지 11개월 15일, 그때부터 같이 생활한 팀원은 러셀을 포함해서 5명, 가장 최근에 전입한 병사, 저격조 관측수 크린이 5개월 전에 왔다.

"나 오늘밤 러셀하고 떠난다."

불쑥 제임스가 말했지만 응답하는 팀원은 없다. 제임스가 갈아입은 작업복 주머니에서 담배를 꺼내 입에 물었다.

"팀장으로 해리슨 중위가 올 거다."

"퍽!"

"비치."

이곳저곳에서 욕설이 터졌다가 곧 그쳤다. 제임스가 담배 연기를 뱉어내고 나서 머리를 들었기 때문이다.

"해리슨은 안전 제일주의야. 오히려 너희들에게 나아."

"퍽!"

톰이 어깨를 부풀리며 제임스를 보았다.

"보스, 어디로 가는데?"

"그건 알 거 없고."

"진급이나 시켜주고 보내는 거야?"

그때 이곳저곳에서 짧은 웃음이 터졌다. 12개 작전팀장 중 상사는 제임스 한 명뿐이다. 나머지 팀장은 모두 중위나 대위. 중위가 3명, 나머지는 대위였으니 4팀은 특별한 경우에 든다. 그러나 제임스의 실적을 보면 12명 중 압권이다. 1년 동안 탈레반과 반정부 간부급 24명을 암살했고 57명을 생포했다. 사살 총계는 177명, 12개 팀 중 가장 뛰어났다. 제임스는 5년 전 상사에서 반년간 간부 후보생 교육을 거쳐 소위로 임관되었다가 다시 반년 만에 상사로 강등되었던 전력이 있다. 상관과 불화 때문이었는데 제임스가 팀장으로 복귀한 것은 특수정찰대장 마빈 워커 중장의 특별지시라는 소문이 났다. 그때 제임스가 방바닥에 놓인 헝겊 가방을 들어 탁자 위로 던졌다.

"미켈슨, 가방 열어!"

중사 미켈슨이 가방 지퍼를 열더니 달러 뭉치를 탁자 위에 쏟았다. 10개, 1만 달러 뭉치다. 모두의 시선이 탁자 위로 모였고 방안이 조용해졌다.

"아무디 현상금 10만 불이다."

팔짱을 낀 제임스가 말을 이었다.

"팀원 10명이니까 계산이 딱 맞는다."

미켈슨과 톰, 크린이 제임스를 힐끗거렸지만 입을 열지는 않는다. 할 말을 참는 눈치다. 제임스가 말을 이었다.

"죽은 산티아고 가족에게 그리고 모리스한테도 보내줘, 미켈슨."

"알았습니다, 보스."

미켈슨이 대답했을 때 제임스가 소리쳤다.

"뭐해, 이 새끼들아. 한 뭉치씩 가져가."

그 순간 모두 탁자 위로 달려들어 돈뭉치 하나씩을 집었다.

"보스, 오늘밤 한잔 해야지 않겠어?"

저격병 톰이 돈뭉치를 흔들어 보이면서 말했으므로 제임스는 쓴웃음만 지었다. 밤 10시에 군용기 편으로 떠나는 것이다. 앞으로 세 시간밖에 남지 않았다. 상황실을 나온 제임스 뒤를 러셀이 따라 나왔다. 러셀은 심란한 표정이다.

"진, 파리 대사관에서 우리가 뭘 한다는 거야?"

러셀이 투덜거리듯 물었으므로 제임스가 쓴웃음을 지었다.

"파리 여자나 잡기로 하자, 러셀."

"그것도 하루이틀이지, 언제까지 거기 있는 거야?"

러셀은 28세로 8년 군 경력의 중사로 제임스보다 한 살 연하였고 손발이 맞는 팀원이었다. 어둠이 덮인 부대를 바라보면서 둘은 막사 난간에 나란히 섰다.

"난 이곳이 체질에 맞아, 도시는 나한테 안 어울려."

담배를 꺼내 문 러셀이 혼잣소리를 했다.

"한 달쯤은 견디겠지만 지겨우면 빠져나올 거야."

제임스가 팔짱을 끼고 탐조등이 쏘아 올리는 하늘을 보았다. 어디선가 기관포 발사음이 울렸는데 마치 야외 음악당의 음악 소리 같다.

"젠장, 찻집에 CCTV가 있었다니, 미치겠군."

담배 연기를 길게 뱉은 러셀이 의외로 웃음 띤 얼굴로 제임스를 보왔다.

"보스, 그럼 유튜브에 내가 신나게 쏘아대는 것도 다 돌아다닐 것 아냐?"

"제임스 진, 이 친구는 한국계예요."

재크린 파머가 말했으므로 부대사 요한슨이 머리를 들었다. 손에 서류를 쥐고 있었는데 오늘 바그다드에서 날아올 두 사내에 관한 자료다. 앞에 앉은 재크린이 서류를 읽었다.

"군 생활 10년 2개월, 은성무공훈장, 수훈장, 전투장 수여, 휴…… 전쟁영웅이네요."

재크린의 얼굴에 떠오른 웃음은 비꼬는 것이 분명했다. 이어진 다음 말이 그것을 증명했다.

"장교가 되었다가 6개월 만에 강등된 상사네요. 도대체 이라크 주둔군 사령부는 파리 대사관을 쓰레기장으로 아는 것 같습니다."

요한슨이 이맛살을 찌푸리고 재크린을 보았다.

"이봐, 영사."

"예, 부대사님."

"당신도 요즘 지쳤지?"

"괜찮습니다, 부대사님."

"당신이 쥐고 있는 서류의 제임스 진은 어제 오후에 이중첩자 아무디를 죽였다가 유튜브에 얼굴이 올랐어, 그래서 이곳으로 피신하는 거야."

"들었습니다."

"찻집에서 같이 있던 한 놈도 죽였는데 그놈이 핫산의 사촌동생 카

21

림이었어. 그래서 상금도 탔다는군.”

“핫산의 사촌동생 카림이었다고요?”

재크린이 눈을 크게 떴다.

“돈더미에 주저앉은 꼴이군요.”

“탈레반이 이를 갈고 있을 거야.”

그러고는 요한슨이 옆에 놓인 핸드폰을 재크린 앞으로 밀어놓았다.

“영상 받아놓았으니까 버튼만 눌러봐.”

재크린이 핸드폰을 쥐더니 버튼을 눌렀다. 그러자 바그다드의 찻집 안이 그대로 드러났다. 화질도 깨끗하다. 숨을 죽인 재크린이 성큼성큼 아무디를 향해 다가가는 사내를 보았다. 조금 전 이메일로 받은 제임스 진, 골칫덩이다. 그때 아무디 옆을 지나는 것 같던 제임스가 우뚝 멈춰 서더니 두 손으로 아무디의 얼굴을 감싸 쥐었다.

“앗!”

저절로 재크린의 입에서 외침이 터졌다. 사람 머리가 180도 돌려지면서 살해되는 장면은 처음 본 것이다. 재크린도 살인 기술을 배운 CIA 요원이다. 머리를 돌려 죽이는 방법도 안다. 물론 해본 적도 없지만 실제로 본 것도 이것이 처음이다.

“지독하군요.”

러셀이 우지를 내갈기는 장면을 건성으로 보면서 재크린이 혼잣소리를 했다.

“한국계가 잔인한가요?”

“제임스 진은 어머니가 한국인이야, 아버지는 스코틀랜드 이민 4세라고.”

“6살 때 부모가 이혼해서 어머니하고 둘이 살았군요.”

"그렇지, 어머니는 재혼하지 않고 제임스 진을 혼자서 키웠지, 이게 한국계 전통이야. 모성이 강하거든."

"부대사님은 어떻게 잘 아십니까?"

"내가 한국에서 3년 근무했어, 주한 8군에서."

"그렇군요."

"오후에 두 놈이 오면 재크린 자네가 관리해, 우선 며칠간 쉬게 하고."

마침내 요한슨이 정색하고 말했다. 요한슨은 파리 주재 미 대사관의 CIA 책임자인 것이다. 영사 직책인 재크린은 요한슨의 보좌역으로 파리에 온 지 1년이 되었다. 그날 오후 3시 반이 되었을 때 제임스와 러셀은 미 대사관의 2층 사무실에서 재크린과 마주보며 앉아있었다. 재크린이 코에 걸린 안경을 밀어 올리면서 제임스를 보았다.

"당분간 두 분은 프랑스 주재 CIA 소속이 된 겁니다. 그리고 두 분의 직속상관은 내가 되겠네요."

그때 러셀이 제임스를 보았다. 서로 얼굴을 마주본다는 표현이 맞다. 그러나 입을 열지는 않았다. 다시 안경을 밀어 올린 재크린이 어깨를 부풀리면서 둘을 번갈아 보았다.

"당분간 배정된 숙소에서 최소한의 동선을 유지하면서 대기할 것."

재크린이 책상 서랍에서 꽤 두툼한 노란색 비닐 봉투를 꺼내놓았다.

"봉투 안에 두 분 신분증과 생활 자금 1만 유로와 아파트 열쇠가 들어있어요. 숙소까지는 우리 요원이 데려다줄 겁니다."

재크린이 말을 이었다.

"핸드폰도 2개 들어있으니까 당분간은 받기만 하시도록, 아셨지요?"

재크린의 시선이 제임스에게로 옮겨졌다. 차갑게 느껴지는 시선이다.

"탈레반에서 '몬스터 사냥'이란 전문이 자꾸 나오고 있어서 지금 추적 중입니다."

무하마드 핫산은 마른 체격에 키가 컸고 턱수염이 무성했다. 나이는 48세, 사우디 젯다 출신으로 이집트 카이로 대학을 나온 엘리트다. 핫산 또래의 세대는 이집트 카이로에 유학을 다녀오는 것을 명문가(名門家)의 전통으로 여겼기 때문이다. 오후 10시 반, 요르단의 수도 암만의 주택가는 이미 조용하다. 벽 쪽의 양탄자 위에 금박을 입힌 방석을 팔받침 삼아 기대앉은 핫산이 손에 쥔 묵주를 굴리면서 건너편 벽 앞에 앉은 무카리에게 물었다.

"카림을 쏜 놈은 러셀이라는 돼지였어, 나도 유튜브를 봤다."

"예, 존경하는 핫산, 맞습니다. 계급은 중사, 제임스 진 팀의 부팀장이지요."

무카리가 공손하게 대답했다. 흰 로브를 입고 둥근 페즈를 쓴 무카리는 핫산과 대조적으로 비대한 체격이다. 수염도 기르지 않아서 붉고 살찐 얼굴이 다 드러났다. 42세, 탈레반의 정보원 중 하나로 조금 전에 쿠웨이트에서 날아왔다. 무카리가 말을 이었다.

"알라의 이름으로 말씀드립니다, 핫산. 제임스 진과 러셀은 이틀 전에 부대를 떠났는데 귀국했다는 소문이 났습니다."

"귀국?"

쓴웃음을 지은 핫산의 검은 눈동자가 번들거렸다.

"어디서 들은 소문이야?"

"부대에 심어놓은 정보원이 듣고 말해준 것입니다."

"그놈들을 통해서 역정보를 흘리는 거지."

이 사이로 말한 핫산이 담배를 꺼내 입에 물었다. 말보로다. 무카리가 굳어진 채 핫산을 응시하고 있다. 무하마드 핫산은 자금책이지만 서열이 높다. CIA가 매긴 탈레반 내 서열은 6위지만 내부에서는 수장(首長) 압둘 가민과 해방군 사령관 사우드 아즈란에 이어서 세 번째다. 그만큼 수장 가민의 신임을 받는다는 증거도 될 것이다. 핫산이 지그시 무카리를 보았다.

"무카리, 너는 몇 단계를 거쳐서 이 정보를 가져왔나?"

"예, 알라께 축복을. 세 단계를 거쳤습니다. 그리고 이곳에 올 적에는 잘 아시겠지만……."

"알고 있어, 무카리. 네가 미행을 달고 왔다는 말이 아니다."

"알라의 이름으로 말씀드립니다. 지금 두 놈을 찾으려고 전(全) 정보원이 동원되었습니다."

"유튜브 영상이 전 세계에 깔렸어."

이제 핫산의 검은 눈동자가 무카리를 응시했지만 초점이 멀다. 핫산의 목소리에 억양이 없어졌다.

"놈들의 무자비한 살인 장면의 조회 수가 3억 뷰가 되었다. 이건 우리들을 모욕하는 것이나 같다."

"그렇습니다. 알라의 이름으로……."

"알라는 그만 찾아, 이 병신아."

핫산이 낮게 말했지만 무카리의 몸이 굳어졌다. 이곳은 핫산의 안가(安家), 무카리는 처음 방문했다. 집 안은 조용하지만 10여 명의 경호원을 보았다. 이곳에 올 적에도 그 숫자만큼의 경호원이 미행을 체크했고 호위했다. 그때 핫산의 말이 이어졌다.

"총 맞아 뒈진 카림이 내 사촌동생이기 때문이 아냐, 이것은 위대하신 수장 압둘 가민의 지시다."

"예, 알라의 이름으로……."

"닥쳐, 이 병신아."

"예, 위대하신……."

숨을 멈춘 무카리가 시선을 내리고는 손바닥으로 얼굴의 땀을 닦았다. 넓은 응접실은 강한 에어컨 바람으로 추울 정도였지만 무카리는 식은땀을 쏟고 있다. 핫산이 한 마디씩 또박또박 말했다.

"내가 널 부른 건 그 알량한 정보를 듣자는 게 아니다, 무카리."

"예, 핫산."

"너, 프랑스 국적이지?"

"그렇습니다, 핫산."

"지금 프랑스로 떠나라."

숨을 들이켠 무카리를 향해 핫산이 얼굴을 일그러뜨리며 웃었다.

"그 두 놈이 지금 파리의 미국 대사관 소속으로 가 있다."

무카리는 몸을 굳혔고 핫산의 말이 이어졌다.

"요즘에는 모두 해킹당하고 도청당하는 터라 다시 옛날에 비둘기가 가져가는 방법을 쓰는 게 가장 안전하다."

핫산이 손을 까닥여 다가오라는 시늉을 했다. 무카리가 서둘러 다가가 앞에 앉았을 때 핫산이 무카리의 귀에 입술을 붙이고 말했다.

"잘 들어, 무카리."

"지겹군."

사흘째 되는 날 아침, 토스트에 딸기잼을 바르면서 러셀이 투덜거렸다. 오전 7시 반, 군(軍)의 습성이 몸에 밴 둘은 정확히 6시면 기상한다.

어젯밤에도 위스키를 한 병씩 마셨어도 그렇다. 셔츠에 반바지 차림의 러셀은 씻지도 않아서 머리가 덥수룩했고 수염도 깎지 않았다. 러셀이 앞에 앉은 제임스를 보았다.

"이렇게 일주일만 더 지내면 미쳐버릴 것 같아."

"이 자식아, 앞으로 한 달은 더 버텨야 돼."

제임스가 어제 근처 빵 가게에서 사온 바게트를 뜯어 먹으면서 말했다. 한 달 동안 적응 훈련을 받게 되는 것이다. 그러고 나서 재배치 결정이 날 것이었다.

"아프가니스탄으로 보내달라고 해야겠어."

우유 잔을 집으면서 제임스가 말했다.

"내일부터 자유시간을 준다니까 밖으로 나갈 수 있나 알아보자."

이곳은 몽마르트르 클리시 거리 안쪽에 위치한 2층 건물의 2층이다. 단독주택으로 침실이 3개에 거실도 컸고 찻길에서 떨어진 골목 안이라 조용했다. 1층에는 주인 부부가 살았는데 출입구가 달라서 마당에 나온 모습만 눈으로 익혔을 뿐이다. 둘 다 백발의 노인으로 외출도 거의 하지 않는 것 같다. 창가로 다가가 선 러셀이 제임스를 보았다.

"진, 재크린한테 나 달라스에 며칠 다녀오겠다고 하면 안 될까?"

"달라스에는 왜?"

제임스가 잔을 내려놓고 러셀을 보았다.

"메리가 달라스로 갔어."

쓴웃음을 지은 러셀이 말을 이었다.

"메리 어머니가 달라스에 살거든."

"……."

"지난번에 전화했더니 그놈하고도 헤어졌다고 했어."

다시 우유 잔을 쥔 제임스가 다 마시고 내려놓았다. 메리는 러셀의 전처다. 3년 전에 메리와 결혼한 러셀은 1년 반 만에 이혼했지만 지갑에는 계속해서 사진을 넣고 다닌다. 그뿐만 아니라 시간만 나면 전화를 했고 만나는 남자에 대해 조언도 해주는 관계다. 팀원 중에서 그것을 알고 있는 사람은 제임스뿐이었는데 전사할 때 유해 수취인이 러셀의 부친으로 변경되었기 때문이다. 손등으로 입가에 묻은 우유를 닦은 제임스가 물었다.

"만나서 뭐 하려고?"

"내가 그동안 모은 돈도 있고 그리고 이야기할 것도 있어서……."

시선을 내린 러셀이 얼버무렸다. 자리에서 일어선 제임스가 러셀 옆으로 다가가 창에 쳐진 블라인드 사이로 마당을 내려다보았다. 주인 할머니가 작은 화단에 쪼그리고 앉아 잡초를 뜯고 있다.

"러셀, 내가 이런 말 안 하려고 했지만……."

그때 제임스의 말을 러셀이 잘랐다.

"그럼 하지 마, 진."

"너 바보냐?"

제임스가 마당을 응시한 채 말을 이었다.

"네가 보내준 돈으로 메리는 딴 놈하고 놀아난다. 더구나 넌 이혼했어."

"내 잘못이야, 내가 전쟁터로 돌아다니는 바람에……."

"병신아, 메리는 그것을 알고 결혼했어. 네가 결혼했을 때도 아프가니스탄에 있었다고, 잊었어?"

제임스의 목소리가 높아졌다. 러셀은 결혼 한 달 후에 전장으로 돌아왔고 메리는 두 달 후부터 바람을 피웠다. 요즘은 화상통신 시대다.

전장에서도 미국 어느 곳에 있는 상대와도 통화할 수가 있다. 그때 러셀이 말했다.

"진, 넌 모른다."

"그래, 내가 모르는 걸 알려줘 봐, 병신아."

다가선 제임스가 러셀의 어깨를 어깨로 밀었다. 비틀대던 러셀이 중심을 잡더니 말을 이었다.

"쓰레기 같은 년이라도 생각할 대상이 있다는 건 행복한 거야."

"몬스터 철학자가 등장했군."

"네가 몬스터야, 병신아."

그러면서 러셀이 어깨로 힘껏 제임스를 밀었지만 예상했던 제임스가 몸을 틀었다. 상반신이 기울어진 러셀이 당황했을 때 제임스가 어깨를 끌어당기면서 중심을 잡은 다리 한쪽을 발로 걸었다. 러셀이 바닥으로 뒹굴면서 의자가 넘어졌다. 그러자 정원에 쪼그리고 앉았던 할머니가 머리만 돌려 이층을 보았다. 창에서 몸을 비킨 제임스가 러셀에게 말했다.

"그걸 알아야 돼, 러셀. 메리는 이제 너를 이용하고 있는 거야 너한테 전혀 애정도, 미안한 감정도 없는 상태에서 말이다."

제임스가 식탁으로 다가가며 말을 이었다.

"나 같으면 다 죽였다, 만난 남자 놈들까지 다."

CIA 정보관 윌리엄 우드가 앞에 앉은 요한슨과 재크린을 차례로 보았다.

"부국장께 보고 하는 건 내 소관이죠, 곧 연락이 올 겁니다."

미국 대사관의 부대사실 안이다. 오후 4시 반, 부대사 요한슨이 눈을 가늘게 뜨고 앞쪽에 놓인 컴퓨터 화면을 보았다. 정지 상태로 된 화면에는 열차에서 내리는 사내에게 동그라미가 쳐져 있었는데 바로 탈레반의 정보원 무카리다. 무카리가 파리 지하철역 6군데에서 찍힌 사진들이 모니터에 저장되어 있는 것이다. 무카리는 정보원 겸 연락원이다. 그래서 CIA는 무카리를 비둘기라고 부른다. 그때 재크린이 물었다.

"무카리가 갑자기 파리에 나타났다고 비상을 걸 필요가 있나요? 지난봄에는 IS의 징병관이 나타났었는데도 놔뒀는데."

그렇다. 석 달 전 IS의 최고회의 위원이며 징병관 모감바가 파리에 나타났던 것이다. 모감바는 결국 인터폴의 추적을 받고 스페인 마드리드에서 사살되었지만 CIA 파리 지부는 비상 상황이 아니었다. 윌리엄의 얼굴에 쓴웃음이 떠올랐다.

"무카리와 모감바의 목적이 다르지. 모감바는 징병 때문에 왔지만 무카리는 아냐."

"그럼……."

말을 그친 재크린이 숨을 들이켰다. 이맛살이 찌푸려져 있다.

"저 두 병사 때문인가요?"

"우리 분석팀이 내린 결론이야, 영사."

윌리엄의 푸른 눈동자가 차갑게 반짝였다. 윌리엄은 대사관 소속 문화 협력 업체 대표 행세를 하지만 부대사 요한슨 다음 서열이다. 또한 작전팀을 운영하고 있어서 프랑스의 CIA 행동책이기도 하다. 윌리엄이 말을 이었다.

"놈이 서둘고 있는 것도 그 증거야. 지하철역 CCTV에 6번이나 노출되었다는 건 작전이 활발하게 전개되고 있는 거야."

차나 도보 활동은 오히려 더 노출될 수가 있는 것이다. 그때 요한슨이 물었다.

"둘을 제거하려는 걸까?"

"그건 아직 모르지만 탈레반의 이름이 걸려있는 작전이 된 거요, 요한슨."

정색한 윌리엄이 둘을 번갈아 보았다.

"탈레반은 물론 IS, 알 카에다 조직까지 몬스터를 죽여야 한다는 구호가 일어나고 있어요. 복수를 해야 명예가 살아난다고 믿는 거요."

"그럼 프랑스가 전장이 된단 말이에요?"

마침내 재크린이 굳어진 목소리로 묻자 윌리엄이 대답했다.

"곧 본부에서 결정할 거야."

"어떻게 말이죠?"

"그건 나도 모르겠고."

어깨를 부풀린 윌리엄이 말을 이었다.

"그 둘을 안가에 잡아놓도록 해, 그놈들은 VIP가 되었어."

"도대체 이라크 주둔군 사령관은 무슨 심보로 그 사고뭉치들을 이곳으로 보낸 거야?"

재크린이 투덜거렸을 때 문이 열리더니 윌리엄의 부하가 들어섰다. 손에 쪽지를 들고 있었는데 표정이 굳어 있다.

"보스, 통신이 왔습니다."

윌리엄이 쪽지를 받더니 쓴웃음을 지었다.

"이것 봐."

쪽지를 들어 보인 윌리엄이 말을 이었다.

"드론이 날아다니고 우주에서 도청하는 시대인데 이런 쪽지가 가장 안전하다고 판단되는 거야, 이것이 미국 CIA 고위층의 명령문이라고."

그러고는 바로 정색하더니 쪽지를 두 손으로 폈다. 암호화된 글이다. 그러나 윌리엄은 바로 읽는다.

"내일 부국장이 오시는군."

긴장한 요한슨과 재크린이 숨을 삼켰을 때 윌리엄이 말을 이었다.

"무카리가 나타난 것으로 퍼즐이 맞춰졌다고 하는군."

쪽지를 내린 윌리엄이 길게 숨을 뱉었다.

"비상이야. 둘에 대한 경비를 최고 수준으로 올리고 대기하라는 거야."

"빌어먹을."

불쑥 요한슨이 투덜거리더니 재크린을 보았다.

"영사, 안가에 가서 둘에게 꼼짝 말고 박혀있으라고 해, 아침 조깅도 안 돼."

"알겠습니다."

재크린이 자리에서 일어서자 윌리엄이 따라 일어서며 말했다.

"영사, 내가 요원 둘을 딸려 보내지. 오늘부터 혼자 다니면 안 돼."

"내 앞가림은 해요, 윌리엄."

방을 나온 재크린이 윌리엄에게 눈을 흘겼다. 둘은 가끔 몸을 섞는 사이인 것이다. 그때 윌리엄이 말했다.

"재크린, 내일부터는 정신없을 테니까 오늘밤에 내 집에 들르도록 해."

"가르통, CIA는 비상 상태에 돌입했을 거야."

무카리가 에스프레소 잔을 들면서 말했다.

"내 얼굴을 10여 군데에 노출시켰으니까, 아무리 멍청한 CIA 정보팀이라고 해도 대여섯 개는 건졌겠지."

레알 지구의 생토우 스타슈 교회 근처에는 오늘도 관광객들이 붐비고 있다. 근처에 쇼핑센터가 새로 생겼기 때문이다. 작은 카페는 밖에도 테이블을 내놓아서 거리의 소음이 그대로 들린다. 그때 가르통이 말했다.

"재크린 파머한테 미행을 붙였어."

무카리의 시선을 받은 가르통이 말을 이었다.

"그년이 요한슨의 보좌역이지. 둘을 숨겨 놓았다면 그년이 알 거야."

가르통은 장신에 검정 곱슬머리 갈색 눈동자의 백인이다. 34세, 알제리 출신으로 파리 제17 고등학교 영어교사로 재직하고 있는 데다 프랑스 육군 특수부대에서 6년간 근무한 예비역 중위다. 가르통이 곱슬머리를 쓸어 올리면서 웃었다.

"우리가 지금 선수를 치고 있어, 무카리. 이 페이스로 나가야 돼."

오후 4시 50분이다. 이번 파리 작전은 가르통이 지휘하고 무카리는 보좌역으로 정보, 연락을 맡는다. 그것이 탈레반 지휘부의 명령인 것이다. 에스프레소 잔을 내려놓은 무카리가 가르통을 보았다.

"곧 CIA 고위층이 올 거야, 가르통."

"숨 돌릴 사이 없이 우리가 밀어붙일 테니까."

가르통이 이 사이로 말했을 때 바지에 넣어둔 핸드폰이 진동했다. 핸드폰을 본 가르통이 귀에 붙이더니 곧 일어섰다.

"재크린이 나왔어."

무카리의 시선을 받은 가르통이 말을 이었다.

"그럼 다시 연락하지."

카페를 나온 가르통이 중국인 관광객 뒤를 따라 발을 떼었고 그 뒤를 사내 두 명이 일정한 간격을 두고 따른다. 부하들이다. 가르통은 인터폴에서 수배한 얼굴 없는 테러범 제18호, 지금까지 마르세유 폭탄 테러, 암스테르담 시장 폭탄 테러로 127명을 폭사시킨 주범이다. 그러나 세계 각국의 정보기관, 인터폴은 제18호 테러범, 별명이 '푸줏간의 도살자'인 가르통의 정체를 모른다. 그것은 가르통이 전혀 테러단체에 인맥을 잇지 않았을 뿐만 아니라 마지막 단계에서는 언제나 혼자서 처리했기 때문이다. 지금 뒤를 엄호하며 따르고 있는 부하들도 가르통이 '푸줏간의 도살자'인지를 모른다. 가르통이 점조직 식으로 부하들을 운용할 뿐만 아니라 작전도 철저히 분업화시켰기 때문이다. 그래서 탈레반 수뇌부의 신임을 받는 것이다. 그 시간에 재크린은 CIA 요원 마크 필립이 운전하는 시트로엥 뒷좌석에 타고 시내를 달리는 중이다.

"재크린, 뒤를 링컨이 따라오고 있는데."

백미러를 본 마크가 말하자 재크린이 뒤를 돌아보았다. 과연 검정색 링컨 컨티넨탈이 차 한 대를 사이에 두고 따라오는 중이다. 차 안에는 둘이 탔다.

"저 바보들."

재크린이 혀를 찼다.

"대놓고 미국 기관원이라고 하는군."

"문화센터 요원들이야."

"놔둬."

돌아앉은 재크린이 투덜거렸다.

"저렇게 오만하게 굴다가 큰코다치지."

"어떡할까? 몇 바퀴 돌까?"

마크가 물었다. 목적지에 가기 전에 미행을 따돌리기 위해서 신호를 위반하고 곧장 가거나 갑자기 유턴하는 회피 운동을 말하는 것이다. 재크린이 머리를 끄덕였다. 호위차가 뒤에서 따라온다고 해도 안 할 수는 없는 것이다.

"저것들은 따돌려도 돼, 마크."

재크린이 말하자 바로 마크는 차에 속력을 내었다. 파리는 교통 체증으로 소문이 난 도시다. 그러나 마크는 잘 빠지는 길, 샛길에 통달한 요원이다. 즉시 옆쪽 일방통행로로 꺾어 든 마크가 속력을 내었다. 당황한 링컨이 속력을 내었다가 앞차에 막혀 쩔쩔매다가 일방통행로에 들어섰을 때 재크린의 시트로엥은 막 우회전을 하는 중이었다.

"따라가!"

흰색 푸조 운전석 옆자리에 탄 클리니가 소리쳤다. 링컨이 속력을 내어 일방통행로로 들어가고 있다.

"저것들이 눈치를 챈 것 같은데."

핸들을 쥔 마간이 말했다.

"저 새끼들, 링컨이 시트로엥 뒤를 맡고 일부러 우리 앞을 막는 것 같아."

마간이 말하자 클리니가 이맛살을 찌푸렸다. 링컨은 시트로엥의 호위 차다. 꾸물댄 것은 시트로엥의 추적을 막으려는 것이다.

저택 뒷문으로 들어선 재크린이 계단을 오를 때 핸드폰이 진동했다. 예상했던 대로 윌리엄이다.

"어떻게 된 거야?"

윌리엄이 당황한 목소리로 물었다.

"지금 어디야?"

"안가."

짧게 대답한 재크린이 문 앞에 섰을 때 안에서 문이 열렸다. 거인 러셀이 문을 가로막듯이 서서 재크린을 맞는다. 러셀에게 머리를 끄덕여 보인 재크린이 안으로 들어가면서 핸드폰에 대고 말했다.

"회피 운동을 한 거요, 별일 없으니까 다시 연락하죠."

"나 참."

투덜거리는 소리를 들으면서 핸드폰을 끈 재크린이 응접실 안 창가에 서 있는 제임스를 보았다. 오후 6시 20분, 조용하다. 제임스는 시선만 주었고 러셀도 조금 전에 만났을 때 인사도 안 했다. 그때 재크린이 말했다.

"당분간 이곳에서 나가지 말도록 해요, 탈레반이 움직인다는 정보를 입수했기 때문에 그럽니다."

"탈레반이?"

먼저 물은 사람이 러셀이다. 쓴웃음을 지은 러셀이 재크린을 보았다.

"여긴 파리요, 탈레반 10만 명쯤이 공격해온답니까?"

"무슨 말이죠?"

"탈레반이 온다고 우리가 여기 박혀있으라니, 앉아서 그냥 죽으라는 소리로 들린단 말입니다."

"아니, 러셀 중사, 그것은……."

"우리를 보호하려는 겁니까? 그건, 참."

그때 제임스가 손을 들어 러셀을 막는 시늉을 하고 나서 재크린에게 물었다.

"탈레반이 우리를 목표로 파리에 왔다는 겁니까?"

"그래요, 상사."

"그럼 우리를 미끼로 작전을 세운 겁니까?"

"무슨 말이죠?"

"여기서 나가지 말라고 했지 않습니까?"

"미끼가 아녜요, 당신들을 보호하려는 것뿐입니다."

"그럼 우리가 떠나면 되지 않습니까?"

제임스가 정색하고 재크린을 보았다.

"아프가니스탄이나……."

"미국으로."

러셀이 제임스의 말을 자르고 말했다.

"난 달라스로 가야 돼."

그때 재크린이 제임스 앞으로 다가가 섰다.

"상사, 탈레반은 명예를 걸고 당신들에게 보복을 하려는 것 같아요."

"짐작하고 있어요."

창틀에 등을 붙인 제임스가 쓴웃음을 지었다.

"당연하지, 우리를 더 잔인하게 죽이지 않으면 체면이 크게 손상될 테니까."

"우리는 이 기회에 몰려온 탈레반 해결자들을 소탕할 겁니다."

"그러니까 우리가 미끼 아니냐고?"

러셀이 다시 끼어들었다.

"이봐요, 영사, 솔직해지자고, 우리도 낚시에 꿰인 지렁이 노릇만은 안 한다는 말이야."

"무슨 말인지 알아요, 중사."

심호흡을 한 재크린이 러셀을 응시했다. 차가운 시선이다.

"곧 중대한 역할을 줄 테니까 그때까지 이곳에서 대기할 것. 자, 됐죠?"

재크린이 제임스와 러셀을 하나씩 훑어보았다.

"내가 당신들 직속상관은 아니지만 이곳에서는 내 지시를 받도록 되어있어요, 이것이 내 지십니다."

제임스와 러셀은 시선만 주었고 재크린이 몸을 돌렸다. 재크린이 응접실을 나갔을 때 러셀이 제임스에게 말했다.

"달라스는 못 가겠군, 진."

그때 제임스가 서둘러 응접실을 나가더니 뒷문을 여는 재크린에게 말했다.

"우리한테 무기를 나눠줘요, 영사."

"그건 상의해보고 알려드리지요."

"오늘밤에 당장."

다가선 제임스가 똑바로 재크린을 보았다.

"소음기를 포함한 베레타92F 2정, 탄알 철갑탄 1백 발을 포함한 500발, 탄창 6개, 수류탄까지."

놀란 재크린이 숨을 들이켰다.

"상사, 그것은……."

"최소한 우리도 우리 몸은 보호해야 될 것 아닙니까? 미끼 역할이라 맨몸으로 놔둘 겁니까?"

"글쎄, 그것은……."

"안 주면 나가서 구할 테니까 오늘밤까지 가져와요."

낮게 말한 제임스가 몸을 돌렸고 뒤에서 문 여닫는 소리만 들렸다.

차에서 내린 재크린이 코트 주머니에 손을 찌르고는 서둘러 발을 떼었다. 오후 11시 반, 이곳은 오페라로 근처 생로슈 교회가 보이는 주택가, 거리는 인적이 드물었고 일방통행로 옆쪽에 드문드문 차가 주차되어 있을 뿐이다. 곧 건너편 3층 건물로 다가간 재크린이 문 옆에 붙은 버튼을 누르자 위쪽 스피커에서 목소리가 울렸다.

"문 열렸어."

윌리엄의 목소리다. 재크린이 문을 밀자 곧 계단이 드러났다. 위쪽에 희미한 전구 하나만 켜져 있을 뿐이어서 어둡다. 이곳이 윌리엄 우드의 숙소인 것이다. 계단을 오른 재크린이 복도로 들어섰다. 낡은 양탄자가 깔린 복도는 20미터쯤 되었는데 이곳은 더 어둡다. 전등이 뒤쪽 천장에 달려있기 때문이다. 그러나 복도 양쪽의 문은 보였다. 이윽고 왼쪽 복도 끝의 문 앞에 선 재크린이 노크했다. 그 순간 문이 열리면서 윌리엄이 웃음 띤 얼굴로 맞았다.

"어서 와."

"난 다시 안 올 거야."

눈을 흘긴 재크린이 안으로 들어서면서 말했고 윌리엄이 머리만 내밀고는 복도를 훑어보았다. 문을 닫고 자물쇠까지 채운 윌리엄이 서둘러 안쪽으로 다가가더니 모니터 화면을 보았다. 화면에는 도로에서 현관, 복도까지 6곳이 비치고 있었는데 도로 쪽은 3곳이나 된다.

"자, 빨리 끝낼까?"

이미 가운 차림이었으므로 허리끈을 풀면서 윌리엄이 웃었다. 윌리엄은 43세, CIA 경력 18년으로 정보통이다. 재크린도 잠자코 코트를 벗고 발을 흔들어 구두를 벗어 던졌다.

"속상해 죽겠어, 그 몬스터들 때문에."

재크린이 셔츠를 벗으면서 투덜거렸다.

"이 상황에 나가겠다고 난리야."

가운을 벗어던진 윌리엄은 알몸이다. 준비하고 있었던 것이다. 다가선 윌리엄이 재크린 앞에 한쪽 무릎을 꿇더니 스커트 후크를 풀고 지퍼를 내렸다. 그러자 분홍색 팬티가 드러났다.

"오, 내 비너스."

탄성을 뱉은 윌리엄이 팬티 위의 언덕을 손바닥으로 쓸었다. 쓴웃음을 지은 재크린이 브래지어 후크를 풀어 던지자 풍만한 유방이 드러났다. 말 그대로 비너스의 조각상처럼 부드러운 곡선이다. 윌리엄이 팬티위의 골짜기를 손가락으로 문지르다가 참을 수 없었는지 팬티를 벗겨내렸다.

"으음."

방안의 불은 환하게 켜져 있었으므로 재크린의 검은 숲과 선홍빛 골짜기가 선명하게 드러났다. 골짜기 위쪽의 작은 언덕도 이미 물기를 머금고 있다. 윌리엄이 홀린 듯이 얼굴을 골짜기에 붙였다.

"아아."

윌리엄의 머리칼을 두 손으로 움켜쥔 재크린이 머리를 뒤로 젖히면서 신음했다. 모니터 화면은 옆쪽에 켜져 있었지만 둘은 신경 쓸 여유가 없다. 윌리엄은 정성스럽게 재크린의 골짜기와 작은 언덕을 입술과 혀로 애무했다.

"아아, 나 죽겠어."

재크린이 몸을 비틀면서 신음했다.

"윌리엄, 침대에서 해줘."

이미 질컥하게 젖은 골짜기에서 애액이 흘러 떨어지고 있다. 머리를 끄덕인 윌리엄이 몸을 일으켰다. 그러고는 반쯤 정신이 나가 있는 재크린의 허리를 안고 침대로 발을 떼었다. 그러면서 힐끗 모니터를 보았다. 건성이다. 그 순간 윌리엄이 주춤 걸음을 멈췄다. 눈이 가늘어져 있다. 제2번 모니터, 일방통행로 오른쪽에 붙여진 CCTV에 두 사내가 지나는 장면이 비친 것이다. 현관과는 5미터 거리, 윌리엄이 재크린의 허리를 감은 팔을 떼었다. 그러고는 서둘러 모니터로 다가갔다. 발기된 남성이 흔들리고 있다.

"앗."

그 순간 윌리엄의 입에서 낮은 외침이 터졌다. 사내 둘이 현관문을 열고 들어서는 것이다. 그리고 또 있다. 3번 모니터에 사내 셋이 서 있다. 이층 계단이다. 벌써 집 안에 들어왔다. 모두 모자를 눌러써서 화면에 얼굴이 드러나지 않는다. 다시 두 명이 계단 위에서 합쳐졌을 때 윌리엄이 소리쳤다.

"피해! 침입자다!"

그때는 재크린도 서서 모니터 화면을 응시하고 있었던 터라 알몸의 둘은 방안에서 소동을 일으켰다. 말 없는 소동이다. 옷을 집어 움켜쥐고 가방을 들었으며 서랍에서 권총을 꺼내 쥐었다.

"이쪽으로!"

윌리엄이 소리쳤을 때 복도를 비친 모니터에 사내들이 나타났다. 비상구다. 화장실 창문을 열고 몸을 비틀어 빼면 위쪽 1미터쯤 높이에 옆집 지붕이 있다. 그 지붕을 건너 다시 옆 건물 옥상으로 넘어가 건물 외부에 붙은 사다리를 타고 내려가는 것이다. 물론 안가의 반대쪽이며 도로에서는 보이지도 않는다.

"자, 어서 빠져나가."

화장실 창문을 연 윌리엄이 서둘렀다.

"지붕을 타고 왼쪽 건물로! 건물 옥상이 흰 페인트로 칠해져 있어!"

윌리엄이 재크린의 상반신을 잡아 다리부터 빠져나가도록 했다.

"자, 위로!"

재크린은 몸을 솟구쳐 지붕 위로 올랐다. 그리고는 뒤를 돌아보고는 지붕 위를 달렸다. 평탄한 시멘트 지붕이어서 어둡지만 20미터가량의 거리를 순식간에 달려 옆 건물의 옥상으로 뛰었다. 건물 사이가 2미터쯤 떨어졌지만 가볍게 뛰어 건너고 나서 다시 뒤를 보았다. 윌리엄이 보이지 않는다. 그러나 기다릴 수 없는 상황이다. 옥상 왼쪽의 철제 사다리를 잡은 재크린이 서둘러 아래로 내려가기 시작했다. 윌리엄은 아직 오지 않는다. 아래쪽을 내려다보았더니 골목 안, 인기척이 없다. 그로부터 30분 후에 재크린이 부대사 요한슨의 전화를 받는다. 재크린은 택시를 타고 대사관으로 오는 길이었는데 탈출하자마자 보고를 한 것이다. 긴급사건이 발생했을 때의 코스 3번을 눌렀기 때문인데 윌리엄 우드와의 밀통을 각오해야만 했다. 그러나 밀통 발각이 두려워 신고를 안 한다면 해직 정도가 아니다. 반역죄에 준한 처벌을 받게 될 것이다.

"윌리엄은 피살되었어."

요한슨의 목소리에는 억양이 없다. 입술도 달싹이지 않고 말하는 것 같다.

"수습팀이 도착했는데 상황은 이미 끝났다. 윌리엄은 옆집 지붕 위에서 발견되었는데 총을 네 발 맞았다는군."

"……."

"놈들이 집 안을 다 뒤졌어, 컴퓨터 자료도 다 빼갔다고 봐야겠지."

택시가 신호등에 걸려 멈춰 섰으므로 재크린이 긴장했다. 운전사는

60대쯤의 사내로 노래를 틀어놓고 있다. 창밖을 보았는데 어딘지 알 수가 없다. 그때 요한슨이 물었다.

"지금 어디야?"

"예, 저기……."

"지금 어디로 가는 거냐?"

"대사관에……."

"이곳으로 오지 마, 위험하다."

요한슨의 목소리가 차갑게 울렸다.

"놈들은 네 뒤를 미행해서 윌리엄을 찾아낸 거다."

"……."

"너를 놓쳤다면 네가 이곳으로 돌아올 줄 예상하고 있겠지, 돌아가."

"어, 어디로 말이죠?"

재크린은 자신의 목소리가 떨리는 것을 느끼고는 어금니를 물었다. 요한슨은 이 시간에 윌리엄한테 왜 찾아갔느냐고 묻지 않은 것이다. 상사와의 불륜보다 규정을 어기고 조직에 해를 끼쳤다는 사실에 죽고 싶었다. 그때 요한슨이 말했다.

"코리언에게로 가."

그러고는 통화가 끊겼으므로 재크린이 길게 숨을 뱉었다. 코리언이란 바로 몬스터다. 몬스터가 너무 알려졌기 때문에 요한슨은 그것도 조심하고 있다. 그래서 몬스터를 코리언으로 부른다. 몬스터의 어머니가 코리언이기 때문이다.

"오전 4시까지만 기다려."

가르통이 지시했다.

"다른 데로 샜을 가능성도 있지만 그년 숙소가 그곳이야, 딴짓하다가 일 저질렀으니 아직 보고도 하지 않고 들어갈지도 모른다."

"예, 가르통."

수화구에서 키르즈크의 목소리가 울렸다.

"잡지 못할 경우에는 어떻게 합니까?"

"이미 전쟁은 시작되었어, 죽여."

뱉듯이 말한 가르통이 핸드폰을 귀에서 떼더니 옆에 앉은 마샬을 보았다.

"몬스터가 한국계야, 아냐?"

"제임스 진 말입니까?"

되물은 마샬은 가르통의 보좌역으로 이번에 마르세유에서 증원되었다. 29세, 프랑스 출생에 지금까지 2번의 테러 경력, 그러나 한 번도 경찰의 조회에 걸리지 않은 '순수한 무기'다. 탈레반은 이번 작전에 아낌없이 '순수한 무기'를 공급하고 있다. 가르통이 힐끗 차창 밖을 보더니 말을 이었다.

"그래, 그놈 어머니가 코리언이지, 성(姓)의 진은 어머니 성이야, 그 어미는 지금 LA에 살고 있지."

"그놈이 제 어미의 유전자를 받은 겁니까?"

"글쎄, 얼굴은 동양인 비슷한데 체격을 보면 서양인처럼 커, 양쪽이 섞인 것 같다."

가르통이 손목시계를 보았다. 오전 12시 50분, 윌리엄 안가를 피습한 지 한 시간이 지났다. 지금쯤 CIA 파리 지부는 난리가 났을 것이다.

문을 열어준 제임스가 눈썹을 모으고 재크린을 보았다.

"웬일이오?"

"당분간 이곳에 있을 겁니다."

안으로 들어서며 재크린이 말했을 때 응접실로 나오던 러셀이 그 말을 들었다.

"어, 그럼 영사께서 직접 우리한테 성 접대를 해주시려고?"

러셀은 술에 취해서 비틀거렸고 말도 느리다. 재크린이 눈을 치켜떴지만 대꾸하지는 않았다. 제임스가 소파를 가리켰다.

"앉으시죠, 방은 있으니까 우리야 상관없지만."

재크린이 잠자코 소파에 앉자 제임스가 앞쪽에 섰다. 러셀이 비틀거리며 제임스의 뒤에 섰다가 곧 안쪽으로 들어갔다. 오전 1시 반이다. 주위는 조용하다.

"밖에 경비원 둘씩 3교대를 하는 것 같은데 그럴 필요가 있습니까?"

제임스가 묻자 재크린이 머리를 들었다. 지친 표정이다.

"무기는 받으셨지요?"

"받았어요."

낮에 재크린이 경비원을 시켜 권총과 소음기, 탄알 5백 발을 보낸 것이다. 재크린이 말을 이었다.

"내가 타깃이 된 것 같아요, 그래서 이곳으로 피신한 겁니다."

"당신이?"

눈을 크게 뜬 제임스가 재크린을 보았다.

"무슨 말이오?"

"미행당했어요, 그래서 요원 하나가 놈들한테 당하고 난 이곳으로 피신한 겁니다."

"……."

"대사관으로 돌아갈 수는 없었기 때문에."

"대사관 근처에서 지키고 있단 말인가?"

"그럴 가능성이 많죠."

"그럼 공격한 놈들이 탈레반이란 말이오?"

"그놈들뿐이죠."

"우리 대신 당신을 치려다가 당신 동료가 당했단 말인가?"

재크린이 머리만 끄덕이자 제임스의 얼굴에 쓴웃음이 떠올랐다.

"재미있군."

"내일 아침에 다시 지시가 올 겁니다."

"알았습니다."

머리를 끄덕인 제임스가 턱으로 옆쪽 방을 가리켰다.

"저 방을 쓰지 않고 있었으니까 거기를 쓰시죠, 영사."

몸을 돌린 제임스가 주방 옆쪽 러셀의 방으로 들어섰다.

"뭐야?"

침대에 누워있던 러셀이 머리만 들고 물었다.

"벌써 끝났어? 이젠 내 차례야?"

"이 자식아, 정신 차려."

다가선 제임스가 재크린한테서 들은 이야기를 하자 러셀이 풀썩 웃었다.

"그래서 저년이 이곳으로 도망쳐 왔군."

"우리 때문인 것 같다, 러셀."

"그러니까 풀어줬어야지."

침대에서 일어난 러셀이 방안을 둘러보는 시늉을 했다.

"이런 곳에 처박아 놓으면 될 줄 알았나? 병신들, 최선의 방어가 공격인 줄 몰라? 병신 같은 CIA놈들."

"긴장하고 있어, 중사."

제임스가 차갑게 말하자 자리에서 일어선 러셀이 서랍에 처박아 둔 베레타를 꺼내 탄창을 빼내었다.

"베레타는 장난감 같아서 말이야."

탄창에 실탄을 넣는 러셀의 등을 보면서 제임스가 말했다.

"재크린이 대사관에도 들어가지 못하고 이곳으로 피신한 것을 보면 놈들의 정보력이 대단한 것 같아, 러셀."

"집 안에서도 교대로 불침번을 서야겠군."

투덜거린 러셀이 몸을 돌려 제임스를 보았다.

"진, 네가 먼저 불침번 할래? 난 술을 많이 마셨어."

"지금이 오전 2시니까 5시까지 내가 서겠다."

"오케이, 보스."

몸을 돌린 제임스가 다시 응접실로 나왔을 때 소파 옆에 서 있던 재크린이 말했다.

"셔츠나 파자마 바지 있어요? 갈아입을 옷이 없어서……."

"아, 그렇지."

머리를 끄덕인 제임스가 재크린을 보았다. 재크린은 스커트에 셔츠 차림이다. 그런데 자세히 보았더니 셔츠에 젖꼭지가 솟아 나와 있다. 브래지어를 차지 않은 것 같다. 그 순간 제임스가 숨을 들이켰다. 재크린이 정사(情事) 도중에 도망쳐 나온 것 같다는 생각이 든 것이다. 제임스가 방에서 파자마를 가져다 건네주었더니 재크린이 외면한 채 받았다.

"급하게 도망쳐 나오신 모양이지?"

시선을 내린 제임스가 맨발에 구두를 신은 재크린의 발을 내려다보았다. 그때 재크린이 잠자코 몸을 돌렸다.

오전 8시 10분, 미 대사관 정문의 경비를 서던 해병 상병 마이클 서든은 앞쪽 로터리를 꺾어 오는 우유 배달 트럭을 보았다. 배달 트럭이 신호등에 멈춰 서자 마이클이 앞쪽 죠 닷지 병장에게 말했다.

"병장님, 저 트럭의 왼쪽 방향지시등이 깨져 있는데요."

"자식, 눈도 밝네."

죠가 비웃었다.

"얀마, 니 버클의 때나 벗겨, 기합 받지 말고."

"내 고향 우드루에서 저런 차는 백 미터도 못 가서 잡혀 딱지를 뗄 텐데 말입니다."

우유 배달 트럭과는 50미터 거리였다. 정문으로 들어오는 차들은 각각 차 안에 인식표가 붙어 있는 데다 승차원은 가슴 포켓에 인식 카드를 찔러 넣고 있어서 시속 10킬로 속력으로 그대로 통과한다. 정문 좌우의 탐지기 6대가 36개 방향으로 비추면서 컴퓨터 확인을 하기 때문이다. 차량의 상태는 정문 땅바닥 철판에 뚫린 6개의 탐색기에서 차의 바닥 상태와 차 안의 폭발물까지 탐지한다. 전처럼 차를 세우고 수색할 필요도 없는 것이다.

마이클과 죠는 앞에총 자세로 서서 들어오는 차량을 굽어다 볼 뿐 경례 따위도 하지 않는다. 마이클이 고향을 머릿속에 떠올리며 우유 배달 트럭을 보았다. 트럭은 정문 건너편 좌회전 차선에 멈춰 서 있는 것이다. 대사관으로 들어오는 차량들은 트럭 옆을 지나 곧장 이쪽으로 다가오고 있다. 아침 출근 시간이어서 차들이 붐비기 시작했다. 대사관 직원들의 차량만 해도 2백 대 가깝게 되는 것이다.

"저기 대사 비서가 오는군."

죠가 말했을 때 마이클이 머리를 들었다. 과연 대사 비서 로나의 빨간색 푸죠가 다가오고 있다. 로나는 27세, 섹시한 몸매에 웃는 모습이 예쁘다. 죠가 앞을 지나는 로나를 향해 멋있게 경례를 올려붙였다. 로나가 붉은 입술을 반쯤 벌리며 웃는다.

"오늘 재수가 좋군."

죠가 들뜬 목소리로 말했을 때 좌회전 신호가 풀리면서 우유 트럭이 움직였다. 그런데 좌회전을 할 줄 알았는데 곧장 이쪽으로 다가온다. 거리는 금방 30미터, 20미터로 가까워졌고 트럭이 속력을 더 내었다.

"아앗, 비상!"

트럭이 10미터 거리로 다가왔을 때 마이클이 소리치며 M-16K의 총구를 배달 트럭으로 겨누었다. 그때서야 죠가 총을 바로 잡았는데 트럭의 왼쪽 범퍼와의 거리는 3미터로 가까워졌다.

"아앗!"

외침과 함께 마이클이 총의 방아쇠를 당겼고 그 순간 배달 트럭에 치인 죠가 5미터나 튕겨나갔다.

"타타타타타타탕!"

총성이 울렸다. 그러나 마이클이 쏜 총탄은 트럭의 뒷면에 박혔다.

"비상!"

다시 소리치며 마이클이 트럭 뒤쪽에 대고 총을 난사했다.

"타타타타타타!"

그러나 트럭은 곧장 나갔다. 대사관 건물과는 이제 50여 미터, 그 순간 마이클은 로나가 탄 빨간색 푸죠가 트럭에 받혀 옆으로 튕겨나가는 것을 보았다.

"타타타타타타타타."

앞쪽 제2경비초소에서 내갈기는 기관총 사격음이 울렸다. 그곳은 M-2기관포 2대가 설치되어 있다. 이미 대기하고 있던 터라 총탄이 트럭에 맞아 부서지는 잔해가 사방으로 튀었다.

"타타타타타타타!"

그러나 트럭은 제2초소도 돌파했다. 앞에 내려진 철제 차단기도 부러져 옆으로 내동댕이쳐졌다.

"타타타타타타타!"

기관포의 발사음이 계속되었고 트럭은 그대로 달린다. 이제 현관과의 거리는 30여 미터, 그 순간.

"꽈꽝!"

엄청난 폭음이 울리면서 트럭의 동체가 지상에서 2미터쯤이나 들렸다. 트럭 짐칸이 폭발하면서 불덩이가 지상 10여 미터나 치솟았다.

"꽈꽈꽝!"

다시 폭발음과 함께 불덩이는 더 넓고 높게 치솟았다. 트럭은 불덩이와 함께 사방으로 잔해가 퍼졌는데 50여 미터 뒤쪽에 서 있던 마이클의 옆으로도 트럭의 문짝이 날아왔다.

"꽈꽈꽈꽝!"

또 한 번의 폭발음이 울렸을 때 엉거주춤 엎드리려던 마이클은 화염에 날려 정문의 돌기둥에 몸을 부딪고 기절했다. 자살폭탄 테러다. 대사관 3층 사무실에 앉아있던 부대사 요한슨은 처음 총격이 일어났을 때 창가로 다가가 달려오는 배달 트럭을 똑똑히 보았다. 자살 특공대다. 트럭은 제2차 저지선에서 이미 운전사가 사살되었지만 그대로 달려왔다. 그러나 본관까지는 닿지 못할 것이었다. 이미 본관 10미터 앞에 땅바닥에서 솟아오른 강철기둥이 가로막고 있었기 때문이다. 트럭은 강철기둥에 닿기 전에 기관포의 집중사격을 받아 걸레 조각이 되었다. 그러나 안의 폭발물은 어찌지 못 했던 것이다. 요한슨은 폭발의 충격에 유리창이 산산조각으로 부서지는 것을 보았다.

"대사관이 폭발했어요."

밖에서 들어온 경호원과 현관에서 만나고 온 재크린이 억양 없는 목소리로 말했다. 오전 8시 20분, 제임스는 커피포트에서 잔으로 커피를 따르는 중이다. 제임스의 시선을 받은 재크린이 심호흡을 했다. 눈동자의 초점이 잡혀있지 않다.

"5분 전에 자살 특공대가 탄 트럭이 대사관 현관 앞까지 진입해서 폭발했다는데 사상자가 수십 명이 났답니다."

"탈레반이오?"

커피포트를 내려놓은 제임스가 한 걸음 다가섰다.

"어젯밤 당신 동료를 죽인 것과 연장선상의 일이겠죠."

"그럴 가능성이 있죠."

"어떤 지시를 받았소?"

"대기."

"젠장."

눈을 치켜뜬 제임스가 한 걸음 물러섰다. 그러고는 팔짱을 끼고 서서 재크린을 보았다.

"당신 물 먹었군, 그렇지?"

그때 러셀이 화장실에서 나오다가 그 말을 들었다.

"진, 그 여자 물 먹었냐?"

"시끄러, 자식아."

제임스가 서슬이 퍼   으므로 입을 다문 러셀이 다가와 둘을 번갈아 보았다. 제임스의 시선을 받은 재크린이 머리를 끄덕였다.

"그래요, 물 먹었어."

"어디 물? 아래쪽?"

러셀이 물었다가 힐끗 제임스를 보고는 입을 다물었다. 재크린이 말을 이었다.

"난 당분간 근신이야, 정보가 제대로 전해지지 않고 상황에 참가할 수도 없어."

"갓 뎀, 여기가 감옥이군."

이 사이로 말한 제임스가 재크린을 노려보았다.

"이봐, 영사, 여기 해결사 있소? 처리반 말인데."

제임스가 손으로 목을 긋는 시늉을 했다.

"CIA에서는 뭐라고 부르나? 살인자 말이야."

"집행관."

"그 개 같은 집행관이 파리에 있나?"

"왜 그러는데요?"

"그놈들이 트럭에 폭탄을 싣고 왔다면 우리는 버스에다 싣고 받아야 할 것 아닌가?"

"옳지."

러셀이 커피포트를 집으면서 머리를 끄덕였다. 어젯밤도 술을 퍼마셔서 얼굴이 찌푸려져 있다.

"운전은 내가 맡지, 이놈의 숙취보다 버스하고 같이 터지는 게 낫겠다."

"여긴 없어요."

재크린이 더 이상 말대꾸하기 싫다는 표정을 짓고 몸을 돌렸다.

"그리고 그놈들이 어디 있는지도 모르는데 쓸데없는 생각 마요, 상사."

"이 여자가 뭘 모르는군."

마침내 제임스가 목소리를 높였다. 눈을 치켜뜬 제임스가 소리쳤다.

"바그다드나 파리나 공격, 방어는 마찬가지야, 바그다드에서도 적은 보이지 않는다고! 적의 소굴이 어디쯤인가만 알 뿐이야!"

"그렇지."

한 모금 커피를 삼킨 러셀이 맞장구를 쳤다.

"그리고 가서 기다렸다가 다 죽이는 거지, 여기 있는 병신들은 방에서 기다리기나 하는 모양이군, 쪼다 같은 CIA 놈들."

제임스가 방으로 들어서는 재크린의 뒤에 대고 다시 소리쳤다.

"영사, 당신 상관을 바꿔줘! 그렇지 않으면 이곳에서 나갈 테니까! 아무도 우릴 못 말려!"

그때 러셀이 물었다.

"트럭에 폭탄을 싣고 왔다니 무슨 말이야?"

러셀은 중간에 끼어들어 처음은 듣지 못했기 때문이다. 제임스가 설명하자 러셀이 어깨를 부풀렸다.

"우리가 꼬리에 불을 매달고 온 것 같군."

"나가야겠다."

머리를 저은 제임스가 러셀을 보았다.

"이 병신들은 어떻게 대처하는지도 모르는 것 같다. 이것들 부담을 덜어주기 위해서라도 나가자, 러셀."

"좋지. 말만 해, 보스."

그러더니 이맛살을 찌푸리고 제임스를 보았다.

"돈이 없는데, 강도질이라도 할까?"

"내가 있어, 병신아."

그때 방문이 열리더니 재크린이 나왔다.

"연락했어요."

다가선 재크린이 벽시계를 힐끗 보고 나서 말을 이었다.

"나하고 당신 둘, 그리고 레오까지 넷이 마르세유로 갑니다."

"마르세유."

난데없었으므로 되물은 제임스가 시선만 주었을 때 재크린이 외면한 채 말했다.

"미끼를 던지고 나가는 겁니다, 전장을 마르세유로 옮기는 거죠."

"어떻게?"

제임스가 묻자 재크린이 이 사이로 말했다.

"내 흔적을 남기고 가는 겁니다. 마르세유에 아까 당신이 말한 집행관이 있거든."

오후 5시10분, 마르세유행 테제베(TGV)가 속력을 내어 달려가고 있다. 출발한 지 40분이 지났다. 마르세유 도착 시간은 오후 9시, 프랑스 남단까지 달려가는 것이다.

"이 칸에는 몇 명이 탔소?"

제임스가 다소 거칠게 묻자 재크린이 창밖에 시선을 준 채 대답했다.

"난 모릅니다."

"모르다니?"

이맛살을 찌푸린 제임스가 다시 물었다.

"연락은 되는 거요?"

"번호는 입력해놨는데 특별한 일 아니면 통신할 수 없어요."

"러셀은 어느 칸에 탔는데?"

"모릅니다."

"이 열차에는 탄 거요?"

"탔죠."

"만일 이 열차 안에서 사건이 발생했을 땐 어떻게 할 거요?"

"지시가 오겠죠."

"그럼 지금부터 우리가 미끼 노릇이군."

이제는 재크린이 대답하지 않았으므로 제임스가 선반에 놓인 가방을 내려놓더니 지퍼를 열고 안에서 베레타92F를 꺼내었다. 이미 소음기까지 장착된 권총의 탄창을 빼내어 탄알을 확인한 후에 다시 끼웠다. 그러고는 베레타를 뒤쪽 혁대에 비스듬히 꽂고는 셔츠를 내려 덮었다. 자리에서 일어선 제임스가 허리를 좌우로 움직이면서 베레타가 제대로 꽂힌 것을 확인했다. 그러고는 손을 뒤로 뻗어 잡는 시늉을 다섯 번이나 했다. 이곳은 1등석의 2인용 개인실이어서 방안에는 둘뿐이다. 침대는 2층 구조였고 창가의 탁자에 둘은 마주보고 앉아있었던 것이다. 제임스가 여섯 번째 권총을 뽑는 시늉을 했을 때 창밖을 보고 있던 재크린이 마침내 시선을 들었다.

"지금 뭘 하는 거죠?"

눈빛이 차갑다.

"보면 몰라요? 총 빼는 연습을 하는 거요, 사복 바지에다 총을 찔러넣은 건 몇 번 안 되어서."

"여기가 서부 활극 세트장이에요?"

재크린의 목소리가 날카로워졌다.

"장난하는 것도 아니고, 뭐예요?"

"그럼 당신은 007영화를 봤나?"

일곱 번째 총 빼는 시늉을 하면서 제임스가 쏘아붙였다.

"요즘 CIA는 입으로 침을 뱉어서 죽이는 거요? 총 없이 말이야."

"그만두시죠."

그때 여덟 번째는 실제로 베레타를 뽑은 제임스가 재크린을 겨누었다가 총구를 내렸다. 빠르고 자연스럽다. 만족한 표정이 된 제임스가 권총을 다시 뒤쪽 혁대에다 찌르고는 허리를 흔들어 고정시켰다. 아직도 제임스는 선 채로 재크린을 내려다본다. 제임스가 어깨를 부풀리며 물었다.

"이 작전 누가 세운 거요?"

"부국장이 랭글리에서 날아왔어요."

재크린이 창밖으로 머리를 돌리며 말했다.

"그쪽에서 세웠겠죠."

"내용은 모른단 말이지?"

"……."

"마르세유에 도착하면 어떻게 하는 거요?"

"연락이 오겠죠."

"갓 뎀."

"작전이 새나갈까 봐 그래요."

"병신들."

"말 삼가요, 상사."

재크린이 똑바로 제임스를 응시했다. 눈빛이 강해져있다.

"당신은 이래라저래라 할 자격이 없어."

그때 제임스의 얼굴에 쓴웃음이 번졌다.

"어젯밤 애인하고 섹스 하다가 기습을 당한 건가, 영사?"

"닥쳐, 이 자식아."

"급하게 도망쳐 나오다가 브래지어도 안 차서 셔츠에 젖꼭지가 튀어 나왔더군."

"이 개새끼."

"팬티도 입지 않았지?"

그때 어깨를 부풀렸던 재크린이 쓴웃음을 짓고 시선을 돌렸다.

"저질은 할 수 없군, 한국인 잡종새끼."

"창녀 같은 년, 너 같은 년하고 같이 미끼 노릇이 된 것이 수치스럽다."

마침내 제임스가 뱉듯이 말하고는 털썩 앞쪽 자리에 앉았다.

"난 최소한 임무 중에 성적 욕망을 풀지는 않아, 이 개 같은 년아."

같이 창밖을 응시한 채 제임스가 말을 이었다.

"부끄러운 줄 알아야지, 창녀 같은 년."

"……."

"이게 뭐야? 작전 내용도 모르고 그냥 끌려가란 말인가?"

제임스가 어깨를 부풀렸다가 다시 이 사이로 말했다.

"난 당하지 않아, 너희들 작전이 무엇이건 간에."

그때 핸드폰 벨 소리가 들렸고 재크린이 서둘러 바지 주머니에서 핸드폰을 꺼내 보았다. 그러고는 핸드폰을 귀에 붙였다.

"네."

"여섯이 확인되었어!"

사내의 목소리가 울렸는데 제임스도 들었다.

러셀이 머리를 돌려 레오를 보았다.

"뭐라고 하는 거야?"

"여섯."

레오가 짧게 말하고는 허리춤에서 리볼버를 꺼내 소음기를 장착했다. 둘도 1등석 2인용 개인실에 타고 있었는데 레오도 방금 연락을 받은 것이다. 레오가 말을 이었다.

"여섯을 확인했다지만 더 있을지도 몰라."

레오는 31세, CIA 경력 5년 차인데 육군 공수특전단 출신이다. 그래서 열차에 탔을 때부터 러셀과 말이 통했다. 군 경력은 3년밖에 안 되었지만 같은 육군 출신에 선배인 셈이다. 러셀이 베레타를 옆구리에 찔러 넣으면서 웃었다.

"그럼 열차 안에서 전쟁이 일어나겠구만, 신나는데."

"잠깐 기다려."

다시 전화가 왔으므로 서둘러 손을 들어 말을 막은 레오가 핸드폰을 귀에 붙였다. 그러더니 러셀이 들으라는 듯이 복창했다.

"남자 넷, 여자 둘이란 말입니까? 그놈들 좌석이 1등석 4명, 2등석 2명?"

그러더니 서둘러 핸드폰을 귀에서 떼었다.

"작전 개시야. 중사, 넌 옆 칸으로 가."

"알았어."

몸을 돌려 옆 칸으로 이어진 문의 손잡이를 쥔 러셀이 머리만 비틀고 레오를 보았다.

"이봐, 레오, 우리 보스한테도 연락이 갔겠지?"

"당연하지."

"놈들이 우리 좌석을 알까?"

"우리가 아직 놈들 좌석까지는 파악 못 했는데 그놈들이 알겠어?"

"젠장 미끼 노릇이 싫군."

투덜거린 러셀이 옆방으로 들어섰다. 이곳도 같은 구조다. 앞쪽 문을 응시하던 러셀이 심호흡을 하고 나서 문으로 가 문을 30센티쯤 열고 복도를 보았다. 1등석의 복도는 비었다.

"빌어먹을."

투덜거린 러셀이 다시 문을 닫고는 허리춤에서 베레타를 빼어 옆쪽 잡지를 꺼내 덮어씌웠다. 그러자 손의 베레타가 가려졌고 총신 5센티쯤만 밖으로 나왔다. 러셀이 창가의 의자에 앉아 탁자 위에 권총을 쥔 손을 놓았다. 잡지에 쌓인 권총의 튀어나온 총구 위에 다시 신문을 덮자 총구는 가려졌다. 총구는 정확하게 문 쪽을 향해있는 것이다.

"젠장, 여기서 이렇게 기다리다니, 죽겠군."

다시 투덜거린 러셀이 잡지를 더 자연스럽게 놓았을 때다. 문에서 노크 소리가 들렸으므로 러셀이 대답했다.

"예."

그 순간 숨을 들이켠 러셀이 잡지를 내던지면서 방바닥으로 몸을 던졌다. 굴렀다는 표현이 맞다. 이것은 본능이다. 전장(戰場)에서 살아나온 전사(戰士)만의 특징이다. 당장 웃음거리가 되는 것 따위는 생각 안 한다. 그 순간이다.

"퍽퍽퍽퍽퍽퍽퍽."

문에 수십 개의 구멍이 뚫리는 소리가 그렇게 났다. 문을 벌집처럼 뚫고 들어온 총탄이 조금 전 러셀이 앉아있던 탁자를 맞췄고 10여 발은 TGV 유리창에 맞아 산산조각이 났다. 시속 300킬로로 달리는 TGV다. 엄청난 바람이 태풍처럼 휘몰아 들어왔다.

"퍽퍽퍽퍽퍽퍽!"

그 다음의 발사음은 엎드렸던 러셀이 쥔 베레타에서 울렸다. 러셀은 앞쪽 문에 대고 발사했는데 각도를 조금 올렸고 범위를 넓혔다.

다시 문에 총탄 구멍이 뚫렸고 다음 순간 몸을 굴린 러셀이 옆방 문을 밀고 엎드린 채 들어갔다. 그 순간 러셀이 숨을 들이켰다. 이곳도 바람이 휘몰아치고 있다. 커튼이 찢겨질 듯 휘날렸고 탁자는 반쯤 창문에 걸쳐져 있다. 그리고 방바닥에 레오가 널브러져 있는 것이다.

레오는 이미 시체다. 방금 죽었기 때문에 눈동자에는 생기가 가시지 않았지만 머리에도 한 발 맞아서 피투성이다.

"이런 쌍."

몸을 일으킨 러셀이 앞쪽의 문을 노려보았다. 이쪽 문에도 총탄 구멍이 수십 개 뚫렸다. 러셀은 숨을 들이켰다. 방에 갇혀 있을 수만은 없는 것이다. 다음 순간 러셀은 문을 열어젖히고는 복도로 몸을 날렸다. 날리면서 총구를 겨누어 좌우를 둘러보았다.

몸이 떠 있는 상태에서 본 것이다. 그 순간 러셀은 복도에 서 있는 여자 하나, 쓰러진 남자 둘을 보았다. 러셀의 몸이 복도에 엎어진 순간 여자가 총을 겨누었다. 문이 열렸을 때 여자는 이미 이쪽으로 몸을 돌린 터라 한 순간이 빠르다.

"퍽! 퍽! 퍽!"

러셀을 향해 세 발이 발사되었고 복도 바닥에 몸을 부딪치면서 러셀은 어깨와 배에 두 발을 맞았다.

"퍽! 퍽!"

두 발은 러셀이 발사한 총탄이다. 자세가 어설펐기 때문에 팔이 비틀려져서 첫 발은 여자 어깨 위로 지났지만 두 번째가 여자의 목을 관통했다. 젊은 여자, 금발, 푸른 눈, 다음 순간 여자의 손가락이 방아쇠를 당겼고 이미 조준된 권총에서 여섯 번째 발사음이 울렸다.

"퍽!"

목이 뚫린 여자가 뒤로 넘어지면서 쏜 총탄이다. 심장이 관통당한 러셀이 숨을 들이켰다.

"갓 뎀."

마지막 말이다.

"총격전 발생, 우측 3번 1등실!"

핸드폰에서 팀장의 목소리.

"1번 차량 복도에 2명 출현, 2번 차량으로 접근!"

그러더니 다급하게 소리쳤다.

"3번으로 이동! 열차가 곧 급정거한다!"

핸드폰을 귀에서 뗀 재크린이 일어서며 말했다.

"3번 1등실에서 총격전, 1번 차량에서 2명이 이쪽으로 와요! 3번으로 갑시다!"

재크린이 말을 끝내기도 전에 방을 나왔고 제임스가 뒤를 따랐다. 복도는 비었다. 그 순간이다. 귀를 찢는 것 같은 쇳소리가 울리더니 TGV의 속도가 급감했다. 복도로 나왔던 둘의 몸이 날아가는 것처럼 떴으므로 제임스가 재크린의 팔을 잡고 옆쪽 문을 발끝으로 버티었다.

그러나 급격한 충격을 견디지 못하고 다시 둘의 몸이 엉키면서 앞쪽으로 굴렀다. 제임스가 재크린의 허리를 부둥켜안지 않았다면 앞쪽 칸막이로 날아갔을 것이다. 그때 긴 마찰음이 그치면서 TGV가 멈춰 섰다. 긴급정지다. 아마 몇 킬로는 미끄러졌을 것이다. 둘이 몸을 일으킨 순간 옆쪽의 문들이 열리더니 사람들이 쏟아져 나왔다. 일부는 부상자로 피를 흘리는 사람도 있다. 소리치고 아우성을 치면서 달려온다. 서둘러 문을 열고 연결 부분으로 나온 제임스가 비상구를 발로 차 열었다. 문이 열렸으므로 제임스가 정지된 TGV 밖으로 뛰어내리면서 소리쳤다.

"내려!"

재크린이 따라서 뛰어내렸고 이쪽저쪽의 비상구에서 사람들이 쏟아지듯 나온다. 밖은 숲이다. 철로에서 10미터 옆쪽은 울창한 숲으로 둘러싸인 것이다.

"이쪽으로!"

제임스가 앞장서서 숲으로 들어가며 말했다. 재크린이 뒤를 따른다. 이미 승객들이 흩어지면서 사방에 깔렸으므로 이상하게 보는 사람은 없다. 숲 안으로 10미터쯤 들어갔더니 열차는 보이지 않는다. 승객들의 소음만 나무 사이로 들리고 있다. 나무둥치 앞에 멈춰선 제임스가 재크린에게 말했다.

"연락을 해요."

옆쪽 나무에 기대선 재크린이 핸드폰을 꺼내더니 버튼을 눌렀다. 그러자 곧 사내의 목소리가 울렸다.

"지금 어디요?"

그때 제임스가 재빠르게 재크린의 손에서 핸드폰을 빼앗아 쥐었다.

재크린이 다시 빼앗으려고 덤벼들었지만 팔을 비틀어 몸의 뒤로 돌렸다. 간단히 제압당한 재크린이 팔을 비틀린 채 입을 딱 벌렸지만 신음을 뱉지는 않았다. 그때 제임스가 핸드폰에 대고 말했다.

"야 이 개새끼야, 작전 똑바로 해, 러셀은 어떻게 되었어?"

"이런."

놀란 듯 사내 목소리가 굵어졌다.

"재크린 어디에 있는 거냐?"

"내 앞에 있어, 넌 지금 어디에 있냐?"

"재크린 바꿔라."

"이 개새끼야, 나한테 말해, 그렇지 않으면 이곳에서 나 혼자 이탈할 테니까, 이 병신 같은 CIA놈아."

"상사, 너 항명할 거냐?"

"이런 암캐새끼, 이젠 네놈도 내 눈에 띄면 쏴 죽인다. 러셀은 어디에 있어?"

"상사, 진정해."

"이 시발놈아, 작전 내용을 말해, 상황 설명을 하란 말이다. 이 후장을 쑤셔 죽일 놈아."

"상사, 너 어디야? 내가 갈 테니까 위치를 말해. 나 열차 근처에 있다."

"숲 안으로 들어와."

"어느 쪽이냐?"

"너 혼자 와, 다른 놈하고 같이 오면 다 쏴 줘여버릴 테니까."

"글쎄, 어디냐?"

"잠깐 기다려."

꺾어 쥔 재크린의 팔을 왈칵 밀어버린 제임스가 열차 쪽으로 다가갔다. 그러고는 다시 사람들 속에 끼어 서서 말했다.

"4번 열차 앞이야."

TGV의 객차는 모두 14량이다. 다행히 탈선을 하지 않았지만 승객들이 밖으로 나와 소란이 일어나고 있다. 그 순간 제임스는 3번 열차의 유리창 2개가 부서져 있는 것을 보았다. 커튼이 밖으로 늘어졌고 하나는 의자가 창에 걸려 있다. 유리창이 박살이 난 것은 총탄에 맞았거나 강력한 충격을 주었기 때문이다. 그럼 저곳에 러셀이 있었는가? 그때 제임스는 사람들을 헤치고 다가오는 사내를 보았다. 30대쯤, 큰 키, 차분한 눈빛, 캐주얼 양복 차림으로 귀에 핸드폰을 붙이고 있다. 주변의 남녀 수십 명도 핸드폰을 귀에 붙이고 제각기 떠들고 있었지만 이 사내는 다르다. 시선이 마주쳤을 때 제임스가 물었다.

"지금 나를 보나?"

"그렇다, 상사."

사내가 시선을 준 채 대답했다. 거리는 15미터 정도, 뒤를 따르는 사람은 없다. 제임스가 이 사이로 말했다.

"내 뒤를 따라와.

"러셀하고 레오가 당했어."

사내가 나무둥치에 등을 붙이고 말했다.

"저놈들은 넷. 남자 셋, 여자 하나가 죽었어. 러셀과 레오하고 총격전을 벌인 것이지."

"그럼 2 대 1로 이겼다는 말이냐?"

눈을 치켜뜬 제임스가 사내를 노려보았다.

"이게 너희들 작전이야? 방에 미끼를 몰아넣고 놈들이 오기를 기다리는 것 말이다. 그래서 서로 맞쏘아 죽는다는 건가?"

"상사."

"닥쳐, 이 개새끼야."

제임스가 말을 잘랐다.

"내가 네 부하냐? 계급 부르지 마라."

"넌 CIA 통제를 받고 있어, 상사."

"이런 개새끼."

그 순간 등에 꽂은 권총을 뽑은 제임스가 사내를 겨누고 쏘았다.

"퍽! 퍽!"

사내가 흠칫했고 그 옆쪽의 재크린은 상반신을 뒤로 젖히다가 등을 나무에 부딪쳤다. 재빠른 동작이다. 권총 빼기 연습을 한 보람이 있다. 그리고 5미터쯤의 거리이긴 해도 사내 옆 20센티 옆쪽의 나무둥치에 정확히 2발이 세로로 10센티 간격으로 박혀 있다.

"이런 개새끼."

마침내 사내가 얼굴을 붉히며 이 사이로 말했다.

"이 새끼, 말 그대로 짐승 같은 놈이군."

"유튜브에 떠도는 대로 몬스터다, 개새끼야."

"총 치워, 상사."

"자, 너희들 작전을 말해, 개새끼야."

"퍽!"

그 순간 또 한 발의 총탄이 두 번째 총탄의 10센티 밑에 박혔다. 3발이 세로로 나란히 10센티 간격으로 박힌 셈이다.

"말해. 말 안 하면 쏴 죽인다."

제임스의 눈에 핏발이 섰다.

"내 친구 러셀의 핏값을 네놈한테서부터 받아야겠다, 이 시발놈아."

"상사."

그때 재크린이 불렀지만 말이 끝나기도 전에 총탄이 발사되었다.

"퍽!"

"앗!"

재크린이 비명을 질렀다. 바로 위쪽 나뭇가지를 맞추는 바람에 부러진 가지가 머리 위로 떨어졌기 때문이다. 재크린은 총에 맞은 것으로 착각할 수가 있다. 총격전을 겪지 않은 인간들은 더욱 그렇다.

"넌 닥치고 있어, 갈보년아."

때려박듯이 말한 제임스의 총구가 다시 사내에게로 옮겨졌다.

"내가 미치기 전에 이 개좆 같은 작전 내용을 말해, 이 시발놈아."

"위성으로 이곳이 찍히고 있어."

마침내 사내가 어깨를 늘어뜨리며 말했다.

"우리가 TGV에 탄 순간부터 위성사진을 보면서 본부의 작전 지시를 받고 있는 거다."

"TGV에는 작전 요원이 몇이 탄 거냐?"

"12명."

"미끼 넷에 작전 요원 여덟인가?"

"그렇다."

"적은?"

"확인된 것이 여덟."

"어떻게 확인한 거냐?"

"총기 소지, 그리고 탑승객 영상 사진 대조."

"지금도 확인 중이겠군."

"그렇다."

"작전 내용은?"

"너희들 방을 중심으로 2중으로 좁혀 들어가는 방법."

"사살인가?"

"생포 불가능할 경우에."

"이번 러셀의 방이 당할 때 너희들은 뭐했고?"

"우리 측 좌측 경계 요원 셋이 먼저 당했다."

"그렇군."

그때 사내가 쥐고 있던 핸드폰 버튼을 누르더니 귀에 붙였다.

"뭐라고?"

놀란 듯 눈을 치켜뜬 사내의 시선이 제임스에게로 옮겨졌다.

"그럼 놈들이 몇이야?"

사내의 목소리가 비명처럼 들렸으므로 제임스가 얼굴을 일그러뜨렸다. 그때 사내가 핸드폰을 귀에서 떼고는 서둘렀다.

"피해야 돼! 놈들한테 다시 우리팀 셋이 당했어!"

"병신."

제임스가 사내에게 손을 뻗쳤다.

"핸드폰 이리 내."

"왜, 왜 그러는 거야?"

당황한 사내가 묻자 제임스가 와락 달려들어 총구를 사내의 가슴에 붙였다.

"놈들이 어디 있는가를 물어, 이 병신아!"

"우리 팀이 지금 둘 남았단 말이야."

그때 제임스가 사내의 팔을 비틀어 핸드폰을 빼앗아 쥐고는 귀에 붙였다.

"지금 놈들이 몇이냐? 그리고 어디에 있어?"

제임스가 소리쳤다.

"야, 이 시발놈들아, 나한테만 말해, 이 병신들은 놔두고! 내가 사냥할 테니까 말이야! 지금 같은 좋은 기회가 어디 있어!"

보좌관 크린트가 머리를 들고 부국장 로이드를 보았다. 상황실 안은 순간 조용해졌다. 모두 제임스의 목소리를 스피커로 들은 것이다. 이곳은 파리 미국 대사관 안의 상황본부다.

앞쪽 대형 스크린에 TGV 현장이 선명하게 비치고 있었는데 아래쪽 숲에서 붉은 점이 깜박이고 있다. 바로 그곳에서 제임스가 지금 통화를 하고 있다. 숲에 가려서 모습은 보이지 않지만 나뭇잎까지 선명하게 드러나 있다.

"부국장님, 제 생각엔 맡기는 게 나을 것 같습니다."

크린트가 정색한 얼굴로 말했다. 상황실 안에는 10여 명의 지휘 요원이 모였다. 모두 각각 앞에 놓인 모니터 화면을 보거나 리시버를 귀에 꽂고 통신 중이다. 로이드가 찌푸린 얼굴로 위성 화면을 노려보았다. TGV 안과 밖에 붉은 동그라미에 싸인 인물들은 이제 8명, 그중 2명은 제임스와 재크린, 조던이 들어가 있는 숲 근처를 배회하고 있다. 이제 남은 인원은 인질 2명, 작전 요원 2명이다.

"아앗!"

그때 상황실 안에서 갑자기 외침이 울렸으므로 로이드와 크린트가 동시에 머리를 들고 스크린을 보았다. 위성사진이었지만 바로 10미터쯤 위에서 찍은 것처럼 사진이 선명했다. 방금 푸른 동그라미로 표시된

68

CIA 요원 하나가 3번 열차 앞에서 쓰러졌기 때문이다. 주위에 있던 사람들이 놀라 흩어지고 있다.

"저놈들이 쐈습니다."

요원 하나가 레이저로 위쪽 열차 안을 가리켰다. 쓰러진 요원과 10미터쯤 떨어진 열차의 열린 문 안쪽에 붉은 동그라미로 표시된 두 사내가 있다. 테러단이다.

"아냐."

왼쪽 모니터 앞에 앉아있던 요원이 벌떡 일어섰다. 그러고는 레이저로 쓰러진 요원 주위로 모여들고 있는 승객 중 하나를 가리켰다. 붉은 원으로 표시되지 않은 사내다.

"이 사내가 뒤에서 쐈어, 움직임이 수상했어!"

"화면을 돌려봐!"

로이드가 소리치자 곧 스크린이 멈추고는 뒤로 돌아갔다. 1분쯤 후로 돌려지더니 이제는 천천히 재생된다.

"으음."

로이드의 입에서 신음이 터졌다. 과연 사내가 요원이 옆으로 지나가자 손에 걸치고 있던 재킷을 들었던 것이다. 재킷이 들썩이는 것 같더니 요원이 쓰러졌다. '마크'가 되지 않은 테러범이다. 그때 크린트가 소리치듯 말했다.

"부국장님! 몬스터 요구대로 그놈한테 맡깁시다! 테러단들도 위성사진으로 이곳을 보고 있는 것이 확실합니다!"

"그렇습니다."

요원의 저격범을 지목한 요원이 동의했다. 판독 전문 요원이다. 모두의 시선이 다시 로이드에게로 옮겨졌다. 로이드는 53세, CIA 경력 26년,

6명의 부국장 중 4번째 서열이다. 작전 전문가, 그러나 CIA 역사상 작전 전문가가 국장이 된 적은 없다. 그때 손에 재킷을 든 사내가 숲 쪽으로 몸을 돌렸다. 바로 제임스와 TGV 작전 현장 지휘자 조던이 있는 곳이다. 눈을 치켜뜬 로이드가 마침내 지시했다.

"맡겨."

그 순간 크린트가 앞에 놓인 마이크에 대고 말했다. 지금 제임스가 쥐고 있는 핸드폰과 연결된 마이크다.

"좋아, 너한테 맡기겠다. 네 좌측으로 25미터 지점에서 손에 청색 재킷을 쥔 놈이 그쪽으로 다가가고 있다. 그놈을 죽여."

상황실 안에는 기계음만 울렸다. 그때 숲 사이로 사내의 모습이 드러났다. 제임스다. 제임스가 거침없이, 그리고 정확하게 좌측 방향으로 숲을 헤치며 나아갔다. 나무에 가려 모습이 보였다가 말았다가 했지만 TGV 열차가 세워진 쪽으로 다가간다. 재킷을 든 사내와의 거리가 급격히 가까워졌다.

20미터, 그러나 둘 다 나무 때문에 서로 보지는 못한다. 상황실 안에서 누군가 작게 헛기침을 했다. 15미터, 13미터, 그때 나무 밖으로 나온 제임스가 바로 앞을 지나는 재킷을 든 사내와 마주쳤다, 10미터.

"앗!"

상황실 안에서 서너 명이 동시에 외침을 뱉었다. 재킷을 든 사내도 핸드폰을 귀에 붙이고 있었으니 지시를 받고 있는 것이 분명했다. 둘은 동시에 발사했다. 재킷 든 사내는 재킷으로 감싼 총구를 제임스 쪽으로 내밀었고 제임스는 들고 있던 총을 그대로 겨누었다. 그리고 세 번 발사했다. 재킷 든 사내도 세 번 재킷이 들썩였으니 같이 세 번이다. 그러나 상황실의 요원들은 다음 순간 숨을 죽였다. 재킷 든 사내의 머리가 부서져 머리 없는 몸뚱이가 된 것이다. 총알 세 발이 모두 얼굴에 명중했기 때문이다.

"저런."

누군가가 갈라진 목소리로 말했다.

"총탄 끝을 갈라서 폭발하게 만들었어."

그때 놀란 승객들이 물고기 떼처럼 갈라섰다. 상황실 요원들은 제임스가 권총을 옷깃에 감추고는 놀란 승객들 사이에 끼어 달리는 것을 보았다. 그것을 본 누군가가 소리쳤다.

"노련하다!"

2장 도시의 전사

"저기, 몬스터!"

누군가 소리쳤지만 이미 모든 시선은 한군데로 몰렸다. 몬스터, 바로 유튜브에서 수천만 조회 수를 기록한 놈, 지금은 수염을 말끔하게 밀고 케피에를 벗은 맨머리에 캐주얼 양복 차림이었지만 그놈, 특수정찰대 팀장이다. 제임스 진, 이제야 위성화면에 잡혔다. 승객들 사이에 끼어 도망친다.

"마샬, 3번 객차 쪽이다!"

가르통이 마이크에 대고 말했다.

"서둘지 마, 마샬. 천천히, TGV는 움직이지 않아. 엔진 연결 부위를 부숴놓았어."

앞쪽 벽의 스크린에는 TV 화면처럼 생생한 그림이 떠 있었는데 객차 주변으로 흩어진 승객들이 마치 죽은 지렁이 주위에 몰려든 개미 같았다. 가르통이 마이크에 대고 말을 이었다.

"3번 객차에서 4번 객차 쪽으로 몬스터가 가고 있다. 몬스터한테 7번이 당했다."

지금 가르통은 탈레반 작업조를 지휘하고 있는 것이다. 그러자 이쪽은 흰색 원으로 표시된 요원들이 일제히 움직였다. 그중 위쪽 8번 객차 앞에 서 있던 사내의 움직임이 가장 빠르다. 그것이 마샬이다. 흰색 원은 모두 12개, 그중에는 여자도 3명이 끼어있었는데 방금 숲에서 나타난 몬스터 위에 검정색 원이 덮여 있다.

"몬스터가 어디에서 나타났어?"

가르통이 소리쳐 묻자 옆쪽 사내가 레이저로 2번 TGV 뒷쪽 숲을 가리켰다.

"이쪽인 것 같습니다."

"주시해! 그곳에 영사 년하고 다른 놈이 숨어있을지도 모른다!"

그때 몬스터 위에 검정색 원을 덮어씌우고 쫓던 요원 둘이 당황했다. 몬스터가 대여섯 명의 승객들과 뛰어 열차 안으로 들어간 것이다.

"몬스터가 5번 객차로 들어갔습니다!"

요원이 소리치자 가르통이 모든 요원들에게 중계했다.

"놈이 5번 객차로 들어갔다."

가르통은 마샬이 재빠르게 6번 객차 안으로 들어가는 것을 보았다. TGV 주위는 혼란에 싸여있었다. 차 안에 총에 맞은 시체가 7, 8구나 되는 데다 밖에서도 3명이나 피살되었기 때문이다. 그중에서 이쪽 요원도 다섯이나 된다.

공황상태가 된 승객들이 아예 앞쪽 들판으로 빠져나가기도 했고 일부분은 숲으로 들어간다. TGV가 모두 18량이나 되는 데다 승객이 5, 6백 명이었으니 대혼란이다.

"침착하게!"

가르통이 마이크에 대고 지시했다. 화면은 선명하다. 아부다비에서 연간 2천만 불을 지불하고 러시아로부터 임대한 기상관측 위성 이바노트 14호를 지금 가르통이 사용하고 있는 것이다.

기상관측 위성이 실제는 지상의 자동차 번호판도 식별할 수 있는 정찰 위성이며 그 위성을 탈레반 지휘부가 다시 재임대한 상황이다.

이제 밖의 요원 6명이 객차로 들어갔다. 5번 주위의 3번, 6번, 7번으로 들어간 요원 외에 6명은 2번 객차 뒤쪽의 숲을 수색하기 시작했다. 그때 가르통이 말했다.

"우리가 유리해, 놈들은 아직 우리를 모두 파악하지 못하고 있어."

현장 요원들에게 말한 것이다. 본래 TGV에 침투시킨 요원은 17명, 현재까지 5명이 당했고 12명이 작전 중이다. 그러나 저쪽 CIA 놈들은 이미 9명을 제거했다. 객차 안에서 8명, 그중 몬스터와 한 팀이었던 거구를 사살했고 열차 밖에서 하나를 제거했다. 이제 남은 것은 셋, 몬스터와 영사 계집년, 그리고 또 한 놈이다.

그때 마샬의 목소리가 울렸다.

"5번에서 좌측으로 진입한다."

마샬의 목소리가 차분했으므로 가르통이 심호흡을 했다. 가르통은 얼굴이 드러날까 봐 이번 현장에는 참여하지 않았다. 작전 직전에 고위층이 현장에서 빠지라고 했던 것이다. CIA가 미끼를 싣고 마르세유까지 가는 동안 역으로 소탕 작전을 벌인다는 것을 예상했기 때문이다. 따라서 TGV 승객도 모두 사진을 찍어놓을 것이고 위성사진을 상황실에 띄워놓을 것이었다. 그때 3번 차량의 요원이 말했다.

"이쪽에서 셋, 4번으로 진입한다."

"좋아, 그놈을 죽여서 머리통을 떼어 가방에 담아오도록."

가르통이 이 사이로 말했다.

"몬스터 머리통을 유튜브에 올려야 한다."

그래야 우리 체면이 선다. 이미 이번 작전에도 요원이 다섯이나 당했지만 CIA의 절반 수준이다.

"조심해."

가르통이 열차 내외의 요원들에게 다시 지시하고는 마이크의 전원을 껐다. 작전 중의 잔소리는 독(毒)이나 같기 때문이다.

이곳은 파리 몽마르트르의 상황실 안이다. 문득 가르통은 미 대사관 안의 상황실에도 이와 비슷한 장면이 펼쳐져 있을 것이라는 생각이 들었고 저절로 쓴웃음이 떠올랐다. 그때 숲을 뒤지던 요원 하나가 보고했다.

"안으로 들어가는 여자 하나 발견, 아무래도 영사 년 같다."

"놈들도 위성으로 보고 있는 것 같다."

사내가 말하자 제임스가 픽 웃었다.

"병신아, 그래서 내가 열차 안으로 들어온 거야, 안으로 들어오는 놈들이나 말해줘."

제임스가 재빨리 통로 좌우를 훑어보았다. 이곳은 2등 칸으로 복도 좌우가 객실이다. 침대는 없고 4인실 기준의 방으로 만들어졌다.

열차가 급정거를 하는 바람에 문이 열렸고 온갖 것이 다 흩어져서 어수선했는데 방은 대부분 비었다. 모두 겁이 나서 뛰쳐나간 것이다.

제임스가 재빨리 오른쪽 4번 방으로 들어가 창밖을 보았다. 블라인드 사이로 서성대는 승객들이 보인다. 모두 당황한 데다 공포에 질린 사람들도 있다. 열차 안팎에서 10여 구의 시체가 발견되었고 조금 전에도 피해자가 발생했기 때문이다. 그때 핸드폰에서 사내의 목소리가 들렸다.

"3번으로 2명이, 6번으로 1명이 들어갔어. 네가 5번에 있는 것을 아는 것 같다."

사내의 목소리가 초조해졌다.

"상사, 5번만 빼고 옆쪽으로 들어갔다는 것은……."

"알아, 병신아."

핸드폰을 귀에서 뗀 제임스가 주머니에 넣어둔 베레타의 새 탄창을 갈아 끼웠다. 탄알이 많아야 한다. 그러고는 복도로 나와 4번 객차를 향해 달렸다. 3번에 2명이 올랐다니 우선 숫자가 많은 쪽을 상대하려는 것이다.

연결대를 지나 4번 객차로 들어서자 앞쪽 통로에 등을 보이고 선 사내가 보였다. 차장이다. 차장이 좌우의 방을 점검하고 있다. 차장이 몸을 돌려 제임스를 본 순간이다. 문이 열리면서 남녀가 들어섰다. 제임스와의 거리는 10미터 정도, 차장은 2미터 앞이다. 그때 제임스와 남녀의 시선이 마주쳤고 다음 순간 앞장선 남자가 쥐고 있던 권총을 발사했다.

"퍽 퍽 퍽!"

둔한 발사음, 연발 사격의 세 발, 그 순간 제임스의 베레타도 발사음을 내었다.

"퍽퍽퍽퍽퍽!"

다섯 발을 연속으로 발사했는데 그것이 두 남녀에게 다 명중되었다. 사내는 목이 터져서 피보라가 일어났고 뒤쪽에서 몸의 반만 드러났던 여자는 더 끔찍했다. 머리 반쪽이 날아갔다. 제임스는 어금니를 물고는 쓰러진 차장을 뛰어넘었다. 사내가 쏜 총탄은 모두 차장에게 명중되었던 것이다. 달려간 제임스가 사내가 아직도 쥐고 있는 권총을 손에서 빼내었다. 체코제 CZ75, 소음기가 장착되었고 총탄은 9밀리 탄으로 같다. 주머니를 뒤져 탄알이 장전된 탄창 3개까지 총과 함께 주머니에 넣었다.

여자는 손에 헤클러&코흐 권총을 쥐고 있었지만 놔두고 제임스는 연결칸으로 뛰어 건넜다. 그 순간이다.

"퍽! 퍽! 퍽!"

발사음과 함께 앞쪽 유리창이 부서졌다. 또 있는가? 바닥으로 몸을 굴린 제임스가 옆쪽 계단으로 몸을 굴리고는 바로 열차 밑으로 기어들어갔다. 그러고는 온 길을 거꾸로 열차 밑을 기어가기 시작했다. 열차 밖으로 잠깐 몸이 드러났을 때 주위에 서 있던 승객 3, 4명이 제임스를 보더니 놀라기는 했다. 그러나 제임스는 위성에 걸릴 것이 더 신경 쓰였다.

거꾸로 철로 위를 기어서 다시 5번 차량 밑에 닿았을 때 제임스가 가쁜 숨을 몰아쉬면서 바지에서 핸드폰을 꺼내 전원을 켰다. 철로 양쪽에 승객들이 보였지만 이쪽은 바퀴 옆이라 드러나지 않을 것이다. 제임스가 핸드폰을 귀에 붙였을 때 사내의 목소리가 울렸다.

"지금 어디야?"

"5번 차량 밑이야."

"빠져나오는 것 보았어."

사내가 서두르듯 말했다.

"주위 승객들이 놀라 흩어졌는데 열차 밑을 기웃거리는 놈들은 없다."

"내가 4번에서 2명 처치했어, 남녀다."

"3번으로 들어간 놈들이야."

사내의 목소리에 활기가 띠어졌다.

"우리가 마크한 둘을 다 처치했군."

"이 병신아, 또 있었어!"

"또 있었다구?"

"한 놈이 나를 쏘았지만 안 맞았다."

숨을 고른 제임스가 결심한 듯 말했다.

"내가 3번까지 기어갔다가 다시 열차에 오를 거다."

핸드폰을 다시 주머니에 넣은 제임스가 계속해서 나아가기 시작했다. 아프가니스탄의 산악지대를 기어오르던 때가 떠올랐다. 이쯤은 그때와 비교하면 그야말로 엎드려서 기어가기다. 사지를 개구리 걸음으로 재빠르게 움직여 4번을 지나 3번 중간까지 기어간 제임스가 주위를 살피고는 다시 연결 부위로 기어가 몸을 일으켰다.

이곳은 사람 상반신이 들어갈 만한 공간이 있는 것이다. 이윽고 제임스가 몸을 솟구쳐 연결 부위 위로 올라왔다. 그러고는 핸드폰을 꺼내 다시 통신을 했다.

"자, 나, 보이나?"

"안 보여, 상사."

사내의 기쁜 듯한 목소리가 울렸으므로 제임스가 심호흡을 했다. 그럼 놈들의 위성에서도 보이지 않을 것이다. 곧 주머니에서 나이프를 꺼낸 제임스가 옆쪽 이음새의 플라스틱 덮개에 칼끝을 박았다. 그러고는 밑으로 길게 찢었다. 주름진 플라스틱 덮개가 찢기면서 열차 연결 부분의 안쪽이 드러났다.

몸을 비틀어 먼저 다리 한쪽을 집어넣은 제임스가 상반신의 반쪽을 밀어 넣고 열차 안을 보았다. 이곳은 3번과 2번 칸 사이의 공간, 출입구는 열려있고 계단이 보인다. 그러나 이쪽에 승객은 없다. 몸을 틀어 완전히 객차 안으로 들어온 제임스가 복도 끝에 서서 3번 쪽을 보았다.

그때 힐끗 옷자락이 보였다가 사라졌다. 승객 대부분은 열차에서 내린 상태다. 3번으로 2명이 들어갔다고 했던가? 6번이 2명인가? 도무지 믿을 수가 없어진 제임스는 핸드폰의 지시를 받지 않기로 마음먹었다. 위성 화상을 본다지만 승객과 적을 구분할 수는 없을 것이다. 3번 칸 안으로 들어선 제임스가 거침없이 발자국 소리를 내면서 말했다.

"마리아, 거기 있어? 마리아?"

불안하면서도 짜증이 난 목소리, 아프가니스탄의 마을에서 러셀이 잘 썼던 수단이다. 그때 러셀의 목소리가 기억난다.

"무하마드, 무하마드."

아이를 애타게 찾는 아비의 목소리, 무하마드란 이름은 흔해서 아이들 많은 곳에서 부르면 절반은 돌아본다. 전장이 되어 시체가 뒹구는 마을, 은폐하고 있던 반군은 바보 같은 주민의 자식 찾는 소리를 듣고 주의를 주려고 머리를 내밀었다.

"타타타타타."

러셀의 뒤를 따르던 제임스는 사정없이 갈겨댄 러셀의 기관총에 반군의 머리통이 산산조각이 나는 것을 보았다.

"마리아! 제발 빨리 나와! 여긴 더 위험해!"

제임스가 짜증스럽게 다시 소리친 순간 바로 5미터쯤 앞쪽의 좌측 칸에서 사내의 머리통 절반이 나왔다.

"퍽퍽퍽퍽퍽."

총을 겨누고 있었던 터라 겨냥만 하고는 다섯 발을 연달아 갈겼더니 첫발에 이마 끝을 관통당한 사내가 머리를 안으로 들여 밀었지만 나머지 총탄은 문을 뚫고 들어가 몸통을 맞췄다.

달려간 제임스는 사내가 늘어져 있는 것을 보았다. 그러나 눈을 크게 뜨고 가쁜 숨을 뱉는 중이다. 손에 소음기가 끼워진 리볼버를 쥐었는데 이미 기력이 떨어져 총을 들 수는 없다. 제임스가 재빠르게 핸드폰을 꺼내 사내의 얼굴을 촬영했다. 3번 버튼을 누르고 나서 늘어진 사내의 몸을 뒤져 핸드폰을 꺼내 주머니에 넣은 다음 일어섰다. 이제 사내의 눈은 초점이 흐려져 있다. 심장과 폐, 목과 이마를 관통당해서 숨이 끊어진 것이다.

제임스가 핸드폰의 버튼을 누르고는 통신했다.

"3번 칸에서 또 한 놈 잡았다. 얼굴도 찍었으니 곧 보내겠다."

"지금 놈들의 위성을 알아냈어, 20분쯤 후면 놈들 위성 연결을 끊을 수가 있을 거다."

사내가 다급하게 말했다.

"그럼 우리가 주도권을 쥘 수가 있다."

"닥쳐 이 새끼야, 20분을 기다릴 순 없어."

제임스는 이제 조금 전 뚫고 들어온 틈으로 다시 몸을 들이밀고 있다.

"그때까지 아무나 쏴 죽이란 말이냐? 수백 명 민간인 사이에서?"

공간으로 들어온 제임스가 발을 뻗쳐 철로 바닥에 내려섰다. 사내가 아무 말 하지 않았으므로 제임스가 낮게 말을 이었다.

"여기선 철수해야 돼. 철수 지시를 내려, 대장!"

"잠깐만 기다려."

제임스가 핸드폰의 전원을 끄고는 다시 몸을 낮춰 철로 바닥에 납작 엎드렸다. 그러고는 좌우를 둘러보자 오가는 다리가 보인다. 제임스는 다시 앞쪽으로 기어가기 시작했다. 맨 끝, TGV의 앞머리 부근으로 가는 것이다. 객차 2칸을 지나 엔진 부근까지 왔을 때 좌우의 공간이 비었다. 이쪽까지는 승객이 오지 않은 것이다.

좌측 바퀴 옆으로 다가간 제임스가 눈만 내놓고 뒤쪽을 보았다. 이쪽은 조금 경사가 져서 아래쪽으로 구르면 눈에 띄지는 않을 것 같다. 그러나 놈들의 위성으로는 환하게 드러날 것이다. 제임스가 눈을 들어 앞쪽 숲을 보았다. 경사진 곳으로 구른 다음 곧장 숲으로 들어간다면 위성은 찾지 못할 것이다. 그럼 곧장 직진해서 재크린과 미 대사관하고 합류하는 수밖에 없다.

마음을 먹자마자 제임스는 바퀴 옆에서 상반신을 빼내고 나서 몸을 비틀어 5미터쯤의 경사로로 굴러 내려갔다. 그러고는 바로 몸을 세우고는 뛰어서 10미터쯤 옆쪽 숲으로 뛰어 들어갔다.

울창한 침엽수 숲이 하늘을 가리고 있어서 위성을 피하기는 적당했다. 그러나 숲에 잡목이 많아서 곧장 직진할 수는 없다. 제임스는 발에 엉키는 잡목 줄기를 걷어내며 아래쪽으로 내려가기 시작했다.

그때 바지 주머니에 넣어둔 핸드폰이 진동했다. 꺼내 든 제임스가 귀에 붙이자 사내가 말했다.

"좋아, 철수다. 지금 아래쪽으로 내려가나?"

"그래."

"네가 내려가는 걸 놈들도 체크한 것 같다. 네 앞쪽으로 셋이 숲으로 들어갔다."

"또 셋이야?"

제임스가 이 사이로 물었다.

"이 병신들아, 놈들이 도대체 몇인지나 아는 거냐?"

"마샬!"

버럭 소리친 가르통이 들고 있던 마이크를 내동댕이쳤다. 방안이 조용해졌다. 위성화면은 현장을 생생하게 비추고 있었으므로 음소거를 시킨 영화 같다. 숲속으로 뛰어 들어간 '몬스터' 놈은 이제 보이지 않는다. 그러나 마샬과 연락이 되지 않는 것이다. 그때 요원 하나가 머리를 들고 가르통을 보았다.

"핸드폰의 위치 추적이 안 됩니다."

숨을 죽인 가르통에게 요원이 말을 이었다.

"칩을 빼낸 겁니다."

그렇다면 마샬이 핸드폰을 빼앗긴 것이다. 얼굴이 일그러진 가르통의 시선이 다시 숲으로 옮겨졌다. 이제 요원 7명이 숲을 수색하고 있다. 모습이 보이지 않았기 때문에 반짝이는 점이 흩어져 있는 것 같다.

"객차로 들어간 여자는?"

가르통이 묻자 옆쪽 요원이 머리를 기울였다.

"아직 흔적이 없습니다. 그리고……."

다음 말은 가르통도 이을 수가 있다. 조금 전부터 승객들이 객차로 들어가기 시작한 것이다. 이제 찾지 못한다. 어금니를 문 가르통이 다시 숲속을 보았다. 아직 대원들은 숲을 뒤지고 있다. 그때 옆쪽 요원이 핸드폰을 내밀며 다가왔다.

"대장, 연락이 왔습니다."

가르통이 핸드폰을 받아 귀에 붙였다.

"예, 납니다."

"서둘러!"

소리치듯 말한 사내는 무카리다. 숨을 죽인 가르통의 귀에 무카리의 말이 쏟아졌다.

"놈들이 위성을 알아냈어, 그쪽 위치도 추적해서 덮칠 거야, 서둘러!"

"젠장."

핸드폰을 귀에서 뗀 가르통이 소리쳤다.

"철수!"

그 순간 요원들이 일제히 일어섰다. 그러나 소음도 내지 않고 일사 불란하게 움직인다. 가르통이 다시 위성화면을 응시하면서 이 사이로 말했다.

"이 새끼, 몬스터, 넌 내 손을 벗어나지 못한다."

이번에는 가르통이 마이크를 손에 쥐고 소리쳤다.

"작전중지! 철수다! 모두 현장에서 이탈하도록!"

현장의 요원들에게 지시한 것이다. 어금니를 문 가르통이 숲에서 반짝이던 신호들이 갑자기 정지된 것을 보았다. 모두 움직임을 멈춘 것이다. 가르통이 마지막으로 한마디 했다.

"모두 수고했다."

그 순간 위성영상이 꺼졌고 방안의 전등도 꺼졌다. 그 시간에 제임스가 조던에게 물었다.

"영사는?"

"객차로 들어갔어."

조던이 지친 표정으로 말했다. 둘은 각각 나무에 등을 붙이고 서 있었는데 이곳은 TGV의 반대쪽 끝 부분이다. 뒤쪽을 살펴본 제임스가 다시 물었다.

"왜 들어간 거야?"

"흩어지기로 했어."

조던이 뱉듯이 말하고는 발을 떼었다. 이제 객차에서 방송으로 승객들을 부르고 있는 것이다. 제임스가 핸드폰을 귀에 붙이면서 조던에게 말했다.

"기다려."

조던이 멈춰 섰을 때 핸드폰에서 목소리가 울렸다.

"자, 이젠 핸드폰을 그 친구에게 돌려주지그래."

"알았어."

쓴웃음을 지은 제임스가 말을 이었다.

"이번 작전은 엉망이야, 대장."

"망할 자식."

욕을 들으면서 제임스가 핸드폰을 조던에게 내밀었다.

"네 병신 같은 대장 놈이 너한테 이걸 돌려주라는군."

눈을 치켜뜬 조던이 핸드폰을 받아 귀에 붙이더니 대답했다.

"예, 전화 바꿨습니다."

조던의 말을 들으면서 제임스가 몸을 돌렸다. 객차로 다가가는 것이다. 탈레반 팀들도 다시 객차에 탈 테니 결판을 내는 수밖에 없다. 숲을 빠져나간 제임스는 곧 승객들과 섞였다. 이제 승객들은 줄을 서서 열차에 오르고 있다.

헬기 소리가 조금 전부터 울리고 있었는데 한 대는 TGV 상공으로 거의 접근해 있었고 또 두 대는 먼 쪽에서 다가오는 중이다. 동체에 경찰 표시가 붙어 있다. 그때 뒤쪽에서 다가온 조던이 제임스에게 말했다.

"곧 우리를 싣고 갈 헬기가 올 거야. 그리고 이곳을 장악할 경찰과 요원들이 도착할 거라구, 우린 떠나라는 지시를 받았어."

10여 명이 피살된 엄청난 사건인 것이다.

헬기가 디종(DIJON) 교외의 대저택 마당에 착륙했을 때는 오후 5시 반이다. 헬기 착륙장에는 사내 둘이 기다리고 서 있다가 잠자코 앞장을 서서 안내했다. 제임스에게는 궁전처럼 느껴지는 저택이다. 수백 년은 지난 것 같은 석조 3층 건물로 좌우에는 망루까지 설치되었는데 고색창연했다. 현관으로 들어서자 천장에는 엄청나게 큰 샹들리에가 걸렸고 붉은색 양탄자가 깔린 로비가 드러났다.

고풍의 가구는 불빛을 받아 반짝였으며 은은한 나무 향에 마치 중세에 온 것 같은 착각이 일어났다. 나선형 계단에도 양탄자가 깔려 있었는데 이제는 사내 하나가 그들 셋을 안내했다. 뒤를 조던이 따랐고 제임스와 재크린이 조금 간격을 두고 걷는다.

"내가 이 집을 영화에서 본 것 같은데."

계단을 오르면서 제임스가 혼잣말을 했다. 주위가 조용해서 목소리가 벽에 부딪혀 울리는 것 같다.

"그렇지, 브래드 피트하고 안젤리나 졸리가 나오는 영화였어."

제임스의 목소리가 조금 커지자 앞장선 사내가 힐끗 돌아보았다. 30대쯤의 건장한 체격, 캐주얼 양복이 어울리는 잘생긴 사내다. 사내의 시선을 받은 제임스가 쓴웃음을 지었다.

"뭘 봐? 이 새끼야?"

제임스가 사내의 뒤통수에 대고 말을 이었다.

"난 한 시간 전에 내 친구를 잃었다. 아직 시체도 보지 못하고 이 개좆같은 집으로 따라왔단 말이다."

이층 계단을 오른 사내가 다시 양탄자가 깔린 복도를 걷는다. 발자국 소리도 없고 주위는 물속처럼 조용하다. 제임스의 목소리가 다시 울렸다.

"폼들 재지 말란 말이다, 이 병신들아. 가소로운 새끼들, 이런 것이 무슨 작전이라고?"

"……."

"시발놈들, 예산이 얼마나 있는지 이런 왕의 저택을 빌려서 개지랄을 하는구만, 개새끼들."

그때 오른쪽 문 앞에 선 사내가 노크를 하더니 비켜섰다.

"들어가시지요."

조던이 앞장서 방으로 들어섰고 뒤로 재크린, 제임스의 순서다. 제임스가 사내의 앞을 지날 때다. 사내가 낮게 말했다.

"몬스터, 파이팅."

놀란 제임스의 시선을 받은 사내가 한쪽 눈을 감았다가 떴다. 정색한 얼굴이다. 그러고는 몸을 돌렸으므로 제임스가 심호흡을 했다. 방에는 세 사내가 앉아있었는데 그중 소파의 상석인 윗자리에 앉은 사내가 셋에게 말했다.

"거기 앉아."

셋을 향해 말했지만 어느 누구한테도 초점을 맞추지 않는다. 회색 머리칼에 마른 얼굴, 피부는 거칠었고 입술이 굳게 닫히면 고집스러운 인상이 된다. 앉은키가 커서 장신으로 보였다.

50대 중반쯤으로 부하들을 부려온 권위가 온몸에서 풍겨 나온다. 조던과 재크린이 찍소리도 못 내고 옆쪽 자리에 앉은 것을 보면 안면이 있는 자 같다.

제임스가 구석 쪽 자리에 앉아 옆쪽의 두 사내를 보았다. 하나는 부대사 요한슨이었지만 이쪽에 시선을 주지 않는다. 그리고 또 한 명은 대머리에 배가 나온 체격, 50대쯤, 급하게 나왔는지 와이셔츠 두 번째 단추를 잠그지 않았다. 그때 회색 머리가 다시 입을 열었다.

"이번 인질 작전은 성공이야, 우린 놈들의 능력을 알 수 있었고 특히 중동권의 엄청난 배후까지 밝혀낼 수 있었지."

회색 머리가 셋의 머리 위쪽의 시선을 준 채 말을 이었다.

"그리고 무하마드 핫산이 탈레반의 최고 실력자 중 하나라는 것도 확인할 수 있었어, 대단한 소득이야."

그때 제임스가 외면했는데 얼굴 돌린 쪽이 마침 재크린 쪽이다. 재크린의 옆얼굴을 보면서 제임스가 긴 숨을 뱉었다. 그때 사내가 제임스에게 물었다.

"상사, 불만인가?"

"당신 누구야?"

제임스가 눈을 가늘게 뜨고 되물었다.

"내가 그 말에 대답해야 된다는 근거를 대봐, 늙은이."

방안이 갑자기 조용해졌다. 누군가 침 삼키는 소리를 내었고 창밖에서 희미하게 자동차 엔진소음이 들렸다. 그때다. 제임스의 시선을 받은 사내가 머리를 끄덕였다.

"난 CIA 부국장 로이드 마틴이야, 제임스."

제임스는 시선만 주었고 사내가 말을 이었다.

"로빈이라고 불러도 돼."

그때서야 제임스가 어깨를 늘어뜨렸다. 그때 로이드가 눈을 가늘게 뜨고 제임스를 보았다.

"참, 내가 자네 지휘관 마빈 워커한테 직접 허락을 받았어, 넌 이제 내 부하다."

제임스가 숨을 죽였다. 마빈 워커 중장은 미 육군 특수정찰대 대장으로 제임스의 조물주나 같다. 로이드가 이제는 똑바로 제임스를 보았다.

"이번 작전에서 가장 큰 소득이 있지, 몬스터 가치를 알게 된 것, 그래서 내가 마빈한테서 너를 내 전사(戰士)로 빼돌리게 된 거다."

로이드가 이를 드러내고 소리 없이 웃었다.

5개월 후, 오후 3시 반, 한국주재 영사 재크린 파머가 대사관 3층의 상담실로 들어섰다. 내부용 상담실이어서 이곳은 외부인의 출입이 금지된 곳이다. 손목시계를 내려다본 재크린이 장방형 테이블의 가운데에 앉았다가 조금 옆쪽으로 옮겼다. 테이블 주위에는 양쪽에 5개씩 의자가 놓였는데 위쪽 끝에서 2번째에 앉은 셈이다.

10월 하순이어서 창가에 나뭇잎이 노랗게 물든 은행나무가 보인다. 한국은 동양에서 가장 치안이 확보된 국가 중의 하나다. 격렬한 데모가 가끔 일어나는 것만 빼놓고 치안 상태는 완벽하다.

파리에서 이곳으로 옮겨온 지 5개월, 이제 후유증은 가셨고 예전의 밝은 성격도 회복되었다. 본부 기록에 파리에서의 부주의한 행동이 오점으로 남아 있겠지만 시간이 지나면 상처는 흐려지기 마련이다. 더구나 아직 20대 후반의 5년 차 경력 요원이다. 앞으로 25년은 버틸 수 있을 것이다.

그때 뒤쪽에서 기척이 들리더니 사내 하나가 옆모습을 보이며 테이블을 돌아 앞쪽에 섰다. 큰 키, 건장한 체격, 검은 머리의 동양인, 그런데 얼굴이 낯익다. 재크린이 자리에서 일어나 가볍게 목례를 했다.

"재크린 파머 입니다."

사내가 머리를 끄덕이며 말했다.

"마이클 로한."

이름만 말한 사내가 앞쪽에 앉더니 눈으로 자리를 가리켰다.

"앉아요."

심호흡을 한 재크린이 앞쪽에 앉았다. 잘생긴 얼굴은 낯익게 보인다. 하지만 본부에서 스치며 보았을 수도 있지, 어쨌든 이자는 본부에서 파견한 '집행관', 특별한 경우에만 집행관이 나타나는 터라 오늘 재크린에게 집행관과의 면담을 통보해준 부대사 사이트도 긴장하고 있었다. 그때 앞쪽의 집행관이 입을 열었다.

"나에 대해서 어떻게 연락을 받은 거요?"

"예, 오늘 상담실에서 집행관을 만나라고만 들었습니다."

재크린이 고분고분 대답했다. 사내의 검은 눈동자가 깜박이지도 않고 이쪽을 응시하고 있는 것이 아까부터 걸렸지만 어쩔 수 없다. '집행관'이 얼굴을 나타낸 것만으로도 충격적이다. 대개 집행관은 비밀 업무에 투입되어 소리 없이 처리하고 사라지기 때문이다. 그때 사내가 다시 말했다.

"한국에 오기 전에 파리에 있었지요?"

"예, 그렇습니다."

"TGV 작전이 끝나고 바로 이곳으로 옮겨진 것이군."

"그렇습니다."

이미 본부에서 다 알고 온 모양인데 토를 달 것도 없다. 자세히 말하면 TGV 작전 도중에 도망쳐 나왔다고 해야 맞다. 그때 사내가 말했다.

"나하고 같이 홍콩에 가야겠어."

이젠 명령조다. 숨을 들이켠 재크린에게 사내가 말을 이었다.

"홍콩에서 처리해야 할 사건이 있어."

사내가 주머니에서 칩 하나를 꺼내더니 재크린 앞으로 밀었다. 컴퓨터용 칩이다.

"거기에 자료가 들었으니까 확인하도록."

"잠깐만요."

재크린이 똑바로 사내를 보았다.

"내가 왜 갑니까?"

"내 조수로,"

사내가 표정 없는 얼굴로 말을 이었다.

"내 파트너라고 해도 돼, 내 지시를 받는."

"아직 명령을 받지 못했는데요."

"4시에 본부 명령이 비밀코드로 올 테니까 확인하도록."

그러더니 사내가 의자에 등을 붙였다. 여전히 재크린에게서 시선을 떼지 않는다.

"오늘부터 대사관 업무는 휴가로 처리될 거야."

재크린이 다시 심호흡을 했다. 다시 작전에 투입되는 것인가? 파리에서의 과오가 5개월 만에 달라졌다고는 생각지 않는다. 하지만 이번 기회에 만회를 할 수가 있겠다. 그때 사내가 말을 이었다.

"이의 없지?"

"없습니다."

어깨를 편 재크린이 똑바로 사내를 보았다. 잘생긴 얼굴이다. 동양인이지만 서구적인 용모다. 굵은 코, 꾹 다문 입술, 적당히 햇볕에 그을린 피부, 그리고 맑고 강한 눈빛을 쏘는 검은 눈동자, 30대 초반쯤 되었을까? 재크린은 집행관을 처음 만나는 터라 아까부터 심장 박동이 비정상이다. 영국의 007 따위는 비교가 안 되는 존재다. CIA에 집행관이 10명 미만이라고 들었는데 모두 경력 10년 차 이상의 베테랑이라는 소문이다. 그때 집행관이 자리에서 일어섰다.

다음 날, 오후 4시 반 홍콩행 캐세이 퍼시픽이 인천공항 활주로를 박차고 허공으로 솟았을 때 문득 재크린이 숨을 들이켰다. 어제부터 맴돌던 의문, 낯이 익다는 느낌이 현실화된 것이다. 그러나 아직 확증은 없다. 느낌이다. 머리를 돌린 재크린이 집행관 마이클 로한을 보았다. 이곳은 일등석이어서 옆자리지만 마이클과는 30센티쯤 떨어져 있다.

"마이클."

마이클이 머리를 돌려 재크린을 보았다. 검은 눈동자 안으로 자신의 눈이 빨려드는 느낌이 들었으므로 재크린은 몸을 굳혔다. 마이클은 시선을 준 채 기다리고 있다. 그때 재크린이 어깨를 늘어뜨리면서 물었다.

"혹시 제임스 진을 알아요?"

"누구?"

"제임스 진."

마이클의 눈썹 사이가 좁혀졌고 재크린은 초조해졌다. 그래서 다시 물었다.

"이라크 주둔군 특수정찰대 상사였다가 지난번 TGV사건 때 팀이 되었는데……."

"……."

"그자 영상이 몬스터로 떠돌았죠, 그러다가 작전 중에 부국장이 픽업해 갔거든요."

재크린이 똑바로 마이클을 보았다. 그 제임스 진이라는 개자식이 당신과 비슷한 체격, 비슷한 검은 눈동자를 지니고 있었다는 말은 못 하겠다. 그렇다. 얼굴 윤곽만 비슷할 뿐이다. 그런데 자세히 보면 다 다르다. 목소리도 다르고, 재크린의 시선이 마이클의 손을 스치고 지나갔다. 그 개새끼의 손을 유심히 보지 않았다. 그때 마이클이 건조한 목소리로 물었다.

"그래서?"

"네?"

"왜 묻는 건데?"

"혹시 그자를 아느냐고……."

"내가 알아야 하나?"

"아녜요, 마이클."

"묻는 이유가 뭐야?"

"그저 궁금해서요."

너하고 비슷한 분위기였다고, 특히 기분 나쁜 검은 눈동자가 비슷했다고 말할 수는 없다. CIA의 성형 기술은 세계 최고 수준이다. 언젠가는 원숭이를 오바마로 만들 수가 있다는 말도 떠돌았는데 재크린은 그 말을 믿는 사람 중의 하나다.

그때 마이클이 물었다.

"부국장 누가 영입해 갔다는 거야?"

"로이드 마틴 부국장."

"뭘로?"

"전사(戰士)로 쓰겠다면서……."

"그럴 가치가 있었던 모양이군."

"살인기계 같았는데……."

마이클이 한동안 재크린을 보더니 낮게 말했다.

"그렇다면 전장으로 보냈겠지."

머리를 돌린 마이클이 의자에 몸을 눕혔고 재크린도 다시 누웠다. 비행기 1등석은 호텔 스위트룸 이상의 서비스를 받는다. 자본주의 사회의 진면목이 여지없이 드러나는 곳이 비행기 1등석이다. 똑같은 비행기를 타고 똑같은 속력으로 날아가 똑같이 목적지에 도착하지만 누구는 궁전 같은 침대에 누워서 온갖 서비스를 받으면서 가고 누구는 한 시간에 한 번은 일어나 굽어서 굳어진 다리를 펴야만 한다. 그것이 불공평하다고 폭동을 일으켰던 공산주의 사회는 다 망했다. 그래서 지금은 공산주의 원로인 러시아와 중국이 오히려 더 1등석의 서비스를 향상시키고 돈을 더 받는 것이다. 열심히 벌어서 번 만큼 호강을 누리도록 하는 것, 그 돈 벌기 경쟁이 세상을 풍요롭게 만드는 원천이기는 하다. 경쟁 없는 사회는 결국 거지들이 줄 서서 배급을 기다리는 세상이 되는 것이다.

"이봐, 재크린."

마이클이 불렀으므로 재크린이 생각에서 깨어났다. 재크린은 마이클의 검은 눈동자가 송곳처럼 눈에 박히는 느낌이 들었다.

"난 네가 그자하고 TGV에서 한 팀이 되어서 뛴 보고서를 읽었어."

숨을 죽인 재크린을 향해 마이클이 희미하게 웃었다.

"손발이 잘 맞지 않은 것 같더군."

"그랬어요."

재크린이 선선히 시인했다. 마이클의 눈빛이 부드러워진 느낌도 들었으므로 재크린이 털어놓고 말했다.

"그자는 거칠었고 막무가내였죠, 전장에서나 어울리는 스타일이었어요."

"이라크에서 온 놈 아냐? 나도 그놈의 몬스터 유튜브를 본 기억이 나."

마이클의 얼굴에 쓴웃음이 떠올랐다.

"우린 아냐, 꼭 이름 짓는다면 도시의 전사지, 전장의 소총수는 아니라구."

마이클 로한은 제임스 진이다. 유튜브로 얼굴이 전 세계에 알려진 터라 얼굴을 바꾸었고 이름과 신분도 새것으로 얻은 것이다. 구룡반도의 페닌슐라호텔에 투숙한 둘은 부부 행세를 했다. 미국 국적의 사업가 마이클 로한 부부다. 스위트룸에서는 지엔사쥐의 거리가 다 드러났지만 둘은 야경을 구경할 여유가 없다. 창가의 의자에 마주보고 앉았을 때 마이클이 잔에 술을 따르면서 말했다.

"거리 건너편의 아시아호텔에 미국 국적의 피터 황과 그의 부인이 투숙하고 있어."

재크린이 숨을 죽였다. 이제 마이클이 작전을 알려주려는 것이다. 지금까지 재크린은 마이클의 팀원이 되어서 행동하라는 지시만 받았을 뿐이다. 집행관의 권한은 절대적이다. 팀원은 조건 없이 복종해야 되고 각 지부장은 이유를 묻지 않고 협력해야 한다. 집행관은 오직 수석부국장 에드 캐릭튼의 지휘만 받는 것이다. 그것은 집행관이 운용하는 작전도 집행관에게 전권이 있다는 뜻이다. 마이클이 한 모금 위스키를 삼키더니 재크린을 보았다.

"피터 황은 북한의 자금원이야, 지금까지 피터 황을 통해 3억 불 가까운 달러가 북한으로 보내졌고 지금도 진행 중이야."

"……."

"북한은 미국과 세계 각국의 제재로 자금 입출이 거의 중단된 상태야, 그래서 요즘도 피터 황 같은 미국 시민권자를 이용하고 있지."

재크린의 시선을 받은 마이클의 얼굴에 웃음이 떠올랐다.

"피터 황은 사업가야, UCCA 출신의 경제학 박사로 올해 42세, 아버지가 한국계고 어머니는 미국인, LA에 유니버스란 의류 수입, 판매업을 운영하는데 연간 매출액이 15억 불 정도, 미국과 전 세계 매장이 2백여 개가 돼."

마이클이 재크린의 잔에 술을 따랐다.

"그놈은 중국에 있는 중국인 사업가와 사업관계로 연결되어 있는데 실력자야, 연간 매출액이 1백억 불쯤 되는 건설회사와 백화점을 소유한 재벌이지."

점점 스케일이 커져 갔으므로 재크린은 술잔만 쥔 채 집중하고 있다. 다시 한 모금에 위스키를 삼킨 마이클이 말을 미 대사관

"그 중국인 재벌 왕린이 중국 당국과 연결되어 있어서 피터 황의 보호막 역할을 하고 있어."

이제 잔을 내려놓은 마이클이 똑바로 재크린을 보았다.

"피터 황도 이번에 북한에서 철광석과 아연을 받아 왕린에게 넘길 예정인데 약 5천만 달러 물량이야."

"……."

"지금 광물은 이틀 후면 중국의 천진항에 도착할 거야, 화물선으로 위장하고 연안을 따라 항해해왔기 때문에 손을 쓸 수가 없지."

"……"

"이틀 후에 피터 황은 왕린한테서 5천만 불을 받게 될 거야, 바로 저 앞쪽 아시아호텔에서 말이야."

재크린이 심호흡을 했다. 어느덧 마이클의 눈 속으로 자신의 몸이 빨려 들어간 느낌이 들었기 때문이다. 그런데 전혀 불쾌하지 않았다. 오히려 쾌감까지 느껴졌다. 스릴에 의한 만족감, 그때 마이클이 말했다.

"자, 이제 작전 이야기를 해주지, 잘 들어, 재크린."

"예, 마이클."

"피터 황은 경호원 6명을 대동하고 있는데 모두 전문가들이야, 북한 특공여단 소속 경호원 넷, 그리고 미국에서부터 따라온 2명, 한 놈은 아리드란 터키계 보좌관, 또 하나는 부인 사만다의 경호원 겸 비서로 따라온 마리."

마이클의 얼굴에 쓴웃음이 번졌다.

"아리드는 필라델피아 대학에 다닐 때 탈레반에 가입한 놈이고 마리는 그놈 애인으로 역시 탈레반이야."

암 덩어리 같은 존재들이다. 숨을 들이켠 재크린이 마이클을 보았다.

"우리가 할 일은요?"

"대학살이 일어나는 것이지."

다시 술잔을 쥔 마이클이 조금 흐려진 눈으로 재크린을 보았다.

"이틀 후에."

"피터 황까지 모두?"

"왕린과 그 경호원까지."

재크린의 시선을 받은 마이클이 한 모금에 위스키를 삼키더니 말을 이었다.

"왕린이 미국 국채를 가져올 거야, 이제는 북한이 은행을 이용하지 못하기 때문에, 그 국채까지 뺏으면 금상첨화지."

"사장님, 내일 밤 11시 반에 천진항에 도착한다고 합니다."

다가선 백기철이 낮게 말했다. 오후 9시 반, 이제 만 하루가 남은 셈이다. 머리를 끄덕인 피터 황이 주위를 둘러보았다. 아시아호텔 스위트룸 안이다. 침실이 4개나 있었기 때문에 안에 경호원 6명이 모두 합숙할 수가 있는 구조다. 그래서 셋은 바깥 경비를 섰고 셋은 지금 방에서 휴식 중이다.

"왕린 씨는 모레 오전 11시에 오기로 했습니다."

백기철이 말을 이었다.

"천진에 가서 적재물을 확인한 후에 바로 비행기로 온다는군요."

"예정대로 되는군."

피터 황이 의자에 등을 붙이고는 앞쪽에 앉은 백기철에게 말했다.

"백 소좌, 당신은 모레 일 끝나면 중국으로 돌아갈 거요?"

"그건 알 수 없습니다, 사장님."

백기철이 쓴웃음을 지었다.

"끝나고 나서 지시를 받아야지요."

"이번에 미국에서 나올 때 신경이 좀 쓰였어."

"이상한 일이 있었습니까?"

정색한 백기철이 물었다. 깔끔한 캐주얼 양복 차림의 백기철은 홍콩에서 잘 나가는 사업가 같다. 손에는 롤렉스 시계를 찼고 옷도 유명 브랜드다. 40대 초반이어서 피터 황과 비슷한 또래지만 키는 185 정도로 10센티쯤 더 컸고 흰 피부에 단정한 용모다. 그러나 백기철도 북한의 특수부대 중 하나인 특공여단의 해외 공작단 소속으로 살인병기다. 백기철이 직접 처형한 망명 미수자가 27명, 남한 측 인사는 6명이나 된다. 백기철의 시선을 받은 피터 황이 대답했다.

"아니, 오히려 잘 풀려서 이상해, 다른 때 같으면 이것저것 물어보던 공항의 출국 심사대가 이번에는 내 얼굴만 쓱 보더니 바로 내보내 주더군."

"그것뿐입니까?"

"아리드가 핸드폰을 켰을 때 진공음이 울린다고 했다."

"누구한테 연락했습니까?"

"안 했어, 시험해 본 거야."

"이곳은 깨끗합니다. 사장님이 투숙하시기 5일 전부터 체크를 했습니다."

백기철의 얼굴에 웃음기가 떠올랐다가 지워졌다.

"그리고 여기는 중국 영토거든요, 오바마가 와도 누굴 어떻게 할 수 없습니다."

"그거야……."

따라 웃은 피터 황이 힐끗 안쪽 침실을 보더니 자리에서 일어나 선반에 놓인 위스키 병을 쥐었다.

"스트레스가 쌓여 한잔해야겠어."

"방에서는 얼마든지 드시지요."

"한잔하겠나?"

"사양하겠습니다."

그때 안쪽 회의실에서 보좌관인 아리드가 나왔다. 손에 노트북을 들고 있다. 아리드는 32세, 피터 황의 보좌관이 된 지 4년째로 이제는 심복이다. 백기철의 옆자리에 앉은 아리드가 깔끔한 얼굴로 피터 황을 보았다.

"사장님, 주식이 2퍼센트 올라갔습니다."

"다행이군."

"하루 사이에 4백만 불 번 겁니다."

"내일 두 배로 떨어질 수도 있어."

말은 그리했지만 피터 황의 얼굴이 밝아졌다. 피터 황은 백기철이 방은 안심해도 좋다고 했어도 도청을 걱정하는 것이다. 매사에 철저했고 뒤처리가 깔끔한 피터 황이다. 그때 아리드가 말을 이었다.

"사장님, 내일 오전에 산트 씨가 방문한다는 메시지가 왔습니다."

"내일 오전에?"

놀란 피터 황이 되물었다가 얼굴이 더 밝아졌다. 아리드가 이번에는 백기철에게 말했다.

"본부에도 연락을 했다는군요."

"그래요?"

머리를 끄덕인 백기철이 힐끗 피터 황을 보았다.

"그렇다면 왕 사장 측에도 알려야 되겠는데요? 바깥 경비를 왕 사장 측이 맡고 있으니까요."

"그래야겠지."

"산트 씨까지 온다니 든든하구만."

술잔을 든 피터 황이 한 모금에 위스키를 삼켰다. 산트 씨란 산트마주 달리반이라는 이름의 말레이시아 선박업자다. 피터 황, 왕린과 거래선이었는데 탈레반의 후원자이기도 한 것이다. 산트는 항상 10여 명의 보디가드를 대동했는데 미국에도 자주 출입했다. 그때 아리드가 피터 황에게 말했다.

"사업 관계로 상의할 일이 있답니다."

응접실로 들어선 마이클의 몸에서 비린 냄새가 맡아졌다. 홍콩은 바닷가 도시다. 그러나 비린 냄새를 몸에 묻히고 다니는 사람은 드물다. 마이클은 묵직한 가방을 끌고 들어왔는데 탁자 옆에 놓더니 재크린을 보았다.

"바다에서 무기를 받아왔어."

"바다에서?"

되묻은 재크린이 가방과 마이클을 번갈아 보았다. 밤 11시 반, 9시쯤 방을 나간 마이클이 지금 돌아온 것이다. 다녀온다고만 했으므로 무엇을 하고 왔는지 알 수가 없다. 그때 마이클이 저고리를 벗어 소파 위로 던지더니 가방을 탁자에 올려놓고 플라스틱 뚜껑을 열었다. 그 순간 재크린이 숨을 들이켰다. 가방에는 무기가 가득 채워져 있다. 재크린의 손에도 익은 베레타92F 모델에서 총신이 짧은 우지 기관총, 수류탄, 총신과 개머리판이 분해된 저격소총까지, 자세히 보니 수류탄도 세열탄, 소이탄, 고폭탄, 연막탄까지 넣어졌고 방독면, 방탄조끼까지 완벽하게 갖춰져 있다. 머리를 든 재크린이 마이클을 보았다.

"전쟁을 치를 수도 있겠군요."

"전쟁은 내 몫이야."

쓴웃음을 지은 마이클이 베레타에 탄창을 장착하면서 말했다.

"넌 정보요원이지 현장요원은 아냐."

"프랑스에서는 현장에 투입되었죠."

"그리고 실패했고."

베레타에 소음기를 감아 끼우면서 마이클이 말을 이었다.

"이제 당신이 내 팀원이 된 이유를 알려줘야겠군."

재크린이 숨을 죽였다. 마이클이 준 컴퓨터용 칩은 머릿속에 넣고 나서 폐기시켰다. 그런데 내용은 간단했다. 마이클 로한의 팀이 되어서 '홍콩작전'을 수행하되 기간은 '무제한', 조건은 '2급'이었다. 2급은 원대복귀가 보장되지 않은 작전이다. 주한 미 대사관으로 돌아갈 기약이 없다. 그때 마이클이 입을 열었다.

"스페인어 잘하지?"

재크린이 시선만 주었다. 물론이다. 어머니가 멕시코 출신이었기 때문에 고등학교 때까지 방학 때는 꼭 멕시코시티의 외조부 대저택에서 지냈다. 집에서 어머니하고의 대화는 스페인어로 했기 때문에 모국어나 같다. 자신의 인적사항을 다 알고 있을 텐데도 묻는 이유는 무언가? 마이클이 이제는 우지 기관총에 탄창을 끼우면서 말했다.

"피터 황의 와이프 사만다가 멕시코계야, 어렸을 때 부모가 미국으로 이민을 왔는데 지금 뉴욕에 살고 있어."

"……."

"남동생은 뉴욕대학에 다니고, 아버지는 치과의사이고, 유복한 집안이지."

"……."

"지금 우리가 인질로 잡고 있어, 모두 다, 남동생의 애인까지."

긴장한 재크린이 몸을 굳혔고 무기 점검을 마친 마이클이 가방을 닫았다.

"사만다는 피터 황의 정보를 모두 우리한테 넘겼지, 왕린과의 관계까지 말이야, 만일 그렇지 않으면 가족 모두가 몰살당할 테니까."

마이클이 똑바로 재크린을 보았다.

"우리가 이곳까지 올 수 있었던 건 사만다가 협조해주었기 때문이야."

재크린이 머리만 끄덕였다. 이런 상황에서 고집을 부릴 인간은 없다. 제가 죽는다면 차라리 쉬운 것이다. 부모와 동생의 목숨까지 희생시켜 무엇을 얻는단 말인가? 그때 마이클의 말이 이어졌다.

"피터 황은 스페인어를 몰라, 사만다하고는 영어로 대화를 하지, 그리고 주변에 스페인어를 아는 놈들이 없어."

"사만다는 살릴 건가요?"

"가능하면."

"그때 내 스페인어가 유용할지도 모르겠군요."

"우린 1%의 가능성도 잡는다."

"그건 어디 신조인가요?"

"내가 사격을 배웠던 교관의 교훈이야."

"어느 부대인데요?"

"알 것 없고."

"이제 알았어요."

재크린이 똑바로 마이클을 보았다.

"상사, 당신은 목소리까지 바꿨지만 분위기는 바꿀 수 없어요, 제임스."

"내가 일부러 그런 거야."

마이클이 무표정한 얼굴로 재크린을 보았다.

"너에게 숨기려고 이렇게 된 것이 아니라는 것을 알아야 돼."

마이클이 말을 이었다.

"나는 집행관이고 내가 널 선택한 것도 아니라는 것까지 기억해 두라고."

"이게 누구야?"

상황실의 포먼이 버럭 소리쳤으므로 모두의 시선이 모였다. 벽에 붙은 상황 스크린에 사내의 얼굴이 확대되어 미 대사관 있다.

"아니, 이 자식이."

"산트."

누군가 말하자 옆쪽에서 다시 말했다.

"산트마주 달리반."

"아니, 이놈이 지금 어디로 가는 거야?"

포먼의 말에 아무도 대답하지 않았다. 뻔했기 때문이다. 산트는 수행원들을 이끌고 곧장 아시아호텔 로비로 들어가더니 곧 모습이 보이지 않았다.

"경호원이 12명입니다."

위성화면을 눈여겨보고만 있던 요원 하나가 보고했다.

"차량 4대, 운전하는 각각 차량에서 대기 중."

"맥그로를 바꿔."

포먼이 소리치고는 스크린을 응시했다. 오전 11시 40분, 위성에서 비춘 아시아호텔 현관 앞은 이제 평상으로 돌아갔다. 모두 건물 안으로 들어갔기 때문이다. 산트, 산트마주 달리반이 이곳에 나타날 줄은 예상하지 못했으므로 포먼의 심장박동이 빨라졌다. 곧 본부와 연결이 되었고 상황실장 맥그로가 앞쪽 모니터 화면에 나타났다. 영상통화, 맥그로도 어리둥절한 표정을 짓고 있다. 그쪽도 영상을 보고 있는 것이다.

"이봐, 포먼, 대기."

맥그로가 짧게 말했다.

"그놈이 그곳에 나타나리라고는 셜록 홈즈도 예상하지 못했다."

차라리 없는 것보다 못한 농담, 영상통화였으므로 표정관리를 하는 포먼에게 맥그로가 말을 이었다.

"잠깐만 기다려, 몽키에게는 아직 알리지 말라는 지시다."

"알았습니다."

그러고는 포먼이 영상통화를 껐다. '몽키'는 마이클의 별명이다. 별명을 지은 것은 수석부국장 에드 캐릭튼, 제임스가 '몬스터'로 날렸기 때문인지 새 인물이 된 마이클에게 '몽키'라는 새 별명을 붙인 것 같다. '몬(Mon)'이 같지 않은가?

"말레이시아 요원들이 감봉처분을 당하겠군."

이제는 포먼이 우스갯소리를 했지만 이번에도 반응하는 사람은 없다. 이곳은 지엔사쥐의 아래쪽, 아시아호텔과 페닌슐라호텔 사이에 위치한 3층 건물의 3층 사무실 안이다. 1, 2층은 기념품 가게와 마사지, 식당 등이 다닥다닥 붙어있어서 소란했지만 3층 계단으로 올라오면 입구 쪽 전당포는 한산했다. 이 사무실은 전당포 안쪽이다. 포먼이 벽쪽의 의자에 앉더니 긴 숨을 뱉었다. 사무실 안에는 7명의 요원이 모여 있었지만 제각기 모니터 앞에 앉아 분주하다. 그때 보좌역 그린트가 말했다.

"팀장, 산트가 피터 황하고 합류해서 병력이 금방 18명이 되었는데."

포먼이 눈만 껌벅였더니 그린트가 말을 이었다.

"몽키 한 명으로는 벅찰 것 같은데, 더구나 곧 왕린이 온단 말이야."

"입 닥치고 있어."

말을 자른 포먼이 주머니에서 담배를 꺼내 입에 물었다. 곧 담배 연기가 구름처럼 뿜어지자 옆쪽 요원들이 이맛살을 찌푸렸지만 불평하지는 않았다. 포먼은 이번 작전의 상황팀장이지만 실시간으로 본부의 지시를 받고 있다. 올해 48세인 포먼은 5년쯤 전까지 작전팀장으로 뛰었기 때문에 작전팀의 고충을 안다. 그때 옆쪽 모니터 앞에 앉아있던 요원이 버튼을 누르면서 말했다.

"팀장, 본부요."

곧 화면에 맥그로의 얼굴이 다시 나타났다. 찌푸린 얼굴, 부스스한 머리, 보스턴 상황실의 현지 시간은 밤 12시가 되어가고 있을 것이다.

"놔둬."

맥그로가 대뜸 말했으므로 포먼이 숨을 들이켰다. 그러나 대꾸하지는 않았다. 맥그로가 충혈된 눈으로 포먼을 보았다. 맥그로는 52세, 흑인으로 상황 전문가다. 현장에는 한 번도 투입된 적이 없는 '책상 요원'이지만 수석부국장 에드 캐릭튼의 심복이다. 맥그로가 두꺼운 입술을 움직이지도 않고 말을 이었다.

"작전은 둘이 계속 진행한다, 즉시 몽키에게 상황을 알려줄 것."

"알았습니다, 맥."

"왕린이 올 때까지 기다려야 해."

"그러지요."

그러고는 스크린이 꺼졌으므로 포먼이 쓴웃음을 지었다. 어려운 작전이다.

핸드폰을 귀에서 뗀 마이클이 쓴웃음을 짓더니 혼잣말을 했다.

"많을수록 좋지."

창가에 선 재크린이 시선만 주었고 마이클이 이제는 재크린에게 말했다.

"작전조는 우리 둘이야, 물론 넌 후방에서 사만다를 챙겨야 할 테니까 나 혼자만 뛰는 거야."

"무슨 말이에요?"

팔짱을 끼고 선 재크린이 건조한 표정으로 물었다. 오후 1시, 마이클이 수시로 상황을 전달받는다는 것은 알 수가 있다. 상황팀이 근처에 있는 것이다. 그런데 작전팀이 둘, 아니 저 몬스터 하나라니 도대체 무슨 말인가? 그때 마이클이 재크린을 보았다.

"중국과의 관계 때문이야, 작전팀은 적을수록 좋다는 것, 그리고 내가 궁지에 몰렸을 때는 온몸의 형체를 찾을 수 없을 테니까 말이야."

"그래서요?"

"아시아호텔에 말레이시아에서 탈레반 후원자인 사업가가 들어왔어, 노름판의 판돈이 커진 거야."

"……."

"상황실에선 그놈까지 포함시키라는군, 상대가 10여 명 늘어났어."

"……."

"사만다가 왕린의 스케줄을 알려주고 나면 왕린 일행까지 포함이 되겠지."

"내일인가요?"

"처음 계획은 내일이야, 사만다한테서 연락을 받으면 알려주겠지."

"자살테러나 마찬가지군."

재크린이 혼잣소리처럼 말했지만 마이클이 들으라고 한 소리다. 그러나 마이클은 못 들은 척했다. 창에서 등을 뗀 재크린이 소파로 다가와 마이클을 내려다보았다.

"이봐요, 제임스 진."

머리를 든 마이클을 향해 재크린이 눈을 가늘게 떴다.

"당신 얼굴이 호텔 CCTV에 다 찍혔겠지요?"

"물론 네 얼굴도."

마이클이 재크린의 시선을 맞받았다.

"하지만 이 작전이 끝나도 난 다시 얼굴을 고치지 않을 거야, 이 얼굴이 마음에 들거든."

"죽으면 얼굴이 소용없지."

재크린이 팔짱을 끼더니 소파에 옆구리를 기댔다.

"당신 코리안이지?"

눈썹만 모은 마이클을 향해 재크린이 입술 끝을 비틀어 올렸다.

"코리안 혼혈, 맞지?"

"내가 너하고 섞일 가능성은 희박하니까 기대하지 않아도 돼."

"이제 조금 알 것 같아."

"코리안 정력이 세다는 것 말이냐?"

"북한 놈을 한국 킬러가 치는 거야."

마이클은 시선만 주었고 재크린이 말을 이었다.

"한국과 북한 해결사들의 전쟁, 주역은 한국 KCIA 요원 김 아무개가 되겠지, 한국에 김씨가 많으니까."

"……."

"우린 한국에서 날아왔어. 입국 카드에 그렇게 찍혔고 공항 CCTV에

107

도 다 찍혔어, 제임스, 아니 KCIA 미스터 김.”

“마이클로 불러, 이년아.”

“너와 난 KCIA 요원으로 되어 있을 거야, 아마 내 신분도 그렇게 조작되었을지도 몰라.”

“CIA에서 말이냐?”

“그렇지.”

“소설을 쓰는군.”

“넌 총은 잘 쏘는지 모르지만 머리 회전은 둔해, 몬스터.”

“이런 망할 년이.”

“CIA는 너와 나를 KCIA로 조작, 피터 황과 그 일당, 그놈에게 협조하는 탈레반이다. 중국 사업가까지 몰살시키려고 하는 거야.”

“……”

“사만다는 끝까지 이용당하고 나서 아마 나하고 같이 죽겠지.”

“……”

“난 CIA 경력 5년밖에 되지 않았지만 이쯤은 내다볼 수 있어, 몬스터.”

“미친년.”

“넌 집행관으로 죽는 게 아냐, 병신아. KCIA로 몰려서 죽어, 난 너에게 협조한 애인쯤 되겠지, 내 신분 바꾸는 건 일도 아니니까. CIA가 그렇게 순진한 조직이 아니다.”

“자, 그만.”

입맛을 다신 마이클이 손바닥을 펴 보이고는 자리에서 일어섰다.

“나, 또 잠깐 나갔다 와야 한다.”

마이클의 얼굴에 쓴웃음이 떠올라있다.

스위트룸은 호텔 최상층으로 복도 끝 쪽에는 비상계단이 있다. 스위트룸 전용 비상계단이다. 최상층의 스위트룸은 2실뿐이었는데 마이클과 재크린이 투숙한 옆방은 비었다. 마이클이 비상계단으로 들어섰을 때 바지 주머니에 넣은 핸드폰이 진동했다. 꺼내 든 마이클이 발신자를 보았다. 포먼이다. 오후 1시 반, 핸드폰을 귀에 붙이자 곧 포먼이 말했다.

"오후 5시에 사만다가 호텔 지하 1층의 식품 코너에서 과일과 음식을 살 거야."

계단 벽에 등을 붙이고 선 마이클이 듣기만 한다.

"사만다가 신선한 토마토와 망고를 좋아하기 때문이지, 그곳에서 재크린이 사만다를 만나는 거야."

"어떻게?"

마이클이 묻자 포먼의 목소리가 낮고 분명해졌다.

"사만다에게 다가가 스페인어로 '페레네가 보냈어요' 하면 사만다가 쪽지를 줄 거야, 어떻게 건네줄지는 우리도 모르니까 정신 바짝 차리도록 해."

"꼭 만나야 하나?"

"놈들은 극도로 조심하고 있어, 사만다가 우리하고 연락하려던 3가지 방법이 다 막혔어, 피터 황이 신경을 곤두세우고 있는 거지."

"……."

"그래서 사만다가 호텔 룸서비스에 대고 묻는 것으로 우리한테 힌트를 준 거야, 신선한 과일을 어디서 살 수 있느냐고 물은 것이지."

"……."

"우리가 방 전화를 도청하고 있다는 것을 알고 한 짓이야."

"……."

"지하 1층에 호텔 마켓이 있다고 하자 마켓 과일 가게에다 전화를 한 거야, 5시에 갈 테니까 과일 살 수 있겠느냐고."

"……."

"그것은 5시에 우리한테 과일 가게에서 만나자는 신호지, 거기서 정보를 주겠다는 거야."

"지원은?"

"없어."

"내가 지켜봐야겠군."

"이번 작전은 철저히 너희들 둘이야."

"사만다한테서 받는 정보는?"

"왕린과 만나는 시간, 장소, 그리고 이번에 드러난 놈에 대한 정보."

"……."

"작전이 커지고 있어, 몽키."

"그런데도 둘이란 말이지?"

"어쩔 수 없어."

"마켓에 금속 탐지기는 없지?"

"없어."

"좋아."

핸드폰 전원을 끈 마이클이 힐끗 계단 위쪽의 CCTV를 보았다. 이쪽 CCTV는 모두 포면이 장악하고 있어서 빈 계단만 호텔 상황실에 미 대사관 있을 것이었다. 방으로 돌아온 마이클이 재크린에게 말했다.

"아시아호텔 지하 1층 마켓에 가야겠어."

놀란 듯 시선만 주는 재크린에게 작전을 말해준 마이클이 쓴웃음을 지었다.

"여전히 너하고 나 둘의 작전이야."

"페레네가 보냈다고 하라고?"

"그래, 스페인어로."

"쉽군."

"5시에 내려온다니까 우리가 4시에는 지하 매장에 가 있어야겠다."

"우리?"

머리를 든 재크린이 낯선 사람을 만난 것처럼 마이클을 응시했다.

"왜 우리야?"

"네 뒤를 내가 지원한다는 뜻이다."

"그럴 필요 없어, 몬스터."

"닥쳐."

눈을 치켜뜬 마이클이 말을 이었다.

"내가 먼저 마켓을 돌아보고 오겠어, 그러고 나서 4시에 가는 거다."

"개자식들."

혼잣소리처럼 말했지만 재크린이 욕을 했으므로 마이클이 머리를 들었다.

"왜 그러는 거야?"

"이 작전이 마음에 안 들어."

"TGV에서처럼 무더기로 몰려다니다가 또 떼죽음을 당하고 싶은 모양이군."

쓴웃음을 지은 마이클이 화장실로 들어서며 말을 이었다.

"넌 그때 숲에서 왜 열차 안으로 들어간 거냐? 난 지금도 이해를 못하겠다."

"그 새끼하고 같이 있기가 역겨워서 그랬다, 왜? 그 병신하고."

대뜸 재크린이 말을 받았으므로 주춤했던 마이클이 화장실로 들어갔다. 화장실 선반의 판자를 치우고 안쪽 홀에서 비닐 가방을 꺼낸 마이클이 지퍼를 열었다. 이 선반 판자는 청소부가 건드릴 수 없는 구조다. 가방에서 베레타92F와 소음기를 꺼낸 마이클이 탄창 3개와 함께 세면대 위에 올려놓았다. 오늘 총격전이 일어날지도 모르는 것이다. 그때 화장실 문이 열리더니 재크린이 몸의 절반만 드러내고 말했다.

"나도 무기를 줘."

재크린의 두 눈이 번들거리고 있다.

오후 5시 5분, 과일가게 앞에 서 있던 재크린은 검은 머리의 미녀가 다가오는 것을 보았다. 조금 그을린 피부, 날씬한 몸매, 검은 눈동자와 곧은 콧날, 단정한 입술은 여자가 봐도 홀릴 만한 미모다. 헐렁한 하늘색 셔츠에 몸에 착 붙은 스키니진 바지가 잘 어울렸고 발에는 샌들을 신었다. 재크린은 다시 시선을 내렸지만 여자 뒤쪽을 따르는 두 사내도 머릿속에 넣었다. 혼자 내려보냈을 리가 없는 것이다. 과일가게 앞에는 10여 명의 손님이 모여 있어서 혼잡했다. 중국인 손님 대여섯, 둘은 한국 여자였고 셋은 호주나 뉴질랜드계 백인 여자다. 그들 사이에 낀 재크린은 비슷한 관광객 차림, 운동화에 진 바지, 배낭을 메었고 선글라스를 끼었다. 손에는 조금 전에 산 중국과자가 든 비닐 봉투를 들었다. 사만다가 다가오더니 뒤에 붙어선 두 사내를 보았다. 둘은 동양인이다. 그러고는 영어로 말했다.

"저기 환전소에 가서 환전을 해 와요."

사만다가 손지갑에서 1백 불짜리 지폐 3장을 꺼내더니 사내 하나에게 건네주었다. 사내가 잠자코 받아 쥐더니 몸을 돌렸을 때 다른 사내가 말했다.

"빨리 오라우."

한국어다. 주한미 대사관에 있었던 터라 '빨리'라는 한국어를 자주 들었다. 재크린은 앞에 놓인 멜론을 훑어보다가 옆쪽 토마토 상자로 다가갔다. 그곳에는 한국 여자 둘이 지껄이고 있었는데 그 옆에 사만다가 서 있다. 그때 사만다가 힐끗 이쪽에 시선을 주더니 한국 여자를 제치고 다가왔다. 사내는 옆쪽에 서 있다가 사만다가 갑자기 옮기는 바람에 한국 여자 둘이 가운데 끼게 되었다. 그러나 사내는 사람들이 벅적대는 것에 짜증이 난 듯 오히려 뒤쪽으로 한 걸음 물러섰다. 사만다가 바로 옆에 서더니 토마토 한 개를 집어 들었다. 그때 재크린이 같이 토마토를 집어 들며 스페인어로 말했다.

"페레네가 보냈어요."

사만다는 들은 척도 안 하더니 재크린 옆쪽 토마토를 집으려는 듯이 허리를 굽혔다. 그 순간 재크린은 재킷 오른쪽 주머니가 잠깐 눌리는 느낌을 받고는 숨을 들이켰다. 사만다가 주머니에 뭔가를 넣은 것이다.

"됐어."

핸드폰에서 포먼의 목소리가 울렸다. 조금 들뜬 목소리다.

"사만다가 재크린 주머니에 뭔가를 넣었어."

마이클이 기둥 옆에서 과일가게를 보았지만 이쪽에서는 재크린이 보이지 않는다. 거리는 20미터 정도였어도 인파에 가렸기 때문이다.

"네 앞쪽으로 환전한 놈이 지나고 있다."

포먼의 말이 이어졌다.

"검정 점퍼를 입은 놈이야."

그 순간 2미터쯤 앞으로 검정 점퍼를 입은 사내가 서둘러 과일가게 쪽으로 다가가는 것이 보였다.

"재크린이 철수한다."

포먼이 다시 말했다.

"왼쪽 입구로 나가고 있어."

지금 포먼은 지하 매장의 CCTV를 상황실 스크린에 연결시켜놓고 마이클에게 중계해주고 있는 것이다.

"아니, 왼쪽 입구에 또 한 놈이 있는 것 같군, 그쪽으로 가면 안 돼."

갑자기 포먼이 말했으므로 발을 떼려던 마이클이 주춤했다.

"마이너한테 연락해, 왼쪽 입구로는 나가지 말라고."

핸드폰을 귀에서 뗀 마이클이 단축 버튼을 누르고는 발을 떼었다. 곧 재크린이 전화를 받았다.

"왜?"

"왼쪽으로는 나가지 마, 오른쪽으로."

"알았어."

짧게 자른 재크린이 통화를 끝냈을 때 마이클이 서둘러 오른쪽 입구로 다가갔다. 저녁 식사 시간 전이어서 식품코너는 사람들로 가득 차 있다. 관광객도 많았는데 한국어가 수시로 들린다. 한국 관광객이 많은 것이다. 입구로 나온 마이클이 약속 장소인 오른쪽 커피숍 쪽으로 다가 갈 때 다시 핸드폰이 진동했다. 포먼이다. 핸드폰을 귀에 붙이자 포먼이 말했다.

"이상해, 네 20미터 뒤쪽에서 사내 하나가 따르고 있어."

포먼의 목소리가 조금 다급하게 느껴졌다.

"마이너 뒤에는 둘, 아무래도 놈들이 CCTV를 보고 있었던 것 같다."

"병신."

"마이너에게 연락해, 호텔에 들어가면 안 돼."

잠자코 핸드폰을 종료시킨 마이클이 버튼을 누르자 곧 재크린이 짜증난 목소리로 대답했다.

"왜?"

재크린의 작전명은 마이너다. 심호흡을 한 마이클이 차분하게 말했다.

"놈들도 우리를 CCTV로 다 보고 있는 것 같다, 호텔로 들어가지 마."

"지랄들 하고 있네."

"너는 커피숍 옆쪽 골목으로 들어가서 곧장 뛰어, 난 앞질러 가서 네 뒤를 봐줄 테니까, 알았어?"

이제 또 시작이다.

"전방 30미터 앞의 우측 골목!"

귀에 꽂은 리시버에서 포먼의 목소리가 울렸다.

"편의점 옆이다!"

마이클이 사람들을 헤치고 편의점 옆의 골목으로 뛰어들었다.

"놈들도 다 보고 있는 것 아니냐?"

마이클이 다급하게 묻자 포먼이 혀를 차는 소리를 냈다.

"골목 안에는 CCTV가 있어, 몽키."

"개새끼야, 몽키라고 부르지 마!"

"20미터 앞에서 우회전!"

다시 소리친 포먼이 말을 이었다.

"이제 놈들은 널 못 본다."

"무슨 말이냐?"

마이클이 우회전하면서 물었다. 골목 안에도 오가는 사람이 많았으므로 어깨를 부딪고 걸리는 물체를 뛰어넘어야 한다. 포먼의 목소리가 다시 리시버를 울렸다.

"놈들은 위성을 사용하지는 못한단 말이야."

지금 포먼은 CCTV와 위성을 함께 응용하여 작전을 지시하고 있는 것이다. 북한 측은 왕린의 협조를 받아 이쪽 공안이 장악한 CCTV를 활용했겠지만 위성은 불가능하다. 무슬림 테러 조직처럼 침투하지는 못했다.

"자, 서둘러! 마이너 뒤를 세 놈이 쫓고 있어!"

다시 포먼의 목소리.

"20미터 거리로 다가갔다, 사람들이 걸려서 속도가 늦춰졌지만 너하고의 거리는 1백 미터 정도."

"글쎄, 어디야?"

"지금 마이너에게 네 쪽으로 틀라고 했어."

마이클이 서둘러 걸으면서 바지 혁대에 찔러 넣은 베레타의 안전장치를 풀었다. 이제 빼내면서 방아쇠만 당기면 된다.

"오른쪽 골목!"

포먼의 목소리에 긴장감이 배어났다.

"오른쪽 골목으로 들어가자마자 뭘 씻는 아줌마 뒤쪽 문 뒤에 숨을 것, 그럼 마이너가 네 앞을 지나간다."

마이클이 오른쪽 골목으로 들어서자 골목 벽에 붙은 수돗가에서 감자를 씻는 여자를 보았다. 다섯 살쯤 된 여자아이가 씻는 여자의 치맛자락을 붙잡고 서 있다. 마이클이 여자 바로 옆쪽의 쪽문 안으로 들어섰다. 여자는 못 보았지만 아이가 머리를 돌려 마이클을 보았다. 마이클이 곧 안쪽 벽에 몸을 붙였으므로 아이에게는 보이지 않았다. 이곳은 작은 마당이다. 왼쪽에 낡은 계단이 있고 빨랫감이 어지럽게 널린 오른쪽은 벽으로 막혔다. 그때 포먼이 말했다.

"마이너가 지나간다."

마이클이 허리춤에서 베레타를 꺼내 쥐었다. 소음기가 끼워진 베레타는 장총처럼 느껴졌다. 이런 좁고 붐비는 골목에서는 그럴 만했다. 다시 포먼.

"네 앞으로 하나가 온다, 거리는 5미터, 그 뒤로 두 놈, 앞 놈과 7미터쯤 떨어졌다."

마이클은 심호흡을 했다. 이제는 스스로 결정해야 한다. 앞에서? 아니면 뒤에서? 놈들을 다 보내놓고 뒤에서 치면 이쪽이 안전하지만 놓칠 가능성이 있다. 앞을 막으면 위험성이 많은 대신 다 잡을 가능성이, 그 순간 마이클이 쪽문을 나왔다.

"푹!"

총구에서 둔한 발사음이 울렸지만 소리는 거의 소거되었다. 옆쪽 여자도 머리를 돌리지 않았다. 마이클은 바로 1미터쯤 앞으로 다가온 사내 앞으로 불쑥 다가서면서 총구를 옆구리에 붙이고 쏜 것이다. 사내가 반대편 벽에 몸을 부딪치며 쓰러졌을 때 마이클이 뒤를 따르는 두 사내를 향해 총구를 겨누었다. 포먼이 설명해주지 않았어도 골목을 메운 행인 중에 두 놈은 금방 눈에 띄었다. 앞쪽 동료가 쓰러지자 제각기 허리춤에 손을 집어넣는 것도 그렇다.

"퍽!퍽!퍽!퍽!"

마이클은 둘을 향해 네 발을 쏘았다. 거리는 5미터, 눈을 감고도 맞출 수 있는 거리여서 네 발이 모두 박혔다. 머리와 가슴에 한 발씩 맞은 둘이 구겨진 종이처럼 땅바닥에 쓰러졌을 때 골목 안에 소동이 일어났다. 그러고는 행인들이 사방으로 달아났다. 마이클도 몸을 돌려 달아나면서 베레타를 허리춤에 끼었다. 어느새 감자를 씻던 여인은 아이와 함께 쪽문 안으로 들어가 있었다.

"굿 샷."

화면을 보던 수석부국장 에드 캐릭튼이 이 사이로 말했다. 그러나 얼굴의 표정은 없다. 55세, 현장과 작전 경험을 골고루 갖춘 CIA 제2인자, 백발에 주름살투성이 얼굴로 언론에는 거의 등장하지 않는 인물이지만 CIA 내부에서는 국장 조지 페네타보다 더 권위가 있다. 그것은 에드가 직급에 연연하지 않는 모습 때문이기도 할 것이다. 에드는 작년부터 두 번이나 사의를 표명했지만 대통령과 국무장관까지 나서서 만류했다. 그때 에드가 머리를 돌려 맥그로를 보았다. 지금 에드는 본부 상황실에서 맥그로와 함께 현장 화면을 보고 있는 것이다.

"맥, 이렇게 되었으니 왕린이 올 때까지 기다릴 수 없지 않겠나?"

"그건 그렇습니다."

긴장하고 있던 맥그로가 대답했다. 상황실 안은 조용하다. 이제 스크린에서는 포면의 정보를 받은 마이클이 재크린을 향해 달려가고 있다. 그때 에드가 무표정한 얼굴로 말했다.

"지금 당장 저 개새끼들을 없애라고 해."

"어떻게 된 거야?"

박윤창이 묻자 변규가 머리를 기울였다.

"아직 연락이 없어."

"빌어먹을."

화면에서 시선을 뗀 박윤창이 핸드폰을 집었다. 버튼을 누르자 곧 응답 소리가 났다.

"나다, 말해."

백기철의 목소리다.

"대장, 연락이 끊겼소."

"그게 무슨 말이냐?"

백기철의 목소리가 높아졌다.

"놈들은 어디로 갔어?"

"글쎄 CCTV에 잡히지가 않는단 말입니다."

"이런 병신."

그 순간 통신이 끊겼으므로 박윤창이 핸드폰을 집어 던졌다. 옆쪽 소파 위로 던져서 핸드폰은 부서지지 않았다.

"놈들이 우리가 CCTV로 보는 걸 알고 있어."

박윤창이 방안을 둘러보는 시늉을 하면서 말을 이었다.

"우리보다 앞서 있단 말이야."

"그럼 이곳도 추적당하는 건 일도 아니겠군."

엉거주춤 자리에서 일어선 변규가 옆쪽의 모니터를 보았다. 이곳은 아시아호텔 건너편의 허름한 2층 건물 안이다. 1층은 양복점과 부동산 사무소, 2층이 가정집이었는데 둘은 가정집 거실에 모니터를 늘어놓고 있는 것이다. 그때 문에서 짧은 노크 소리가 들리더니 아한이 들어섰다. 아한은 바깥 경비 책임자다.

"어때? 잡았어?"

"골목으로 들어가더니 연락이 뚝 끊겼어."

변규가 당황한 표정으로 말했다.

"우리 CCTV에는 잡히지 않아, 연놈들이 CCTV 없는 쪽으로만 뛰었단 말이야."

어깨를 세운 채 모니터만 응시하던 박윤창은 투덜거렸다.

"우리가 어쨌다는 거야? 장비가 부족한 걸 몸으로 때울 수가 있나? 화면에 보이지 않는 걸 어쩌라고?"

그때 문이 열렸으므로 셋이 모두 머리를 돌렸다.

"퍽! 퍽! 퍽!"

발사음과 함께 넘어지는 소리가 났다. 총탄 세 발은 아한과 변규, 박윤창의 순서로 맞았다. 문과 가깝게 서 있던 아한이 두 눈 사이가 뚫려 뒤로 넘어졌고 재빠르게 몸을 웅크렸던 변규는 옆머리가 부서졌다. 세 번째 총탄은 박윤창의 옆구리에 맞았는데 몸을 돌려 달아나려고 했기 때문이다.

"퍽!"

네 발째의 총탄이 박윤창의 뒷머리를 부쉈고 흰 뇌수를 쏟아내면서 박윤창이 쓰러졌다. 베레타를 쥔 마이클이 방안을 둘러보았다. 그러고는 핸드폰을 귀에 붙이고 포먼에게 말했다.

"처리했어."

"이제는 아시아호텔로 진입해."

포먼이 말했다.

"한 시간쯤 후에 호텔 뒷문으로 들어가도록."

"잠깐, 오늘 말이야?"

그때 방안으로 재크린이 들어섰으므로 마이클이 몸을 조금 비틀고 섰다. 그것은 본능일 뿐이다. 방안에 산 사람은 둘뿐이니 다 들린다.

포먼이 말했다.

"그래, 몽키, 손님을 기다릴 여유가 없어, 안에 있는 모두를 제거해."

"사만다는?"

"어쩔 수 없어, 아마 지금쯤 쪽지 건네준 것이 발각되어서 감금 상태일 테니까."

"그럼 나 혼자 가야겠군."

"아니, 네 지원 역할로 마이너가 필요해."

"이봐."

눈을 치켜뜬 마이클이 박윤창의 시체를 건너 피가 고인 마룻바닥 옆쪽으로 비켜섰다.

"나 혼자가 편해! 방해만 된단 말이다!"

"놈들의 시선을 분산시키는 역할을 해야 돼, 내가 따로 마이너에게 지시할 거다."

"이런 개새끼들, 너희들이 무슨 작전지시를 한다고 그래?"

"그 방에다 불을 지르고 나오면 아시아호텔 주변이 시끄러워진다, 골목에서 셋이 사살된 데다가 앞쪽 건물에 화재가 났으니까."

포먼이 말을 이었다.

"30분쯤 후면 소방차, 경찰 병력이 주변에 대거 깔릴 거야, 그럼 놈들도 호텔 안에서 위축돼, 밖에서 지원병력이 쉽게 들어올 수가 없단 말이야."

"말은 청산유수지."

"자, 호텔에 들어가 장비 챙기라구, 그곳에 불 지르는 것 잊지 말고."

포먼이 엄격하게 말했으므로 쓴웃음을 지은 마이클이 재크린을 보았다.

"먼저 호텔로 돌아가, 난 여기 불 지르고 갈 테니까."

재크린이 힐끗 시선을 주더니 방을 나갔다. 방안을 둘러본 마이클이 곧 주방으로 다가가 가스 밸브를 열었다. 그러고는 탈 만한 재료를 모아놓고 곧 가스를 켰다. 불꽃이 일어나자 마이클이 이곳저곳에 불을 붙이기 시작했다. 가스레인지 옆에 쌓아놓은 플라스틱 상자와 옷가지들이 불길을 크게 올렸을 때 마이클도 방문을 안에서 잠그고는 창문을 열고 뒤쪽 계단으로 나왔다. 밖에서 보면 아직 멀쩡했다.

"산트 씨, 문제가 생겼습니다."

피터 황이 상반신을 기울이며 말을 이었다.

"한국 쪽 기관원 같은데 이놈들이 근처에 있습니다. 그러니까 잠깐 피하는 것이 낫겠습니다."

"한국 쪽이라고요?"

산트가 눈썹을 모으더니 쓴웃음을 지었다. 놀란 기색이 아니다.

"한국 기관원이라니, 피터, 이해가 안 가는데. 한국 놈들이 근처에 있다고 나한테 피하라는 거요?"

"그렇습니다."

"언제부터 당신이 한국 정보기관을 두려워하게 되었습니까?"

"조심하려고 그럽니다."

피터 황의 얼굴에도 쓴웃음이 번졌다.

"그놈들이 CIA하고 통하거든요."

"어쨌든."

자리에서 일어선 산트가 목소리를 낮췄다.

"이번에 대금을 가져가야 됩니다, 피터."

"알고 있습니다. 장소와 시간을 다시 정하지요."

"시간은 내일."

산트가 말을 이었다.

"방에서 기다리고 있지요, 피터."

산트가 수행원들과 방을 나갔을 때 피터 황 옆으로 백기철이 다가왔다. 오후 6시 30분, 백기철의 얼굴은 굳어 있다.

"상황실이 전소되었어요, 상황실 요원들은 연락이 안 됩니다."

"어떻게 된 거야?"

피터가 이 사이로 묻더니 힐끗 침실을 보았다. 침실에 사만다가 감금되어 있는 것이다.

"놈들이 선수를 치고 있는 건가?"

"그런 것 같습니다."

"왕 사장은?"

"연락했습니다."

"산트가 기다리는데 골치 아프군."

이 사이로 말한 피터가 다시 침실을 보았다.

"저년이 과일가게에서 서양인에게 쪽지를 전해준 건 맞나?"

"상황실에서 연락받았습니다."

"그 CCTV 필름을 확인했나?"

"못 했습니다."

그리고 이젠 확인할 수도 없다. 상황실이 전소된 것이다. 지금도 소방차의 사이렌이 울리고 스위트룸인 이곳에서 그쪽이 가려져 있지만 검은 연기가 하늘에 덮인 것은 보인다.

"저년이 누구한테 정보를 준 것은 분명해?"

"예, 그것이……."

자신할 수 없었으므로 백기철이 외면했다. 상황실이 불타지 않았다면 지금 당장 확인할 수도 있는 것이다. 그러나 방법은 있다. 호텔 경비실의 CCTV를 확인하면 된다.

"제가 오늘밤 호텔 경비실 녹화필름을 확보하겠습니다."

백기철이 마침내 약속을 했다. '사만다가 어떤 여자한테 쪽지를 넘겨주었다'라는 보고만 받고 다그칠 수는 없는 노릇이다.

"일이 꼬이는군."

마침내 피터가 이 사이로 말했다.

"이 새끼들이 도대체 어디 놈들이야?"

"한국 놈들은 아닙니다."

백기철이 말했을 때다. 핸드폰이 진동했으므로 백기철이 꺼내 보더니 귀에 붙였다. 로비 감시로 내려간 안상호다.

"뭐냐?"

"산트 씨 경호원이 홍콩 경찰한테 체포되었습니다."

"왜?"

"살인사건이 난 골목 근처에서 얼쩡거리다가 수상하다고 체포된 겁니다."

"누가 그래?"

"방금 산트 씨 경호원한테서 들었습니다."

"병신들."

이 사이로 말했지만 백기철의 심사가 더 뒤숭숭해졌다. 자주 방안에 쓰레기가 덮여지는 느낌이 든 것이다. 옆에서 피터가 쳐다보고 있었으므로 백기철이 보고를 했다. 듣고 난 피터가 이맛살을 찌푸리며 물었다.

"백 소좌, 지금 우리 경비 인원은?"

"저까지 여섯입니다."

"방에 들어가 있는 아리드와 마리까지 여덟이군."

"상황실 요원 셋까지, 여섯이 당했다고 봐야 될 것 같습니다."

그때 방에서 아리드가 서둘러 나오더니 리모컨으로 TV를 켰다. 그러자 TV에 화재 현장이 드러났다. 아리드가 화면을 턱으로 가리키며 말했다.

"방금 현장에서 시체 3구가 발견되었다고 보도됐습니다."

"한국 놈들일까?"

피터가 혼잣소리처럼 물었을 때 백기철이 대답했다.

"한국 놈들은 아닙니다, 그럴 배짱이 없어요."

동감이었으므로 피터가 심호흡을 했다. 그렇다면 CIA다. 천진항에 신고 온 광물과 그 대금 관계까지 알고 있는지도 모른다. 피터의 시선이 다시 침실로 옮겨졌다. 사만다를 경호하다가 이 사건이 시작되었다. 쪽지를 전해주는 것이 CCTV에 발각되었기 때문이다. 도대체 무엇을 왜 그랬는가? 피터의 눈빛이 강해졌다. 사만다와 같이 산 지 이제 3년이다. 사만다.

로비로 들어선 경찰 셋이 프런트로 다가왔다. 로비는 뒤숭숭하다. 소방차 사이렌이 계속 울렸고 옆쪽에서 살인사건이 일어났다는 소문이 다 퍼진 것이다. 호텔 밖에는 경찰차 10여 대가 경광등을 번쩍이며 세워졌으며 현관에도 7, 8명의 경찰이 서성대고 있다. 화재 현장에서 시체가 발견되면서 경찰은 더 모여들고 있다.

"여기 투숙자 명단을 좀 봅시다."

경찰 하나가 말했으므로 지배인이 컴퓨터를 두드렸다.

"현재 327명인데 다 보여드려요?"

"명단을 확인해야겠는데, 피살자하고."

짜증이 난 얼굴로 경찰이 말했을 때 안쪽 엘리베이터 앞에 서 있던 경찰 하나가 안으로 들어갔다. 그러고는 6층 버튼을 눌렀다. 오후 6시 45분이다. 엘리베이터에는 7, 8명의 손님이 타고 있었는데 5층에서 한 번 멈춰 2명이 내리더니 곧 6층에서 멈춰 섰다. 경찰은 6층에서 혼자 내렸다. 선글라스를 낀 경찰은 건장한 체격이었고 허리에는 SIG 자우에르 P226 권총을 찼다. 제복이 잘 어울리는 경찰이다. 6층 복도에는 왼쪽에 두 사내가 서 있었는데 한눈에도 경호원으로 보였다. 검정색 양복 차림에 동양인이지만 피부가 검다. 말레이계 동양인이다. 둘은 다가오는 경찰을 보더니 긴장한 듯 얼굴을 굳혔지만 시선을 떼지는 않았다. 그때 다가간 경찰이 두 사내 앞에 섰다.

"산트 씨는 방에 계신가?"

영어로 묻자 사내 하나가 다가와 섰다.

"누구시오?"

"집행관이야."

사내가 말한 순간 수도로 경호원의 목을 쳤다. 컥, 소리와 함께 경호원이 목을 움켜쥐고 주저앉았을 때 경찰이 몸을 비틀면서 발길로 다른 경호원의 사타구니를 찍어 올렸다. 정통으로 사타구니를 채인 사내가 무릎을 꿇었을 때 경찰이 권총을 빼내더니 총신으로 뒤통수를 쳤다. 그러고는 수도를 찍혀 주저앉은 사내의 턱을 다시 차올렸다. 두 사내가 복도에 뒹굴어 쓰러졌을 때 경찰이 두 사내의 몸을 뒤져 권총을 꺼내었

126

다. 두 명 다 헤클러&코흐제 권총을 소지하고 있었으므로 경찰은 바지 주머니에 하나씩 넣었다. 그러고는 바로 옆쪽 603호실 문을 노크했다.

"누구야?"

안에서 목소리가 들린 순간이다. 경찰은 발을 번쩍 치켜들더니 손잡이 아랫부분을 힘껏 찼다. '우지끈' 소리와 함께 문짝이 부서져 안으로 떨어졌고 그 순간 경찰이 문 옆쪽 벽에 등을 붙이더니 뒤에 찬 주머니에서 수류탄을 꺼내 안전핀을 뽑았다. 그 순간이다.

"탕! 탕! 탕!"

방안에서 총성이 울리면서 총알이 문 앞쪽 건너편 벽에 박혔다. 그러고는 어지러운 외침 소리와 함께 다시 총성이 울렸다.

"타타타타타타!"

기관총 발사음이다. 그 순간 경찰이 쥐고 있던 수류탄을 팔만 휘둘러 방안으로 집어던졌다.

"꽈꽝!"

이미 안전핀을 뽑은 채 2초를 기다리고 있었던 터라 수류탄은 거실 중심부의 허공에서 폭발했다. 세열탄이다. 수백 개의 철환이 폭발과 함께 사방으로 튀었고 다음 순간 경찰은 주머니에서 수류탄 두 발을 한꺼번에 꺼내 안전핀을 뜯어 던졌다. 그러고는 숨을 들이켰다가 두 개를 한꺼번에 던졌다.

"꽈꽝! 꽝!"

폭발음이 호텔을 울렸다. 그때 경찰이 주머니에서 방독면을 꺼내 모자를 벗고 뒤집어썼다. 그러고는 차분하게 다시 경찰모를 쓴 다음 권총을 고쳐 쥐었다. 그때 방안에서 가스가 뿜어 나오기 시작했다. 최루탄 가스다. 자욱한 연기와 함께 안에서 비명과 외침, 기침 소리가 울렸다.

그 순간 경찰이 방안으로 뛰쳐 들어갔다. 연기 속으로 뛰어 들어갔다고 해야 될 것이다. 방안으로 들어선 경찰은 난장판이 된 가구 사이에 쓰러져있는 사내들을 보았다.

"탕! 탕! 탕!"

허우적거리는 사내들을 향해 한 발씩 쏴서 움직임을 멈추게 한 경찰이 옆쪽의 닫힌 방문 앞으로 다가갔다. 그러고는 방문을 발로 걷어차 열고는 몸을 비켰다. 그 순간.

"타타타타타! 탕탕!"

다시 기관총과 권총의 발사음이 울리면서 총탄이 쏟아졌다. 그때 경찰이 다시 주머니에서 수류탄을 꺼내더니 안전핀을 뽑았다.

"꽈꽝!"

수류탄이 다시 안쪽 방에서 폭발했다.

6층 베란다에서 아래를 내려다본 마이클이 곧 아래로 몸을 날렸다. 그러나 허리에 로프를 묶고 반대편 끈을 베란다 난간의 기둥에 묶었기 때문에 곧 두 발이 5층의 난간 끝에 닿았다. 다시 로프를 푼 마이클은 4층 난간에 발을 디뎠다. 몸을 굽힌 마이클이 3층을 내려다보았을 때 난간에 나와 이쪽을 올려다보는 사내와 시선이 마주쳤다. 마이클이 소리쳤다.

"위험해요! 방에 들어가 있어요!"

"예, 경찰관님, 수고하십니다."

고분고분 말한 사내가 몸을 비키자 마이클이 다시 3층 난간으로 뛰어내렸다. 사내가 유리문을 열고 안으로 들어가더니 존경심이 우러나온 표정으로 마이클을 향해 손을 흔들었다. 마이클은 다시 2층 난간으로 뛰어내렸고 곧 1층의 시멘트 바닥에 발을 디뎠다. 이곳은 호텔 뒤쪽의 지하 주차장 옆쪽이다. 통행인도 없는 공간이어서 마이클은 곧 옷차림을 매만지고는 밖으로 나왔다. 마이클이 호텔 방안으로 들어섰을 때는 7시 반이다. 이제 마이클은 단정한 셔츠에 바지 차림이었는데 기다리고 있던 재크린이 말했다.

"아시아호텔에서 폭발 사건이 보도되었어, 네가 한 거야?"

"호텔 CCTV에 다 찍혔을 거다, 이젠 아시아호텔에는 못 가."

옷을 벗어 던진 마이클이 침대 밑에서 가방을 꺼내더니 침대 위에 놓았다.

"뭐 하려는 거야?"

다가온 재크린이 물었지만 마이클은 저격소총을 꺼내 결합하기 시작했다. 저격총은 헤클러&코흐PSG-1 형으로 결합하면 길이가 121cm나 된다. 무게는 7.5kg, 마이클은 익숙한 솜씨로 장탄까지 끝내더니 스코프부터 확인했다.

"어쩌려고?"

다시 재크린이 물었을 때 마이클이 총을 들고 방을 나왔다.

"넌 그동안 방 정리를 해, 내가 쏘고 올 테니까."

"여기서 쏜다는 거야?"

"옥상에서."

재크린이 숨을 들이켰다. 스위트룸은 호텔 최상층이었으니 비상계단을 올라가면 바로 옥상이다. 마이클이 문으로 다가가면서 말했다.

"상황실에서 이쪽 CCTV는 먹통으로 만들어 놓았을 거야, 하지만 오래 못 간다, 경찰이나 놈들이 내 흔적을 곧 추적해올 거다."

마이클이 문을 열었을 때 귀에 꽂은 리시버에서 포먼의 목소리가 울렸다.

"복도로 나와도 돼, CCTV에서 널 비추지 않아."

마이클은 저격총을 쥔 채 복도로 나와 비상계단으로 다가갔다. 곧 비상계단을 오르자 자물쇠가 채워진 철물이 드러났다. 마이클이 주머니에서 열쇠를 꺼내 자물쇠를 열었다. 무기와 함께 받아온 열쇠다. 철문을 열고 옥상으로 올라오자 매캐한 탄 냄새에 최루액 냄새까지 맡아졌다. 아시아호텔에서 흘러온 것이다. 마이클이 옥상의 간판 사이에 엎드려 스코프로 아시아호텔을 보았다. 야간용 스코프에 거리가 찍혔다, 272m다. 스코프로 10층을 비추자 곧 창가에서 어른거리는 사내들의 얼굴까지 선명하게 드러났다. 자세를 잡은 마이클에게 포먼이 말했다.

"네 흔적이 아시아호텔 지하 주차장 건너편 CCTV에 잡혔다. 거기서 추적해 오고 있어."

스코프를 스위트룸 끝 쪽 방으로 옮기자 이쪽에 등을 보이고 앉아있는 여자가 보였다. 사만다는 아니다. 그때 포먼의 말이 이어졌다.

"몽키, 보이나?"

"사만다 방에 다른 여자가 있군, 비서인가?"

"비서 겸 경호원이지, 탈레반이야, 그년 애인이 피터 황 보좌관 아리드다."

그때 옆쪽에서 사만다가 나왔다. 어두운 표정이다. 사만다가 이쪽을 향한 위치에 앉았으므로 마이클이 숨을 들이켰다. 피터 황은 보이지 않는다.

"스코프로 지금까지 7명을 보았다."

스코프에 눈을 붙인 채 마이클이 말했다.

"한데 피터가 보이지 않아."

"그놈 방이 안쪽이다, 중심 부근에서 안이야."

최루가스가 스치고 지났으므로 재채기가 나오려고 했다. 숨을 죽인 채 잠깐 눈을 감았던 마이클이 다시 눈을 떴다. 그러고는 스코프에 눈을 붙였을 때 피터 황의 얼굴이 드러났다. 사내 하나와 이야기를 하면서 창으로 다가온다. 마이클이 가라앉은 목소리로 말했다.

"나타났다."

"경찰복을 입은 놈이 침입했습니다."

아리드가 굳은 얼굴로 말했다.

"지금 추적 중인데 홍콩 경찰이 다 모인 것 같습니다."

"산트도 죽었나?"

피터가 뒤쪽에 선 백기철에게 물었다.

셋은 거실 기둥 옆에 서 있었는데 호텔 안에 경찰 병력이 진입해서 아예 출입을 금지시켰다. 6층의 스위트룸이 폭격을 맞은 것처럼 폭파되고 9구의 시체가 나왔으니 역사에 남을 대살육이 일어난 셈이다. 다행히 6층에 불은 나지 않아서 경찰이 통제만 하는 중이다. 피터의 시선을 받은 백기철이 어깨를 늘어뜨렸다.

"그런 것 같습니다."

"확인했어?"

피터의 목소리가 다급해졌다.

"보았냐구?"

백기철은 조금 전 6층의 사고 현장을 다녀온 것이다.

"확인했습니다."

외면한 채 백기철이 말을 이었다.

"시체가 엉망으로 찢겨 있었지만 머리는 멀쩡했기 때문에……."

"이, 이런."

"한 놈이 쳐들어간 것이 맞습니다."

"한 놈이라구?"

피터의 목소리가 비명처럼 울렸다.

"어떻게 그렇게……."

"3층 객실에서 그놈을 보았다고 합니다."

아리드가 끼어들었다.

"방금 공안에 있는 정보원한테서 확인을 받았습니다."

정보를 받던 상황실이 폭파되어 요원들이 몰사한 터라 백기철은 제 눈으로 확인한 것 외에는 장님이나 다름없다. 그래서 아리드가 탈레반 인맥을 통해 상황을 전달받은 것이다. 아리드가 번들거리는 눈으로 피터를 보았다.

"산트 씨가 당하고 나서 조직에 비상이 걸렸습니다, 곧 조치가 내려질 것입니다."

탈레반 조직을 말하는 것이다. 숨을 들이켠 피터가 어금니를 물었다가 길게 뱉었다. 그러고는 문득 머리를 들고 옆쪽 방을 보았다. 사만다를 감금시킨 방이다. 사만다는 마리의 감시를 받고 방에 갇혀있는 셈이다.

"백 소좌, 나하고 같이 들어가지."

피터가 턱으로 방을 가리키며 말했다.

"시간이 없어, 저년이 누구한테 뭘 전해주었는지, 누구 사주를 받았는지를 알아야겠어."

경찰이 호텔을 통제하고 있는 터라 나갈 수도 없지만 당분간은 보호도 받고 있는 셈이다. 상황실이 소실되어 CCTV도 건질 수가 없게 되었지만 고문이라도 해서 자백을 받아낼 작정이다. 문을 열고 들어선 피터가 침대 옆 의자에 앉아있는 사만다를 보았다. 옆쪽에 서 있던 마리는 벽 쪽으로 비켜났다. 다가선 피터가 사만다를 잡아먹을 듯이 노려보았다.

"자, 말해, 누구냐? 뭘 적어준 거냐? 넌 누구 지시를 받은 거냐?"

피터가 소리쳐 묻자 사만다가 외면했다. 그것을 본 피터가 눈을 치켜뜨더니 사만다의 뺨을 후려쳤다.

"개 같은 년."

다시 한 번 뺨을 쳤지만 사만다는 반항하지 않는다. 사만다의 뺨이 금방 벌겋게 달아올랐다.

"빨리 말 안 해?"

버럭 소리친 피터가 다시 손을 치켜든 순간이다. 유리창 깨지는 소리부터 나더니 피터가 벽에 등을 부딪쳤다. 그러고는 놀란 듯 눈을 크게 떴다. 다음 순간 백기철이 재빠르게 몸을 숙였지만 다시 유리 깨지는 소리가 들리면서 백기철의 머리통이 땅바닥에 떨어진 수박처럼 박살이 났다.

"아악!"

그때서야 마리가 목이 꽉 잠긴 목소리로 비명을 지르면서 뒤로 물러섰다. 그러나 세 번째 유리 부서지는 소리와 함께 가슴 복판이 뚫린 마리가 벽에 등을 붙이고는 주르르 주저앉았다.

"으으으."

방안에 비명이 울렸다. 피터의 신음이다. 가슴에 아이 주먹만 한 구멍이 뚫렸어도 피터는 아직 살았다. 방바닥에 반듯이 누운 피터 앞으로 사만다가 다가섰다.

"네가 왕린한테서 받는 돈이야, 피터."

사만다가 피터를 내려다보면서 말을 이었다.

"그리고 네가 산트한테서 구입하려는 물품 내역이고."

그때 문이 벌컥 열리더니 부하 하나가 뛰어 들어왔다.

"저격수가 있습니다."

거실도 총격을 받고 있었던 것이다. 다음 순간 그 사내도 머리가 부서졌다.

3장 탈레반

발리섬 서북쪽의 바닷가에 한 척의 요트가 떠 있다. 길이 40피트 (12m)짜리 중형 요트는 잔잔한 바다에 섬처럼 떠 있었는데 갑판에 세 남녀가 둘러앉아 있다. 한낮, 오후 2시 반이다. 모래사장과는 1백 미터 쯤의 거리다. 그러나 이곳은 모래사장 폭이 3, 4미터밖에 되지 않는 데 다 해안이 바위투성이라 관광객들이 찾아올 곳이 못 된다. 바위 뒤쪽 짙은 숲속에 이층 통나무집이 서 있는 것이 보였다. 숲에 가려서 지붕 한쪽과 창문 두 개만 드러나 있다. 요트가 가볍게 흔들렸고 바람결에 매캐한 땀 냄새가 맡아졌다. 이윽고 맥그로가 입을 열었다.

"마이클, 여기서 한 달만 쉬면 홍콩 사건은 잊힐 거야, 요즘은 사건 주기가 빨라져서 대중의 관심도 빨리 옮겨지지."

맥그로가 흰 이를 드러내고 웃었다. 흑인이지만 맥그로의 이목구비 는 백인과 같다. 혼혈이다. 그때 마이클이 말했다.

"한 달이나 이곳에서 뭘 하란 말이야? 차라리 한국으로 보내주는 게 어때? 그곳이 편한데 말이야."

"안 돼, KCIA가 널 찾아내면 곤란해져."

135

맥그로가 바로 머리를 저었다. 그러고는 턱으로 마이클 옆에 앉은 재크린을 가리켰다.

"당분간 재크린하고 함께 있도록 해, 그것이 본부 지시다."

"이건 뭐야?"

마이클이 이맛살을 찌푸렸다.

"내가 보디가드란 말이냐? 지시를 하려면 똑바로 해, 재크린은 내 소속이냐?"

"맞아."

"내 지시를 받는 거지?"

"그래."

그때 마이클이 머리를 돌려 옆에 앉은 재크린을 보았다. 재크린은 주위를 둘러보는 시늉을 하면서 끼어들지 않았다.

"이것 봐, 들었어?"

재크린의 시선이 마이클에게 옮겨졌다. 차분한 표정이다.

"들었어."

"난 네 보디가드가 아냐."

"바라지도 않아."

"넌 내 지시를 받는 입장이야."

그때 맥그로의 얼굴에 쓴웃음이 떠올랐다.

"이번 홍콩 작전에서 손발을 조금 맞췄지 않아?"

"파리 TGV 작전에서부터 시작한 거야."

"그렇지, 하지만 이번 홍콩 작전에서는 제법 호흡이 맞는 것 같은데."

"사만다는 지금 어디 있죠?"

불쑥 재크린이 물었으므로 맥그로가 검은 얼굴을 굳혔다. 맥그로는

136

조금 전에 이곳으로 온 것이다. 홍콩 작전이 끝난 지 오늘이 나흘째가
되는 날이다. 저격총으로 피터 황을 쏘아죽인 마이클은 곧장 홍콩을 떠
나 이곳으로 날아온 것이다. 다음 날 오후 1시에는 이곳 숲속의 별장에
재크린과 함께 도착했다. 남녀 하인이 넷이나 있는 고급 2층 별장이다.
그때 맥그로가 말했다.

"홍콩 경찰이 어제까지 출국을 보류시켰다가 밤에 LA로 떠나게
했어."

조금 전에 맥그로는 사만다가 재크린에게 건넨 쪽지를 받은 것이다.

"이번 홍콩 사건으로 당한 북한이 가만있을 리가 없어."

난간에 등을 붙인 맥그로가 둘을 번갈아 보았다.

"북한이 공공연하게 보복을 다짐하고 있으니까 말이야."

그렇다. 피터 황과 백기철까지 9명이 저격당해 죽은 터라 북한은 방
송을 통해 이것은 미국과 한국의 소행이라고 주장했다. 백기철을 북한
사업가로 포장한 것이다. 피터 황에 대해서는 일절 언급하지 않았다.
미국 시민이었기 때문이다. 미국 정부는 국무부 성명을 통해 미국 시민
인 피터 황, 아리드와 마리 등 4명이 저격을 당해 피살된 것은 용납할
수 없는 범죄라고 규탄했다. 그러나 범인에 대해서는 수사 중이라면서
여운을 남겼다. 결국 세계의 이목을 한국 측으로 몰리게 한 것이다. 바
로 NYT, CNN에서 피터 황이 북한 동조자이며 여러 번 북한을 왕래한
데다 북한과 무역을 했다고 폭로했기 때문에 범인은 한국 KCIA로 좁혀
졌다. 한국 외무부에서 극력 부정을 했고 KCIA에서도 이례적으로 성명
을 발표했지만 지금은 한국인도 믿지 않는 실정이다. 오히려 잘했다고
방송에 나와서 떠드는 상황이 되어있다. 그때 쓴웃음을 지은 맥그로가
말했다.

"말레이시아 정부에서도 곧 한국 정부에 유감 성명을 발표할 거야, 일이 계획대로 되었어."

산트와 그 수행원들을 독사시킨 범인도 KCIA로 믿는 것이다. 마이클의 얼굴이 바로 한국인이기 때문이다.

"이건 CIA 작전입니다."

홍콩 총영사관 영사 이수철이 CCTV 화면을 정지시키고 나서 말했다. 며칠간 잠을 설쳤기 때문에 깔끔하게 면도는 했어도 눈의 흰자위가 충혈 되어 있다. 이수철이 앞에 앉은 원경호를 보았다.

"국장님, 이건 우리가 뒤통수를 맞고 있는 것입니다."

"우리가 끌려 들어간 건 분명해."

원경호가 컴퓨터 화면을 응시하며 말했다. 화면에는 정지상태로 CCTV에 찍힌 장면이 펼쳐져 있다. 바로 마이클이 페닌슐라호텔로 들어서는 장면이다. 그전에는 아시아호텔 지하 주차장 출구 근처에서 찍힌 사진과 10여 장의 사진을 보았다. 이 사진은 중국 공안과 전 세계 정보기관, 언론사까지 공유한 상태다. 호텔 투숙객 명단에 적힌 이름은 마이클 로한, 국적은 미국이었지만 위조 여권을 사용했고 한국에서 홍콩으로 왔다는 공항 기록까지 밝혀졌다. 한국 KCIA라면 가능한 일이다. 머리를 든 원경호가 이수철을 보았다.

"정치권에서도 우리가 해놓고 오리발 내미는 것이 아니냐고 생각하는 인간들이 있어, 특히 야당 인사들이."

"그 새끼들은 북한의 지시를 받고 그러는 겁니다, 국장님."

눈을 치켜뜬 이수철이 목소리를 높였다.

"북한 주장을 그대로 따라 외치는 반역자 놈들 아닙니까?"

138

"증거를 잡지 못하면 우리가 뒤집어쓰게 되었단 말이다."

"CIA 공작입니다."

어깨를 부풀린 이수철이 말을 이었다.

"그놈들이 해놓고 우리한테 뒤집어씌우는 겁니다. 아니, 처음부터 그렇게 작전을 짠 겁니다."

원경호가 대답하지 않았기 때문에 방안에 정적이 덮였다. 오후 6시 반, 홍콩 구룡섬에 위치한 영사관의 회의실 안이다. 서울에서 날아온 원경호도 사흘째 동분서주했지만 상황은 점점 악화되어 가고 있다. 이윽고 원경호가 어깨를 늘어뜨리면서 말했다.

"CIA가 우리를 악의(惡意)로 그랬을 리는 없어, 결국 북한 놈들을 코너로 몰기 위한 작전일 거야."

이수철의 시선을 받은 원경호가 얼굴을 일그러뜨리며 웃었다.

"작전을 성공시키기 위해서는 우리한테도 비밀로 해야 되겠지, 안 그러냐?"

"그건 말도 안 됩니다, 국장님."

또다시 이수철이 분통을 터뜨렸다. 주먹으로 테이블을 내려친 이수철이 원경호를 노려보았다.

"그랬다가 남북한 전쟁이라도 일어나면 미국이 즉각 개입해서 북한 핵을 제거하고 핵 정권을 무너뜨린다는 시나리오라는 말씀입니까?"

"얀마, 목소리가 크다."

"그랬다가 작전에 실패하면 우린 모른다, 하고 물러서고 말씀입니까?"

"증거를 찾아낸다고 치자."

원경호가 정색하고 이수철을 보았다.

"그럼 우리 고위층에서 그 증거를 CIA에 들이대면서 따진다고 치자."

이수철의 시선을 받은 원경호가 다시 얼굴을 일그러뜨렸다.

"CIA가 고분고분 우리 작전이었다, 하고 시인할 것 같으냐? 아니, 증거를 캐는 동안 우릴 놔둘 것 같으냐?"

"……"

"증거를 다 제시했고, CIA가 시인했다고 하더라도……"

어깨를 부풀렸다가 내린 원경호가 손바닥으로 얼굴을 쓸었다. 40대 후반의 원경호는 KCIA 해외작전국장이 되기 전에 워싱턴 주재 연작담당관이었던 것이다. CIA와 KCIA를 잇는 중요한 직책이었고 CIA의 간부들과도 친분이 있다. 원경호의 뒷말을 자신이 이을 수도 있었으므로 이수철은 외면했다. 한국과 미국도 동맹국인 것이다. 북한은 공동의 적이다. CIA가 이번 작전을 제압하기 위해 KCIA를 내세웠다고 하면 덮어둘 수밖에 없는 것이다. 이윽고 원경호가 어깨를 늘어뜨리며 말했다.

"시발 놈들이 우리를 무시하는 건 여전해, 사전에 힌트라도 줬다면 이렇게 분하지는 않을 텐데……"

그때 테이블 위의 핸드폰이 울렸으므로 둘은 깜짝 놀랐다. 이수철의 핸드폰이다. 핸드폰을 든 이수철이 머리를 기울였다. 모르는 번호였기 때문이다. 그러나 안 받을 수는 없다, 핸드폰의 버튼을 누른 이수철이 귀에 붙였다.

"예, 이수철입니다."

그때 사내가 영어로 말했다.

"내가 이번 사건의 정보를 드리지요."

그때 이수철이 핸드폰을 테이블 위에 내려놓고 녹음과 스피커 버튼을 눌렀다. 그리고는 차분한 목소리로 물었다.

"이번 사건의 정보라니요? 무슨 말씀입니까?"

"녹음해도 됩니다."

사내의 목소리가 방을 울렸고 이제는 원경호도 긴장했다. 이수철이 다시 물었다.

"누구십니까?"

그때 사내가 짧게 웃더니 유창한 영어로 말을 이었다.

"탈레반 정보요원이오, 소속까지 밝히기는 뭣하니까 그렇게만 알고 계시지요."

"아니, 탈레반이 왜?"

"당연한 일이지. 이 영사, 모르시겠소?"

"모르겠는데요."

"아시아호텔 6층에서 몰살당한 말레이시아 사업가 일행이 탈레반하고 연루되어 있다고 CIA가 슬슬 분위기를 끌고 가고 있지?"

순간 숨을 죽인 이수철이 원경호를 보았다. 두 눈이 번들거리고 있다. 이수철이 헛기침을 했다.

"그렇습니까? 그런데요?"

"CIA가 이번 사건을 KCIA의 공작으로 밀어붙이고 있다는 걸 알고 계시겠지? 지금 전 세계 정보기관에다 언론기관까지 그걸 눈치채고 있는 상황에 모르고 있다면 KCIA는 문을 닫아야지."

"그런가요? 그것이 정보라는 거요?"

"이젠 모두 미국 정부가 위조여권이라고 공식 발표한 마이클 로한의 국적이 한국이라고 믿고 있지, 그렇지 않소?"

"계속해봐요."

"마이클 로한의 사진을 보면 한국인이야, KCIA의 킬러라구."

"그것이 정보라는 거요?"

그때 원경호가 눈짓을 했다. 다그치지 말라는 신호다. 그때 사내의 목소리에 웃음기가 섞여졌다.

"마이클의 파트너가 어떤 CCTV에도 잡히지 않았지?"

순간 이수철과 원경호가 서로의 얼굴을 보았다. 중국 공안 당국부터 전력을 다해 추적하고 있지만 여자의 자취는 어떤 곳에도 나타나지 않았다. 페닌슐라호텔 안에서도 영상이 찍히지 않는 것이다. 투숙자 명단에는 마이클 로한 외 1인만 기재되어 있었기 때문에 이름도 없다. 룸서비스나 룸메이드도 본 적이 없는 것이다. 이것도 분명히 호텔 CCTV부터 조작한 것이다. 이런 정도의 조작은 KCIA로서는 힘든 일이었지만 우리 능력으로는 되지 않는 일이라고 말할 수도 없는 입장이다. 그때 사내가 말했다.

"이 영사, 지금 당신 앞의 컴퓨터에 메일로 그 여자의 사진이 전송될 테니까 받아 보도록, 그러고 나서 다시 이야기를 하지."

그러고는 통화가 끊겼다.

"이런."

당황한 이수철이 원경호를 보았다.

"국장님, 탈레반이 왜 우리한테……."

"그보다 컴퓨터."

원경호가 서둘렀다.

"이리 가져와."

자리를 차고 일어선 이수철이 노트북을 들고 들어선 것은 30초도 걸리지 않았다. 가져오면서 전원을 켠 터라 원경호 앞에 놓였을 때 메일이 왔다는 표시가 떴다. 이수철이 메일을 펼쳤고 원경호와 함께 숨을 죽이고 주시했다. 그 순간 화면에 여자가 떴다. 마켓으로 들어가는 장면이다. 여자가 마켓 안에 서 있는 모습, 얼굴이 선명하다. 다시 그림이 바뀌어서 과일가게 앞에 서 있는 장면, 그때 둘은 몸을 굽혔다. 옆에 사만다가 서 있는 것이다. 여자의 얼굴이 클로즈업되고 나서 영상은 끝났다. 검은 머리의 서양인, 미모다. 적갈색 눈동자, 곧은 콧날, 야무지게 닫힌 입술, 머리칼과 눈동자 색깔은 바꿀 수 있겠지만 이 얼굴은 금방 찾아낼 수 있다. 그때 테이블 위에 놓인 핸드폰이 다시 울렸으므로 이수철이 힐끗 보고 나서 재빠르게 버튼을 눌렀다. 그 사내였기 때문이다.

"여보세요."

"봤나?"

사내가 바로 물었다.

"보고 있어."

"그 여자가 누군지 곧 찾겠지만 내가 수고를 덜어주지, 열흘 전까지만 해도 서울 주재 미국 대사관 영사였던 재크린 파머야."

"……."

"너하고 비슷해, 그년은 CIA 소속으로 대사관에 파견되었던 거야."

"……."

"그런데 반년 전에는 프랑스 주재, 미 대사관에서 근무했어, 그때 TGV사건 기억하지? 마르세유행 TGV에서 일어났던 학살사건, 그 작전에 참가했다가 개피를 본 년이야."

테라스로 나온 마이클이 어둠에 덮인 바다를 보았다. 수평선 위로 불빛 하나가 깜박이고 있었는데 유람선일 것이다. 이곳은 호화 유람선의 통행로다. 맑은 날씨여서 하늘에는 무수한 별들이 흔들리고 있다. 마치 연말연시에 매달아 놓은 장식용 전구 같다. 오전 2시 반이다. 저택 안은 조용하다. 바닷가의 파도가 암초에 부딪쳐 부서지는 소리만 들리고 있다. 재크린의 안쪽 방은 불이 꺼진 지 오래고 아래층 하인들도 일찍 잠자리에 든다. 테라스 난간에 몸을 붙이고 선 마이클이 문득 어머니를 떠올렸다. 어머니는 지금 시애틀의 작은 식당을 자식처럼 아끼면서 여생을 보낼 것이다. 테이블이 12개, 한국인 주방장과 종업원 6명, 한 달 수입이 1만 불 정도였지만 어머니는 자신이 부자라고 생각한다. 그러고 보니 어머니는 55세, 10년이 넘도록 혼자 살고 있다. 마이클이 18살 때 군에 입대했기 때문이다. 3년 전, 마이클이 그동안 모아둔 돈에 적금까지 모아 식당을 차리도록 75만 불을 가져갔을 때 어머니는 펑펑 울었다. 그동안 어머니는 한식당의 주방장으로 일하고 있었던 것이다. 어머니의 고향은 한국이다. 24살 때 아버지를 만나 2년 후에 미국으로 건너왔지만 마이클이 6살 때 아버지는 떠났다. 어머니가 32살 때다. 그때부터 어머니는 혼자 산다. 그때 뒤쪽에서 인기척이 났으므로 마이클이 머리를 돌렸다. 안쪽의 방문이 열리더니 재크린이 다가오고 있다. 저택 이층의 불은 다 꺼놓았지만 어둠에 익숙해진 마이클에게는 재크린의 얼굴 윤곽까지 선명하게 보인다. 다가온 재크린이 옆쪽 테라스 난간에 기대섰다. 시선을 돌린 마이클이 다시 앞쪽 바다를 보았을 때 재크린이 말했다.

"맥그로가 굉장히 친절해졌어, 여기까지 와서 상황 설명까지 해주고."

마이클은 시선만 주었고 재크린이 바다를 향한 채로 말을 이었다.

"나도 잠깐 내가 거물이 된 것 같은 착각이 일어났다니까."

"……."

"그리고 내 이용 가치가 뭔가 하고 잠깐 고민을 했지."

"……."

"없어."

그때 마이클이 재크린을 보았지만 입을 열지는 않았다. 재크린의 말이 이어졌다.

"넌 이용 가치가 있어, 집행관으로 한국인 흉내를 내면서 북한 애들을 더 죽일 수 있을 거야."

"……."

"난 주한 미국 대사관 영사로 얼굴이 많이 팔렸어. 공항 CCTV에 찍힌 필름, 호텔 거리에서 찍힌 필름 지우는 데 애를 먹었을 거야."

"잠깐."

마이클이 말을 막았다. 이맛살을 찌푸린 마이클이 말을 이었다.

"내가 널 죽여 없애지는 않을 테니까 걱정 안 해도 될 거다."

"지금 우리 말을 맥그로가 듣고 있을 거야."

"아까부터 들으라고 한 것 같은데."

재크린이 입을 다물었고 다시 파도가 암초에 부서지는 소리만 들렸다. 머리를 든 마이클이 별 무리를 보았다.

"쓸데없는 짓 하면 다 죽일 테니까."

"내가 너하고 팀이 된 것도 프랑스에서부터 연장선상에 있었던 거야."

"말이 많군, 이 여자는."

"난 언젠가 탈레반에게 노출될 여자였고 코리아 서울로 보내졌지만 이미 효용 가치는 떨어져 있었던 거야."

"오늘은 날씨가 좋군."

"네가 집행관으로 조작되면서 파트너가 필요했지, 자연스럽게 보이려는 파트너."

"밤바다에서 수영이라도 해야겠군."

마이클이 테라스 난간 밖으로 나가더니 아래쪽 모래사장으로 몸을 날렸다. 3미터쯤의 높이였지만 아래는 스폰지보다 더 탄력이 강한 모래밭이다. 가볍게 뛰어내린 마이클이 바다를 향해 가면서 가운을 벗어 던졌다. 그러자 팬티 차림이 되었고 곧 팬티까지 벗어 던졌다. 알몸이 된 마이클이 바다로 향해 한 걸음씩 발을 디딘다. 그렇다, 재크린은 소모품이었다. 사만다로부터 자료를 받는 스페인어 사용 가능자는 얼마든지 고를 수가 있는 것이다. 지금 이곳까지 데려온 것만으로도 계획 이상인지도 모른다. 바닷물은 따뜻하더니 깊이가 가슴께에 이르자 갑자기 차가워졌다. 그러더니 파도가 밀려오면서 마이클의 몸을 바다 쪽으로 빨아들이듯 끌고 갔다. 마이클은 흐름에 몸을 맡기면서 천천히 바다 속으로 나아갔다. 1백 미터쯤 나갔을 때 모래사장이 드러났다. 멀리서 보는 모래사장이 더 뚜렷해졌다. 숲과 저택 윤곽도 드러났다. 마이클은 해안을 향해 다가갔다. 이제는 파도가 뒤에서 밀어주고 있다. 이윽고 마이클이 모래사장 50미터 거리쯤으로 다가갔을 때 앞에서 희끗한 인기척이 드러났다. 재크린이다.

"뭐야?"

마이클이 묻자 재크린이 팔을 쭉쭉 뻗어 헤엄을 치면서 다가왔다. 능숙한 자유형 자세다. 아직 수심이 깊었으므로 마이클이 다가오는 재크린을 기다리며 제자리에 떠 있었다. 그때 다가온 재크린이 마이클을 보았다. 별빛을 받은 재크린의 두 눈이 반짝이고 있다. 마이클은 이 세상에 재크린과 둘만 있는 것처럼 느껴졌다.

"난 너밖에 없어."

재크린이 말했다. 물에 젖은 얼굴이 번들거렸고 머리칼은 머리에 딱 붙어서 얼굴이 더 동그래졌다. 마이클의 시선을 받은 재크린이 말을 이었다.

"네가 날 어떻게 생각하는지 알아, 하지만……."

"하지만 뭐냐?"

마이클이 물었다.

커다란 파도가 부드럽게 몰려와 둘의 몸을 둥실 떠올렸다가 끌어내렸다. 잠깐 물속에 머리까지 들어갔다가 나온 재크린이 입으로 물을 뿜었다.

"살려줘."

"안 죽어, 몸을 띄워."

"본부에서 날 제거할 거란 말이야."

입을 다문 마이클이 다시 파도가 부풀어 올랐으므로 재크린이 빠져 들어가지 않도록 두 팔을 뻗어 상반신을 잡았다. 그 순간 마이클이 숨을 들이켰다. 재크린의 상반신은 알몸이다. 겨드랑이에 손이 닿았을 때 젖가슴을 스치고 지나갔다. 파도가 가라앉았을 때 마이클이 몸을 솟구쳐 재크린은 물속으로 미끄러져 들어가지는 않았다. 손을 뗀 마이클이 재크린을 보았다.

"이거 웃기는 년이네."

둘의 얼굴이 50센티쯤의 거리에 떠 있다. 별빛은 점점 더 밝아지는 중이다. 이제 둘은 파도의 미끄럼틀을 타는 것 같다. 다시 둥글고 큰 언덕 같은 파도가 둥실거리면서 다가왔다.

"날 끌어들이지 마, 망할 년아."

그러나 마이클의 얼굴은 웃는다. 별빛을 받은 흰 이가 반짝였다. 이제 재크린도 솟아오르는 파도를 따라 같이 몸을 띄우면서 마이클에게 말했다.

"어쨌든 난 네 팀원 아니었어? 지금도 그렇고."

"지랄하고 있네."

"날 살려줘."

파도가 가라앉았고 타이밍을 놓친 재크린의 머리가 또 쑥 들어갔다. 그것을 본 마이클이 물속으로 들어가 재크린의 허리를 껴안고 떠올랐다.

"어라? 너, 다 벗은 거야?"

재크린의 알몸에 놀란 마이클이 손을 떼면서 투덜거렸다.

"이것 또 불안해지는군."

"무슨 소리야?"

"재수 없는 계집이 있어."

파도를 타면서 마이클이 재크린을 보았다.

"건드리면 꼭 사고가 나는 년."

"……."

"파리에서 네 애인이 그런 꼴을 당했지?"

"……."

"TGV 작전에서 우리는 미끼 역할이었지. 그래, 소모품이었어, 너도 나도."

"이번에도 마찬가지였어, 나는."

"날 그런 눈으로 보지 마라, 난 안 넘어가."

148

"넌 개자식이야."

"미친년."

그때 파도가 부풀었고 재크린이 몸을 솟구쳤다. 마이클이 파도를 따라 몸을 움직여 해안 쪽으로 다가가기 시작했다. 재크린이 뒤를 따른다. 바닷가로 다가가면서 둘의 알몸이 별빛에 드러났다. 앞장선 마이클의 어깨와 등이 별빛에 드러나더니 곧 엉덩이가 비친다. 10미터쯤 뒤를 따르는 재크린이 자신의 젖가슴을 내려다보았다. 알맞게 선 젖가슴이 별빛을 받아 반들거리고 있다. 이제 파도는 무릎 근처에서 찰랑거리고 있다. 그때 앞장서 가던 마이클이 몸을 돌려 재크린을 보았다. 숨을 들이켠 재크린이 주춤했다가 다시 발을 떼었다. 두 알몸의 거리가 좁혀지고 있다. 그때 재크린이 다시 걸음을 멈췄다. 마이클과 다섯 걸음의 거리다. 재크린의 시선이 마이클의 남성에 꽂힌 채 떼어지지 않는다. 마이클의 남성이 곤두선 채 꿈틀거리고 있었기 때문이다. 검은 몽둥이 같은 남성이 따로 붙인 생물(生物)처럼 흔들거리고 있다. 그때 마이클이 말했다.

"염려할 것 없어, 이놈하고 나는 따로니까."

"그놈이 정직한 거야."

다시 발을 떼면서 재크린이 말했다. 거리가 네 걸음, 세 걸음, 두 걸음으로 가까워졌을 때 마이클이 말했다.

"이놈하고 네 다리 사이에 있는 것하고 잠깐 놀게 할 수는 있어."

"개새끼."

"넌 진즉 암캐였고."

그때 다시 한 걸음 다가간 재크린이 마이클 앞에 한쪽 무릎을 꿇더니 남성을 두 손으로 감싸 쥐었다. 그러고는 머리를 들어 마이클을 올려다보았다. 그때 마이클은 재크린의 눈동자에 무수히 박힌 별을 보았다. 수백 개의 별이 재크린의 눈동자 속에 들어가 있는 것이다. 마이클이 손을 뻗어 재크린의 머리칼을 움켜쥐었다.

"네가 속옷도 안 입고 안가로 도망쳐 왔을 때 이렇게 될 것 같은 예감이 들었어."

파도가 몰려와 둘의 몸을 치고 거품을 일으켰다. 마이클이 재크린의 겨드랑이에 두 손을 넣어 일으켰다. 이제 둘은 알몸으로 몸을 붙인 채 마주보았다. 그때 재크린이 말했다.

"키스해줘."

그러고는 재크린이 눈을 감았으므로 마이클이 허리를 당겨 안았다. 물기에 젖은 재크린의 얼굴이 별빛을 받아 번들거린다.

"마이클의 가치는 확인되었어."

에드 캐릭튼이 의자에 등을 붙이며 말했다. 백발이 듬성듬성 섞인 머리칼에 주름진 얼굴, 50대 중반이지만 늘어진 눈시울을 보면 60대로 보인다.

"이번 작전은 8할은 성공한 거야, 맥그로."

캐릭튼이 똑바로 맥그로를 보았다.

"100퍼센트 성공한 작전은 단 한 번도 없어. 있을 수가 없는 일이지."

"보스, 그럼 마이클은 어떻게 합니까?"

맥그로가 묻자 캐릭튼이 잠깐 시선을 주었다가 말했다.

"한 달 기간을 둬라. 그 후에 마이클에게 새 임무를 준다."

"재크린은 놔둡니까?"

"한 달 안에 끝나겠지."

캐릭튼의 시선이 앞쪽 스크린으로 옮겨졌다. 스크린에는 정지된 화면이 떠 있었는데 마이클과 재크린이 모래밭에서 엉켜있는 장면이다. 두 알몸이 정사를 벌이고 있다. 정상위의 자세로 재크린이 두 손으로 마이클의 어깨를 움켜쥐고 이쪽을 올려다보고 있다. 눈동자의 초점이 흐려져 있는 것도 선명하게 드러났다. 위성으로 찍은 영상이다. 잠깐 둘은 스크린을 보면서 입을 다물었다. 둘의 일거수일투족이 감시되고 있는 것이다. 그때 맥그로가 입을 열었다.

"저들은 우리가 지켜보고 있다는 것을 알고 있을 겁니다."

"우리 보라고 저 짓을 하는 거야."

쓴웃음을 지은 캐릭튼이 이 사이로 말했다.

"변태 같은 연놈들, 그럼 더 흥분이 된다던데."

"마이클이 재크린을 보호할 경우를 예상해야 될 것입니다."

"그럴 수도 있지."

"재크린의 자료를 모두 지웠지만 꺼림칙합니다."

맥그로가 말하자 캐릭튼이 쓴웃음을 지었다.

"그렇다고 해도 상관없어, 둘 다 소모품이니까. 재크린의 서울 생활 6개월은 마지막 휴가를 준 것이나 같아. 이젠 끝내야 돼."

맥그로가 입을 다물었다. 이것이 현실이다. 재크린은 파리에서 윌리엄 우드와의 밀회로 CIA 규범을 어기는 실수를 한 후에 TGV 작전의 미끼로 사용되었지만 살아남았다. 그러나 이미 탈레반이나 무슬림계 테러 조직에 재크린 파머의 모든 자료는 퍼져있는 상황이 되었다. 현장요원으로는 치명적이다.

그렇다고 본국으로 불러들여 해고를 시키기도 힘들다. 재크린은 이번 작전에서 본인이 맡은 일은 했지만 마지막 작전이 되었다. 그것은 캐릭튼이 처음부터 계획한 것이다. 그때 캐릭튼이 버튼을 누르자 스크린의 모래사장이 비쳐졌다. 조금 전 장면은 한 시간쯤 전이다. 그때 맥그로가 물었다.

"보스, 북한 암살팀은 놔둡니까?"

"조금 더 기름을 뿌려야 할 것 같다."

캐릭튼의 얼굴에 쓴웃음이 번졌다.

"불길이 번지면 걷잡을 수가 없게 되지, 그럼 저절로 굴러가게 되는 거야."

이곳은 뉴욕 맨해튼의 허치슨빌딩 21층 상황실 안이다. 겉은 '에밀증권'이라고 간판이 붙여졌지만 CIA의 해외작전 중계국 중 하나다. 캐릭튼이 담배를 꺼내어 입에 물면서 말했다.

"결국 한국을 위해서 하는 일이야. 한국과 미국은 동맹국이고 우리는 동맹을 배신하고 있는 것이 아니라구."

"KCIA가 우리를 의심하고 있을 것입니다."

"당연하지, 하지만 증거를 찾기는 힘들걸? 홍콩 한국영사관에 온 원경호는 내가 잘 알아, 나하고 워싱턴에서 1년쯤 같이 일했지."

불쑥 캐릭튼이 말하자 맥그로가 긴장했다.

"그렇습니까?"

"그 친구는 외국으로만 돌아다녔고 대북작전은 베테랑이야. 솔직히 나도 그 친구한테는 한 수 배웠으니까."

"능력이 있군요."

"능력은 있지만 배경이 없지."

캐릭튼의 얼굴에 웃음이 떠올랐다.

"거긴 낙하산이 요직을 많이 차지해서 전문가는 중간 간부에서 그쳐."

"원경호는 해외작전국장이니까 출세한 셈이군요."

머리를 끄덕인 캐릭튼이 정색했다.

"그 친구를 잘 감시해, 맥그로."

"알겠습니다, 보스."

"그 친구는 이미 이 작전의 목적을 안다고 봐야 돼. KCIA를 내세워서 북한을 자극시키려는 우리의 의도를 말이야."

"도청방지장치를 잘해놓았더군요. 영사관 전화 도청이 힘듭니다."

맥그로가 말하자 캐릭튼이 쓴웃음을 지었다.

"자, 발리에 두 연인을 놔두고 조금 더 기름칠을 해보자고."

"예, 보스."

"마빈도 기다리고 있나?"

"예, 30분쯤 되었을 겁니다."

캐릭튼이 머리를 끄덕이자 맥그로가 자리에서 일어나서 방을 나갔다. 의자에 등을 붙인 캐릭튼이 다시 화면을 보았다. 이제 화면은 발리의 저택을 비추고 있다. 어둠에 덮인 저택의 지붕이 선명하게 드러났다. 저 지붕 아래 두 남녀는 다시 엉키고 있을 것이다.

홍콩 총영사관의 참사관 홍병준은 실질적인 총영사 역할을 맡고 있었는데 곧 동남아권 대사로 영전이 될 예정이었다. 오후 8시 반, 홍병준이 지엔사쥐의 유명한 중식당 북경장 밀실에서 왕명과 저녁을 먹고 있다. 왕명은 홍콩 외무부 차관으로 홍병준이 초대한 것이다. 밀실은 조용하다. 가라앉은 분위기여서 둘은 시선도 마주치지 않는다. 이번 아시아호텔 참사 사건으로 홍콩 정부의 분위기는 악화되었다. 홍콩 정부도

가해자를 KCIA로 믿고 있는 것이다. 유사 이래 이런 대량학살은 처음인 것이다. 그때 홍병준이 말했다.

"차관님, 이건 공식 발언이나 같습니다. 아시아호텔 사건은 KCIA와 전혀 관계가 없습니다. 이것은 원한에 의한 개인적 사건입니다."

"알겠습니다."

돼지고기 수육을 삼킨 왕명이 둥근 얼굴을 펴고 웃었다.

"한국 측 해명으로 받아들이지요. 하지만"

왕명이 똑바로 홍병준을 보았다.

"이번 홍콩일보의 여론 보셨지요? 90%가 KCIA의 작전이라고 했습니다."

홍병준이 쓴웃음을 지었고 왕명의 말이 이어졌다.

"우리가 즐겨 쓰는 말이지만 민심이 천심입니다. 국민들을 잠시 속일 수는 있어도 오래 속일 수는 없는 법입니다."

"오래 감추는 기술도 늘어났지요."

홍병준이 참지 못하고 말하자 왕명이 빙그레 웃었다. 둘은 친밀한 사이인 것이다.

"홍 참사관, 이번 일은 한국이 불리해요."

정색한 왕명이 홍병준을 보았다.

"일부 한국계 정보 라인에서 이번 사건을 CIA가 공작전 차원에서 실행했다는 소문을 내고 있는데 그건 역효과를 냅니다."

홍병준이 숨만 내쉬었고 왕명이 말을 이었다.

"설령 CIA 공작이라고 해도 그들이 인정할 것 같습니까? 오히려 KCIA와의 관계만 나빠질 뿐이지요."

"생각해주시는 건 고맙지만……."

길게 숨을 뱉은 홍병준이 술잔을 들었다.

"우리가 하지 않은 일을 하지 않았다고 할 뿐입니다. CIA가 했다고 한 적은 없어요."

"유감입니다, 홍 형."

왕명이 따라서 숨을 뱉었다.

"귀국의 처지가 동정이 가지만 우리로서는 도와드릴 방법이 없습니다."

이제 곧 한국 영사관 측은 홍콩 공안 당국으로부터 조사를 받을 예정이었다. 수십 명이 살상당한 대사건인 것이다.

가장 유력한 용의자인 한국 KCIA를 대리해서 영사관 관계자가 줄줄이 소환되어 조사를 받아야 한다. 그때 왕명이 자리에서 일어서며 말했다.

"잠깐 실례, 도수가 약한 술은 이래서 문제라니까요."

오늘은 소주를 마셨다는 말이다. 전에는 왕명이 좋아하는 50도 이상짜리 백주를 마셨던 터라 홍병준은 쓴웃음을 지었다.

왕명이 화장실을 간 사이에 홍병준은 핸드폰을 들고 버튼을 눌렀다. 곧 신호음 두 번에 이수철이 응답했다. 기다리고 있었던 것이다.

"예, 참사관님."

"왕 차관은 도와줄 수가 없는 모양이오."

이수철은 듣기만 했고 홍병준이 말을 이었다.

"그러니까 이 영사는 잠깐 다녀오는 것이 낫겠어."

"알겠습니다."

"소낙비는 피하고 봐야지."

입맛을 다신 홍병준이 말을 이었다.

"진실은 언젠가 밝혀지기 마련이야. 특히 이따위 수작은 말이야."

"그럼 오늘밤 배편으로 타이완으로 갔다가 귀국하겠습니다."

"그렇게 하는 것이 낫겠어. 왕 차관은 당분간 나도 만나지 않을 것 같아."

"분합니다."

"준비를 해요, 이 영사."

"죄송합니다."

"아니, 죄송할 게 뭐가 있다고 그래? 오히려 화가 날 일인데."

"그럼 안녕히 계십시오."

이수철이 인사와 함께 통화를 끝냈을 때 홍병준이 심호흡을 했다. 이제는 북과 남의 전쟁이 되었다. 문득 홍병준의 머리에 동남아 어느 지역에서 보았던 닭싸움이 떠올랐다.

싸움닭 주인이 각각 싸움닭을 안고 있다가 전의를 일으킨 후에 내던 져 싸움을 붙이는 장면이다. 한국과 북한은 각각 내던져진 싸움닭이 되 었다.

내던진 주인은 CIA인가? CIA는 과연 미국정부의 입장을 대변하고 있기는 한가? 그때 방문이 열렸고 홍병준이 머리를 들었다. 그 순간 홍 병준이 숨을 들이켰다.

낯선 사내, 손에 소음기를 낀 권총을 겨누고 있다. 그것을 본 홍병준 의 입가에 쓴웃음이 떠올랐다.

30대 중반쯤의 사내, 장신, 한국인 같다. 홍병준의 쓴웃음을 본 사내 의 눈썹이 살짝 치켜 올라갔다. 그 순간.

"퍽! 퍽! 퍽!"

세 발의 발사음이 둔탁하게 울렸다.

TV의 음량을 키운 마이클이 재크린을 보았다. 시선이 마주치자 마이클이 먼저 거실을 나왔다. 재크린이 뒤를 따른다. 오전 10시 반, 오늘도 햇살이 대지를 녹일 것 같이 덮여 있었지만 날씨는 서늘하다. 곧장 마루방으로 나온 마이클이 긴 계단을 내려가 지하 창고의 문을 열었다. 눅눅한 습기에 섞여 짙은 땅 냄새가 맡아졌다. 이곳은 저택의 비품과 식료품 등을 쌓아놓은 창고로 지하 5미터쯤의 깊이다. 벽 쪽에 선 마이클이 다가오는 재크린을 보았다. 한 발짝 간격을 두고 멈춰선 재크린의 눈동자가 흔들렸다. 이미 깊은 관계가 된 흔적이 몸 전체에서 풍겨 나오고 있다. 어색한 표정, 흔들리는 눈동자, 자신도 모르게 몸을 조금 비튼 자세는 남자를 유혹하는 본능을 제한하지 않는 증거다. 받아들일 준비가 되었다는 표시이기도 하다. 마이클이 그것을 차갑게 느껴지는 시선으로 보면서 말했다.

"시작됐어."

"한국 대사관 참사관을 북한 측이 암살했다는 거야?"

조금 더 다가선 재크린이 낮게 물었다. 조금 전 둘은 TV 뉴스를 본 것이다. 뉴스에는 홍콩 지엔사쥐의 북경장에서 한국 대사관의 참사관 홍병준이 강도의 습격을 받아 피살되었다고 했다. 강도는 혼자서 식사를 하는 홍병준을 총으로 쏴서 살해하고 지갑과 시계를 빼앗아 달아났다는 것이다.

"아시아호텔의 복수극이 시작된 것이지."

마이클의 시선이 천장으로 옮겨졌다. 위쪽이 TV가 놓인 거실이다.

"우린 도청당하고 있어."

"바닷가 장면도 다 찍혔을 거야."

재크린이 외면한 채 말했다.

"나도 그것을 의식하고 연기를 했지만."

"실감이 나더구만."

마이클이 똑바로 재크린을 보았다.

"위성으로 그 장면을 본 상황실 놈들이 발기했겠다, 어지간한 포르노보다 나았으니까."

이제는 재크린이 똑바로 마이클을 보았다.

"왜 부른 거야?"

"내 생각이지만 한국 대사관의 참사관을 북한 측이 쏜 것 같지가 않아."

"내 생각도 그래."

"CIA에서 불씨를 던진 거야."

머리를 끄덕인 재크린이 말했다.

"이것 한 건으로 끝내지는 않을 거야, 그래야 싸움이 크게 붙을 테니까."

"한 달 기간을 두었는데, 네 생각은 어때?"

"넌 나갈 수 있겠지만 난 힘들어, 아마 내 필름이 다 깔렸을 것이고 내가 없어져야 돼."

"내 생각도 그렇다."

마이클이 재크린을 물끄러미 보았다.

"이곳 위성의 감시 시간은 어때?"

"집 근처에 도청, 감시 카메라는 대충 파악이 됐어, 위성은 하루 12시간, 오전 오후 각각 6시간이야, 지금 다시 변경되었는지는 모르겠어."

"그럼 밤 시간은 언제야?"

"오후 6시에서 12시까지 위성이 돌아."

마이클이 머리를 끄덕였다.

"좋아, 밤 12시에 이곳을 떠나자."

숨을 들이켠 재크린이 마이클을 보았다. 지하 창고의 천장에는 30 촉 전구가 하나 붙어 있다. 전구의 빛을 받은 재크린의 눈동자가 반짝 였다.

"어디로?"

재크린이 갈라진 목소리로 묻자 마이클은 먼저 긴 숨을 뱉었다.

"어쨌든 이 답답한 곳에서 벗어나자구."

다시 천장을 올려다본 마이클이 말을 이었다.

"먼저 자카르타로 가서 사람 많은 곳에 섞여야지, 그것이 가장 안전 한 방법이야."

"나 때문에 그러는 거야?"

"집행관 노릇을 그만두겠다는 거야."

그때 다가선 재크린이 두 손으로 마이클의 허리를 감아 안았다. 하 반신이 딱 붙여졌고 젖가슴이 마이클의 가슴에 붙었다. 재크린이 마이 클을 올려다보았다.

"고마워."

"너하고 붙었던 놈들은 다 제 명에 못 살고 죽는 거 아냐?"

"미안해."

"내가 선택한 일이야."

"우리 둘이서 살자면 난 그럴 수 있어, 너하고 둘이서 말이야."

"이 여자가 말도 안 되는 소리로 유혹하는군."

그 순간 재크린이 마이클의 바지 혁대를 풀었으므로 잠깐 창고 안에 서 말이 그쳤다. 바지와 팬티를 끌어 내린 재크린이 곧 마이클의 남성을 두 손으로 움켜쥐었다. 이미 발기되어 있던 남성을 쥔 재크린이 가쁜 숨을 몰아쉬며 말했다.

"해줘."

마이클이 거칠게 재크린의 원피스를 걷어 올리더니 팬티를 찢어 벗겼다. 금방 재크린의 하반신이 알몸이 되었고 마이클이 한쪽 다리를 치켜들었다. 그러자 재크린이 마이클의 남성을 잡아 샘에 붙인다.

"아아."

곧 재크린의 거침없는 신음이 울렸다. 마이클은 재크린의 몸을 벽에 붙이면서 거칠게 진입했다. 창고 안에서 열풍이 휘몰아치고 있다.

"우린 건드리지 못하겠지요."

핸들을 손바닥으로 두드리면서 이수철이 말했다. 얼굴은 붉게 상기되었고 눈을 치켜뜨고 있어서 험악한 인상이다.

"하지만 이런 식으로 나간다면 우리도 가만있으면 안 된다고 생각합니다."

뒷좌석에 앉은 원경호는 창밖의 거리에 시선을 준 채 입을 열지 않았다. 오후 2시 반, 차는 홍콩 센트럴 중심가를 천천히 달리는 중이다.

"개새끼들."

이수철이 다시 손바닥으로 핸들을 두드렸을 때 신호에 걸린 차가 멈췄다. 홍병준이 피살당하자 한국 정부는 비상이 걸렸다. 대통령에게도 보고가 되었고 관계 장관 회의, 외교장관 주재하에 각국 주재대사와 영상 회의까지 열렸다. 그러나 국정원은 홍병준의 피살이 홍콩 아시아호텔 대량 학살과 연계된 음모 가능성이 있다는 것을 대통령께 보고하지는 못했다. 증거도 없을 뿐만 아니라 엄청난 파문이 일어날 수 있는 사건인 것이다. 국가에 피해가 올 가능성이 있는 사건은 문서로 남기지 않는 것이 원칙이다. 그래서 원경호는 한국으로 날아가 국정원장 심학수에게 구두 보고만 하고 다시 홍콩으로 돌아온 것이다. 작전팀 10여 명을 인솔하고 왔기 때문에 홍콩 당국도 긴장하고 있다. 그때 옆에 놓인 핸드폰이 울렸으므로 이수철이 집어 들었다. 모르는 번호였지만 이수철은 귀에 붙였다.

"예, 이수철입니다."

"나야, 탈레반."

대뜸 사내가 말했으므로 이수철이 숨을 들이켰다, 다음 순간 쓴웃음이 나왔고 그때 신호가 풀렸으므로 차를 발진시키면서 물었다.

"탈레반이라구?"

이것은 뒷자리의 원경호가 들으라는 소리다. 과연 원경호가 상체를 기울였고 사내의 목소리가 차 안을 울렸다. 이수철이 스피커와 녹음 버튼을 동시에 눌렀기 때문이다.

"그래, 탈레반이다."

웃음 띤 목소리로 대답한 사내가 말을 이었다.

"한국 외교관이 살해된 것, 누구 수작인 줄 알고 있지? 그걸 모른다면 KCIA는 문 닫아야지."

"용건이 그거냐?"

"너희들 자존심이 상하겠지만 우리가 다시 정보를 주지, CIA는 이번 작전에 본국에 아껴두었던 특급 집행관을 데려왔다."

"집행관?"

"그래, 영화의 007 따위는 아이들 장난처럼 보이는 살인자야, 그자가 너희들 참사관을 쏴 죽였어."

차 안에 정적이 덮여졌고 이수철은 차를 길가에 세웠다. 다시 사내가 말을 이었다.

"이봐, 이 영사, 잘 들어."

"말해."

"CIA 집행관의 다음 목표는 한국 대사야, 민상진 대사."

"뭐야?"

"북한은 방송으로 천 배 만 배로 복수하겠다고 공언했어, 알고 있지? 아시아호텔에서 북한 사업가 여섯과 북한과 사업하던 미국인 사업가가 몰사당한 복수를 말이야."

이수철은 물론이고 원경호도 숨을 죽였다. 북한은 북한 국적의 백기철 등 경호요원들을 사업가로 발표한 것이다. 그때 사내의 목소리가 다시 차 안을 울렸다.

"그 대상은 이제 한국 대사야, 민상진 대사가 피살되면 한국은 어떻게 할 거야?"

"이것 봐."

이수철이 헛기침을 했다.

"장난하지 마라, 탈레반 놈아."

"내가 장난하는 것 같으냐?"

사내의 목소리가 차가워졌다.

"넌 지금 작전국장 원경호를 태우고 '마마론스' 피자 가게 앞 주차공간에 차를 세우고 있군."

숨을 들이켠 이수철이 옆을 보았다. 과연 인도 건너편에 '마마론스' 피자 가게가 있다. 놀란 원경호도 눈을 치켜뜨더니 몸을 뒤로 젖혔다. 무의식중에 방어 동작을 취한 것이다. 그때 사내가 낮게 웃었다.

"탈레반이라고 구형 미사일 발사기를 등에 메고 산에 오르는 터번을 쓴 산적으로 생각하지 마라, 이수철 영사."

"장난치지 마, 이 자식아."

이수철이 기를 쓰고 말했을 때 사내의 목소리가 금방 엄격해졌다.

"우리도 드론으로 폭격할 수 있는 시대가 되었단 말이다."

그때 원경호가 와락 소리쳤다.

"좋다, 난 원경호다, 네가 우리한테 그런 정보를 주는 이유를 듣자."

"이제야 국장님이 나섰군."

"이유를 말해, 그래야 우리가 믿고 대화를 할 수 있을 것 아닌가?"

"CIA는 남북한 충돌을 야기하고 있어, 그 증거는 내가 말해 주었을 텐데?"

사내가 묻자 원경호는 어금니를 물었다가 풀었다.

"그래서? 너희들이 우리한테 뭘 원하는가?"

"CIA의 공작을 무산시키는 것, 그것이 너희들에게도 이득이 될 것 아닌가?"

사내가 말을 이었다.

"우리는 KCIA와 임시 동맹을 원한다."

연락선은 시속 10노트(16㎞)의 속력으로 꾸준히 달려가고 있다. 깊은 밤, 10톤짜리 연락선에는 선장과 선원 두 명에다 손님 둘이 탔다. 마이클과 재크린이다. 저택을 빠져나와 8킬로쯤 북서쪽의 마을로 간 둘은 동(東)자바에서 기름을 싣고 온 연락선에 탄 것이다. 목적지는 동자바의 모가딘 마을, 바로 연락선이 떠난 곳이다. 오전 3시 반, 배를 탄 지 1시간 반이 되어 간다.

"오전 7시에는 도착한다는군."

선장과 이야기를 하고 온 마이클이 뱃전에 기대앉은 재크린에게 말했다. 재크린은 야구모를 썼고 파마한 긴 머리는 고무 밴드로 묶었다. 반소매 셔츠 위로 등산용 점퍼를 걸쳤으며 바지에 운동화 차림, 옆에 놓인 배낭에는 옷가지만 들었다. 재크린 옆에 앉은 마이클이 길게 숨을 뱉었다.

"이제 도망자가 되었구만."

바다 깊숙이 들어간 후부터 파도가 높아져서 연락선은 산을 타듯이 올라갔다가 쭉 미끄러지기를 반복하고 있다. 그러나 하늘은 맑고 별 무리는 금방이라도 떨어질 듯이 흔들리고 있다. 머리를 돌린 재크린이 마이클을 보았다. 둘이 어깨를 붙이고 연락선 난간에 등을 붙인 채 쪼그리고 앉아 있는 것이다. 재크린이 물었다.

"언젠가는 헤어지겠지?"

"뭐가 말이야?"

"우리."

"우리?"

마이클이 되묻고는 쓴웃음을 지었다.

"너하고 꽤 깊은 사이 같다, 그 표현이."

배가 이번에는 길게 미끄러졌으므로 재크린이 숨을 참았다. 구역질이 치밀어 왔기 때문이다. 선원 하나가 비틀거리면서 그들 앞을 지나 조타실로 들어갔다. 재크린이 어깨를 움츠리고 말했다.

"자카르타까지만 같이 가, 거기서 헤어지자."

"거기서 넌 뭘 할 건데?"

"네가 알 건 없고."

"언론사에 연락해서 신변 안전 보장받을 생각은 버리는 게 좋을 거다."

"내가 너보단 더 잘 알아, 이 몬스터야."

재크린이 내쏘듯 말하자 마이클이 쓴웃음을 지었다.

"넌 내 옆에 있는 것이 나을 거다, 내가 쫓아내도 옆에 붙어 있는 것이 나아."

숨을 들이켠 재크린이 눈만 치켜떴고 마이클이 말을 이었다.

"그들은 날 제거할 이유가 아직 없어, 이용 가치는 많이 남아있고, 그러니 너를 덤으로 끼어서 살려둘 가능성이 있지."

"……."

"CIA도 기계 집단이 아냐, 무엇을 어떻게 할 것인가를 컴퓨터처럼 단정 못 하는 경우가 많아, 군 작전도 그랬는데 개뼈다귀 같은 CIA 놈들은 더 하겠지."

"시끄러."

"널 죽일까 살릴까 아직 결정 못 했을 수도 있어, 재크린 파머."

"……."

"네가 그때 팬티도 못 입고 내 안가로 도망쳐 왔을 때부터 너는 6.5 미리 총탄이었어."

"……."

"6.5미리 총탄이 뭔지 아니?"

마이클이 머리를 돌려 재크린을 보았다. 재크린의 시선을 받은 마이클이 숨을 참았다. 배가 더 길게 미끄러져 내려갔기 때문이다. 파도 높이가 30미터는 되는 것 같다. 그러나 바다는 잔잔하게 느껴진다. 좌우로는 흔들리지 않기 때문인 것 같다. 그리고 배의 엔진 소리만 요란할 뿐이다. 그때 마이클이 팔을 뻗어 재크린의 어깨를 감싸 안았다.

"내가 어디까지 말했더라?"

재크린이 입을 다물고 있었으므로 마이클이 말을 이었다.

"그렇지, 네가 6.5미리 총탄이라고 했지, 그게 뭔지 알아?"

"……."

"요즘은 그 총탄을 쓰는 총이 없어, 아무짝에도 못 쓰는 총탄이지, 네가 바로 그 꼴이야."

"……."

"네가 팬티도 안 입고 도망쳐온 다음부터지."

"……."

"그래서 그놈들은 TGV 작전에 나하고 미끼 노릇을 시켰지만 용케 살아났고 이번에도 한국에 있는 너를 끌어내 스페인어 한마디 시켜놓더니 이렇게 내 옆에 붙여 놓았단 말이야."

그때 재크린이 손을 뻗어 마이클의 남성을 움켜쥐었다. 놀란 마이클이 눈을 크게 떴을 때 이제는 재크린이 바지 지퍼를 열더니 안으로 손을 넣었다.

"너, 미친 거냐?"

손을 놔둔 채 마이클이 묻자 재크린이 남성을 주무르며 대답했다.

"네 이야기를 듣다가 또 한 가지 가능성이 떠올랐어."

"섹스 체위 말이냐?"

어느새 마이클의 남성이 단단해졌으므로 재크린의 얼굴에 웃음이 떠올랐다.

"귀여워."

"내 몸뚱이가? 지금 넣어줄까?"

"그들은 지금 우리가 이러고 있는 것까지 예상을 했을지도 몰라, 몬스터."

"이년이."

마이클의 눈이 가늘어졌다.

오후 8시 10분, CIA 수석 부국장 에드 캐릭튼이 앞에 선 맥그로를 보았다. 차분한 표정, 주름살로 덮인 얼굴에 눈시울이 조금 더 늘어져 있을 뿐이다. 방금 맥그로는 발리의 외진 저택에 '분리'시켜놓았던 '집행관' 마이클 로한, 분명 제임스 진과 재크린 파머가 실종되었다는 보고를 한 것이다. 둘은 감시 위성이 현지 상공을 비운 시간을 이용했는데 그 시간대를 재크린이 알고 있는 것이다.

"그럼 위성 감시가 없어진 밤 12시부터 도주를 시작했다고 봐야겠군."

캐릭튼이 입을 열었다.

"지금쯤 8시간째 도망 중이고 말이야."

"그렇습니다, 보스."

맥그로의 눈 흰자위에 붉은 기운이 조금 짙어져 있다. 맥그로가 준비해온 인도네시아 지도가 캐릭튼 앞에 펼쳐져 있다. 검고 긴 손가락으로 맥그로가 지도 한 곳을 짚었다.

"현지 감시인의 추적에 의하면 이곳 해안에서 배를 탔을 가능성이 큽니다, 보스."

"……."

"오전 12시에서 5시 사이에 떠난 어선이 27척, 대부분이 참치잡이 어선인데 이 부근에 흩어져 있습니다."

"……."

"둘의 목적지는 대도시일 것입니다. 가장 가까운 도시는 이스트자바의 술라바야이고……."

"잠깐."

말을 자른 캐릭튼이 맥그로를 보았다.

"한국 측 반응은 어때?"

"민상진 대사가 종적을 감춘 것이 좀 찜찜합니다."

"아직도 찾지 못했어?"

"예, 어제 오후 3시에 센트럴 타워 남해 식당에서 교민회장과 식사를 마치고 지하 주차장까지 내려간 이후로 행적이 잡히지 않습니다."

맥그로가 번들거리는 눈으로 캐릭튼을 보았다.

"한국 측이 무슨 낌새를 챈 것이 아닐까요?"

"지금 나한테 묻는 거야?"

"아닙니다, 보스."

"그럼 내 앞에서 혼잣소리를 한 거냐?"

"죄송합니다, 보스."

"수석팀장쯤 되었으면 네 판단을 내놓아야 될 것 아닌가?"

캐릭튼이 목소리는 조금도 변하지 않고 처음과 똑같았지만 맥그로는 위축되었다. 시선을 든 맥그로가 캐릭튼을 보았다.

"KCIA가 홍병준의 피살 사건을 계기로 요인들의 보안을 강화시킨 것 같습니다."

"……."

"먼저 마이클과 재크린을 찾겠습니다, 보스."

"아냐."

머리를 저은 캐릭튼이 늘어진 눈시울을 들고 맥그로를 보았다.

"오늘 중으로 C 작전을 개시해."

"알겠습니다, 보스."

"작전 순서를 바꿔도 되는 거야."

캐릭튼이 이제는 혼잣소리처럼 말을 이었다.

"그동안 몬스터와 창녀는 사랑의 도피를 하도록 놔두라고."

"그들의 최종 목적지는 자카르타일 것입니다, 보스."

이제는 자신 있게 말한 맥그로가 몸을 돌렸다. 그 시간에 마이클과 재크린은 술라바야행 버스에 타고 달리는 중이었다. 이곳은 오전 9시가 되어 있다. 버스 안은 만원이었고 시끄럽다. 닭과 염소까지 싣고 있어서 악취가 나는 데다 3, 4킬로마다 멈춰 서서 승객을 태우고 내린다. 그러나 긴장한 둘에게는 이런 분위기가 오히려 안정감을 준다. 승객 중에 외국인은 둘뿐이었지만 마이클은 동양인 용모에 수염까지 길렀고 재크린은 선글라스에 야구 모자를 눌러써서 눈에 쉽게 띄지는 않는다. 그래서 어느새 재크린은 마이클의 어깨에 머리를 붙이고 잠이 들었다. 버스가 흔들리면서 선글라스가 비틀렸어도 그대로 잔다. 그러나 조금 벌린 입가에서 침이 흘러내려 마이클의 어깨를 적시고 있다. 좌석이 좁아서 둘이 딱 붙어 앉아 있었기 때문에 버스가 흔들릴 때마다 침이 번졌다. 마침내 마이클이 손끝으로 재크린의 입가로 흐르는 침을 닦았다. 그때 재크린이 눈을 떴다. 그러고는 머리를 세우더니 입가의 침을 손등으로 닦았다. 그러자 마이클이 침이 묻은 어깨를 내밀었다.

"여기도 닦아, 네 침이야."

선글라스를 벗은 재크린의 얼굴이 붉어졌다.

"미안."

당황한 재크린이 침을 닦아주려고 했을 때 마이클이 어깨를 흔들어 손을 떨어내었다.

"됐어, 그만둬."

"미안해, 난 침 안 흘리는데."

"괜찮아, 난 네 침까지 먹었잖아."

재크린이 마이클의 허벅지를 꼬집었다. 세게 꼬집었으므로 마이클이 이맛살을 찌푸렸다.

"알아? 한국에서는 여자가 허벅지를 꼬집으면 나하고 결혼하자는 표시라는 거."

"정말야?"

눈을 크게 뜬 재크린이 얼른 손을 치웠다.

"내 어머니가 한국인이야, 어머니한테 들었어."

정색한 마이클이 재크린을 보았다.

"한국에서는 그 습관이 무의식중에 나온다고 믿고 있어, 어머니 말씀이다."

"난, 아닌데."

당황한 재크린의 눈동자가 흔들렸다. 물론 아닐 것이다. 마이클이 어머니 핑계를 대고 거짓말을 했으니까.

조태근이 지갑에서 카드를 꺼내 계산원에게 내밀었다.

"잘 먹었습니다."

뒤에 서 있던 위강이 인사를 했다.

"아니, 천만에요."

카드를 받은 조태근이 버릇처럼 영수증을 주머니에 넣었다. 오후 2

시, 조태근은 홍콩 외무부 아주국장 위강과 점심을 먹고 나온 참이다. 이곳은 지엔사쥐의 대국(大國)호텔 20층의 양식당 '뉴욕', 식당을 나온 조태근이 엘리베이터로 다가가면서 위강에게 말했다.

"외교부장께 곧 우리 외교장관이 연락드릴 겁니다, 잘 좀 전해 주시지요."

"아, 그럼요."

엘리베이터 앞에 나란히 섰을 때 위강이 입맛을 다시며 말했다.

"이 소동이 빨리 안정되었으면 좋겠어요, 홍콩이 전쟁터가 된 것 같습니다."

"글쎄 말입니다."

조태근이 맞장구를 쳤다. 한국 외교부의 차관보 조태근은 이번 사건 때문에 한국에서 비공식으로 급파된 것이다. 조태근은 전부터 안면이 있던 위강을 만나 이번 사건에 한국은 전혀 개입하지 않았다는 외교장관의 친서를 전달했다. 외교장관 김영진은 다음 주에 홍콩을 방문할 예정인 것이다. 조태근이 머리를 돌려 위강을 보았다.

"내일 오후에 정부에서 공식 발표를 할 것입니다, 국장님."

"알겠습니다, 저도 바로 부장께 내일 한국 측 발표 내용을 보고 드리지요."

조태근은 길게 숨을 뱉었다. 이제 비공식 임무는 끝난 것이다. 홍콩 정부는 한국 정부의 해명과 외교장관의 방문으로 사건에 대한 적극적인 유감 표명을 받게 되었다. 이번 살상 사건은 한국 정부가 간여하지 않았다는 내용이다. 그때 엘리베이터가 멈췄으므로 조태근이 탈 준비를 했다. 엘리베이터 문이 열리자 조태근과 위강은 동시에 숨을 들이켰다. 사내 하나가 안에 서 있다. 그리고 손에 소음기가 장착된 권총을 들었다. 얼굴은 검은 마스크로 가린 상태.

"아!"

외침은 위강 뒤쪽에 서 있던 사내한테서 터졌다. 경호원이다. 그리고 그 뒤쪽 사내도 움직였다. 그 순간.

"퍽! 퍽! 퍽!"

소음기가 끼워진 권총의 발사음이다. 그러고는 다음 순간 엘리베이터 문이 스르르 닫히더니 다시 밑으로 내려가기 시작했다.

"잡아라!"

위강의 경호원이 소리치고는 일단 넘어진 위강을 보았다. 엘리베이터 안의 사내가 총격을 한 순간 위강을 밀쳤기 때문이다. 그때 한국어가 울렸다. 조태근의 경호원이다.

"아앗, 차관보님!"

사내가 조태근의 어깨를 움켜쥐었다. 조태근은 복도 바닥에 반듯이 누워 있었는데 이미 숨이 끊어진 후였다. 이마에 한 발, 가슴에 두 발을 맞은 조태근의 몸은 처참했다. 암살자는 조태근만 노린 것이다. 나란히 서 있던 위강 쪽으로 총신을 돌리지 않고 조태근만 쏘았다. 그로부터 30분 후, 김달성이 핸드폰의 진동을 느끼고는 주머니에서 꺼내 보았다. 강명철이다. 김달성이 서둘러 핸드폰을 귀에 붙였다.

"예, 비서 동지."

"지금 어디 계시오?"

"예, 사무실로 들어가는 중입니다."

"그럼 나도 사무실로 갈 테니까 한 시간 후에 만납시다."

"예, 그런데 무슨 일이 있습니까?"

"조금 전에 남조선 외교부 차관보가 지엔사쥐에서 총을 맞고 죽었소.”

숨을 죽인 김달성의 귀에 강명철의 목소리가 울렸다.

“대사관 참사관이 암살당하더니 이번에는 남조선에서 온 차관보가 죽는군, 심상치 않아.”

“알겠습니다.”

숨을 들이켠 김달성이 서둘러 발을 떼었다. 사무실은 건물 2층이어서 김달성은 계단을 이용한다. 홍콩의 만수산무역은 수출입 물량이 3천만 불 가깝게 되는 데다 동남아의 17개 북조선 식당을 관리하는 해외사업총국 역할이다. 김달성은 만수산무역의 사장, 중국식으로는 총경리다. 북조선에서 온 경제담당비서 강명철은 오늘 오전에도 만났기 때문에 하루에 두 번이나 만나서 회의하는 셈이다. 이층의 계단 17개를 올라 다시 17개를 오르려고 꺾어졌던 김달성은 머리를 들었다가 심장이 덜컥 내려앉았다. 사내 하나가 서 있다. 검은 머리, 검은 눈동자의 동양인으로 장신이다. 그런데 손에 소음기가 끼워진 총을 들었다. 김달성이 입을 쩍 벌린 순간 발사음이 울렸다.

“퍽! 퍽! 퍽!”

총탄 3발은 김달성의 심장에 모두 명중했다. 계단에서 굴러 떨어진 김달성이 사지를 뻗고 누웠을 때 사내는 잠자코 위로 지나갔다.

“안 돼.”

머리를 저은 원경호가 핏발이 드러난 눈으로 이수철을 보았다.

“본부에서 일언지하에 거절을 했어, 항의를 한다고 해도 먹히기는커녕 엄청난 반작용이 온다는 거다.”

원경호의 목소리에 열기가 띠어졌다.

"말도 꺼내지 말라는 거야, 그런데 장기적으로 생각하면 그것이 우리의 국익에 해롭지는 않아, 최종 목표는 북한 핵 처리야."

"그러다가 다 죽습니다."

이수철이 소리쳐 반발했다.

"목적을 달성하기도 전에 한국의 조직이, 정부체제가 망할 겁니다."

"어쨌든 안 돼."

눈을 치켜뜬 원경호가 말을 이었다.

"너, 조금이라도 이상한 짓 하면 귀국 조치시킬 테니까 각오해."

이제는 숨만 몰아쉬는 이수철을 원경호가 노려보았다.

"탈레반의 정보를 듣고 동맹국과 대결한다는 구도가 좀 우습지 않냐? 냉정하게 생각해보자, 우리."

"벌써 고위 외교관 둘이 암살당했단 말입니다, 이대로 죽어 나가게 한단 말입니까?"

"그것이 CIA 짓이라는 증거도 없지 않느냐 말이야!"

그때 원경호의 옆에 놓인 핸드폰이 울렸으므로 둘이 긴장했다. 요즘은 연락만 와도 몸이 굳어지는 것이다. 핸드폰을 집어 든 원경호가 발신자부터 보았다. 홍콩에 함께 온 요원의 전화다. 원경호가 핸드폰을 귀에 붙였다.

"응, 말해."

"국장님, 조금 전, 2시 40분경에 만수산무역의 김달성 사장이 사무실 앞에서 총격을 받아 피살되었습니다."

요원의 목소리는 차분했지만 말끝이 떨렸다. 원경호는 숨만 들이켰고 요원의 말이 이어졌다.

"곧 보도가 될 예정입니다, 국장님."

"이, 이런."

원경호가 숨을 들이켜고 나서 말했다.

"자세히 알아보고 다시 연락해."

핸드폰을 귀에서 뗀 원경호가 초점이 없는 시선으로 이수철을 보았다.

"이번에는 북한 만수산무역 사장이 사살되었어."

이수철은 시선만 주었고 원경호의 말이 이어졌다.

"우리가 보복한 모양이 되었다."

"국장님."

"이게 언제까지 갈지 모르겠군."

"북한이 이제는 직접 나설 겁니다."

이수철이 일그러진 얼굴로 말을 이었다.

"CIA는 쏙 빠지고 말입니다."

"이거 안 되겠는데."

이맛살을 찌푸린 원경호가 핸드폰에 도청 방지 장치를 끼우더니 버튼을 눌렀다. 사무실에는 잠깐 정적이 덮였다. 한국 총영사관 분실(分室) 안이다. 이윽고 발신음 세 번 만에 응답 소리가 울렸다.

"여보세요."

국정원 제1차장 전용배다.

"접니다."

원경호가 인사도 생략하고 바로 보고했다.

"조금 전에 홍콩의 북한 만수산무역 사장이 피살되었습니다."

놀란 듯 전용배는 침묵을 지켰고 원경호의 말이 이어졌다.

"곧 보도가 될 것 같다고 합니다, 이렇게 되면 만수산 사장은 우리가 살해한 것으로 됩니다."

"……."

"이제는 북한 측이 직접 나설 가능성이 큽니다."

"지금까지는 북한 짓이 아니었다는 말인데, 그렇지?"

그렇게 묻는 전용배의 목소리는 억양이 없다. 잔뜩 굳어 있다는 표시다.

"그렇습니다, 제가 확신합니다."

"그자 말이 사실이고 말이지?"

그자란 탈레반 정보원이라고 칭했던 자를 말한다.

"예, 그럴 가능성이 큽니다."

그때 잠깐 침묵을 지켰던 전용배가 입을 열었다.

"누가 하나 책임을 져야 할 것 같다."

"제가 맡지요."

그러자 수화구에서 혀 차는 소리가 났다.

"건방지게 나서지 마라."

"예, 죄송합니다."

"내가 책임지겠다."

"예, 알겠습니다."

"만나."

"예."

"나한테만 보고하고"

전용배의 목소리가 더 굳어졌다. 뒷사람, 즉 정부에 부담을 주지 않고 전용배 선에서 공작하겠다는 뜻이다.

술라바야의 게스트 하우스에는 호주에서 온 대학생 그룹과 일본 배낭 여행객이 가득 차 있었는데 소란한 분위기다.

"시끄럽지만 안전해."

벽에 등을 붙이고 앉은 마이클이 리모컨으로 TV를 조작하면서 웃었다.

"여권 보자고도 하지 않고 말이야."

게스트 하우스는 숙박부에다 제 이름과 국적만 쓰면 되었던 것이다. 마이클과 재크린은 뉴질랜드 국적의 머피와 마리아로 숙박부에 기재했고 게스트 하우스에 2개뿐인 특실에 투숙했다. 특실에는 TV와 화장실이 따로 붙어 있을 뿐인데 숙박비는 1일 18불이다. 이윽고 TV에 영어 방송이 나왔는데 싱가폴 채널이다.

"됐다."

마이클이 탄성을 뱉었을 때 젖은 머리를 수건으로 털던 재크린이 숨을 죽였다. 화면에 홍콩이라는 자막이 펼쳐지면서 해설자의 영어 목소리가 울렸기 때문이다.

"이번에 살해된 김달성 씨는 홍콩에서 사업을 하는 북한인으로 만수산무역 사장입니다. 이로써 한국 측 외교관에 이어서 북한 사업가가 연달아 피살되었습니다."

마이클도 숨을 죽이고 TV를 응시하고 있다. 해설자의 말이 이어졌다.

"아시아호텔 대참사로 북한 사업가와 동업자인 미국 국적의 사업가가 피살되었고 곧 한국 대사관의 총영사, 다시 한국 외교부 국장에 이어서 북한 사업가가 연쇄 피살되고 있습니다. 이에 대해 미국 국무부도 성명을 내고 같은 우려를 표명하고 있습니다."

그때 마이클과 재크린의 시선이 마주쳤다. 아시아호텔 대참사를 일으킨 장본인이 그들 자신인 것이다.

"남북한 전쟁을 일으키려는 거야."

재크린이 수건을 내던지고 머리를 뒤로 묶으면서 말했다.

"본래 우리를 보내면서 그럴 작정이었어."

"홍콩이 전쟁터가 되었군."

리모컨으로 음소거를 시키면서 마이클이 말했다. 얼굴에 쓴웃음이 떠올라있다.

"우리를 발리의 구석에 처박아놓은 이유를 알겠다. 우리는 도화선의 역할을 했을 뿐이야, 그 이상을 알 필요가 없는 소모품이었어."

재크린이 머리를 들고 마이클을 보았다.

"진, 얼굴에 바를 로션하고 샴푸, 린스를 좀 사와. 화장실에 수건하고 비누밖에 없어."

마이클의 시선을 받은 재크린이 말을 이었다.

"나오면서 그것까지도 챙겨오지 못했다고."

"너, 금방 나를 뭐라고 불렀어?"

마이클의 시선을 받은 재크린이 정색했다.

"왜? 진이라고 불렀다. 네 본래 이름이 제임스 진 아니야?"

마이클의 얼굴에 쓴웃음이 번졌다.

"그렇군, 제임스 진이었지, 제임스 진 상사."

"CIA가 만들어준 마이클 로한은 내버려, 그 여권도 내버렸잖아?"

"그렇지."

재크린도 여권을 찢어버리고 온 것이다. 마이클이 자리에서 일어섰으므로 재크린이 물었다.

"어디가?"

"로션 사 오라면서?"

재크린이 손목시계를 보았다. 오후 6시 반이다. 이곳에 온 지 3시간 반이 되어간다. 몸을 일으킨 재크린이 마이클을 보았다.

"같이 나가."

"피곤하다면서?"

"싫어, 같이 가."

배낭을 뒤져 새 셔츠를 꺼낸 재크린이 마이클을 보았다.

"옷 갈아입게 돌아서."

"싫어."

이맛살을 찌푸린 마이클이 재크린을 노려보았다.

"네 알몸을 다 보았지 않아? 그냥 갈아입어."

재크린이 어깨를 부풀리더니 셔츠를 훌렁 벗었다. 상반신의 알몸이 드러났다. 가슴에 브래지어도 하지 않아서 탱탱한 젖가슴이 도전하듯 출렁거렸다. 벗은 셔츠를 마이클의 얼굴에 던진 재크린이 새 셔츠로 갈아입으면서 말했다.

"예의 좀 지켜, 이 한국 놈아."

"넌 섹스 할 때 고양이 같이 앙칼졌어, 재크린."

얼굴에 덮인 셔츠 냄새를 맡으면서 마이클이 이죽거렸다.

"난 그런 네가 좋아졌고."

"시끄러! 이 짐승아!"

"네 탄성과 비명 소리가 음악처럼 들렸다, 네가 가장 인간적으로 느껴졌을 때지."

옷을 다 입은 재크린이 눈을 치켜떴을 때 다가간 마이클이 허리를 당겨 안았다. 놀란 재크린이 상반신을 뒤로 젖혔다가 마이클이 더 세게 당겨 안자 곧 두 팔로 목을 감아 안았다. 얼굴이 금방 달아오른 재크린이 시선을 마주치지 않는다. 그때 머리를 숙인 마이클이 재크린의 입술을 빨았다. 재크린이 곧 입을 벌려 마이클의 입을 막는다. 부드러운 혀가 마이클의 입안으로 빨려 들어갔고 재크린의 하체가 바짝 밀착되었다. 그때 잠깐 입술을 뗀 마이클이 물었다.

"로션은 조금 있다가 사러 갈까?"

지엔사쥐는 이제 홍콩의 명물 관광명소가 되어있지만 뒤쪽에 1백 년 전의 고가(古家)가 남아있는 지역이 있다. 서북쪽 고가 거리의 우씨방(友氏方)은 찻집으로 지금은 노인들의 마작 방이 되어 있다. 오후 8시 반, 우씨방의 안쪽 밀실에서 두 사내가 마주앉아있다. 방문은 낡고 지저분한 붉은색 끈 묶음으로 늘어뜨려서 바깥 소음이 여과 없이 들려온다. 둘은 제각기 앞에 60도짜리 우량애(友糧区) 술병을 놓고 있었는데 아직 한 잔도 마시지 않았다. 문 쪽을 바라보고 앉은 사내는 말쑥한 양복 차림의 서양인, 짙은 눈썹, 푸른 눈동자에 건장한 체격의 미남이다. 문을 등지고 앉은 사내는 동양인, 바로 이수철이었다. 이수철이 지그시 앞에 앉은 사내를 보았다. 사내하고 악수를 나누었지만 아직 이름도 듣지 못했다. 하긴 이름은 부르려는 용도로 사용될 뿐 본명을 알려주지 않을 테니 의미가 없다. 사내는 탈레반, 전화상의 사내는 아닌 것 같다. 목소리가 달랐기 때문이다. 이수철이 입을 열었다.

"이번 우리 참사관과 외교부 국장의 피살에 CIA가 개입했다는 증거를 봅시다."

그러자 사내가 이를 드러내며 소리 없이 웃었다.

"이 영사, 당신이 나를 만난 것이 바로 CIA에 대한 의혹 때문이 아니겠소? 우리 설명에 신빙성이 있기 때문이 아닙니까? 그러니까 선입견을 버리고 내 말을 들어요."

한 마디씩 잘라 말한 사내가 똑바로 이수철을 보았다.

"이 영사, 우리도 제법 합리적인 조직이오, 무리하지 않습니다."

"조건을 말해 봐요."

"조건은 조금 후에, 당신들이 제대로 된 국가라면 CIA에 대항하라는 것이 가장 큰 이유이고."

사내가 먼저 그렇게 대답했다. 이수철의 시선을 받은 사내가 말을 이었다.

"이번 홍콩에서의 남북한 관계자의 피살은 모두 CIA의 공작이라는 증거를 우리가 보유하고 있어요."

"……"

"처음부터 CIA의 작전이었지, 그 작전의 주역은 마이클 로한과 재크린 파머, 더 자세히 말하면 제임스 진이라는 바그다드 주둔 특수정찰대 소속팀장과 프랑스 주재 미국 대사관 소속의 영사로 CIA 직원인 재크린 파머지."

"……"

"이 둘이 아시아호텔의 피터 황 일행과 산트마주 달리반까지 몰살했소."

"……"

"CIA는 그러고 나서 북한 측의 보복으로 위장하고 한국 외교관과 외교부 고급관리를 사살, 이어서 북한 무역상사 사장까지 처리했소."

"……"

"이제 북한 암살대가 곧 행동을 개시할 거요. 한국은 중국, 홍콩 등에서 엄청난 보복을 당할 겁니다."

"……."

"자, 우리가 그 증거를 다 댈 테니까 그것을 먼저 북한 측에 전달하고 남북 연합팀을 만드는 것이 우선일 것 같소. 그것도 시급하게 말이오."

"……."

"그러지 않으면 CIA가 의도한 대로 남북 간 전쟁이 일어날 테니까. 전쟁이 일어나지는 않더라도 최소한 대량 암살, 납치, 보복이 일어나 당장 남한은 공황 상태가 되겠지."

사내가 똑바로 이수철을 보았다.

"내 말이 과장된 것 같습니까?"

"계속하시오."

이수철이 마른 목소리로 말했을 때 사내가 잠깐 입을 다물었다가 머리를 들었다.

"지금 제임스 진과 재크린 파머가 동남아 어느 곳에 숨어 있어요, 그런데 제임스 진이 누군지 아시오?"

당연히 모르는 이수철이 눈만 껌뻑였고 사내가 말을 이었다.

"한국계요, 어머니가 한국인이지. 잔인하고 암살, 저격 전문가요. 그놈이 지금 작전을 끝내고 동남아 어느 구석에 숨었는데 우리 예상은 그놈이 CIA에 의해서 용도 폐기가 되었을 가능성이 많아."

"……."

"재크린 파머하고 한 팀이 된 것을 본 순간부터 우리가 그것을 예상했지."

"……"

"아마 그 연놈들도 돌머리가 아닌 이상 그것을 지금쯤 짐작하고 있을 거요."

"그 남녀하고 무슨 관계가 있습니까?"

이야기가 샛길로 가는 것 같아서 이수철이 물었을 때 사내가 불쾌한 듯 이맛살을 찌푸렸다.

"이 이야기가 핵심이오, 이 영사."

"이야기 계속하시오, 그럼."

"그 연놈들이 자신들이 용도 폐기가 되었다는 사실을 알게 되었을 때, 이 영사 만일 당신이 그자, 제임스 진 입장이라면 어떻게 하겠소?"

사내의 시선을 받은 이수철이 억양 없는 목소리로 대답했다.

"한국이나 북한 측에 접촉하겠군요."

"한국이오."

사내의 눈빛이 강해졌다.

"이것이 우리 조건이오, 이 영사. 우리가 정보를 다 드릴 테니까 그놈이 연락을 해오면 바로 우리한테 말해주시오. 우리 조건은 그것뿐이오."

"우린 블랙리스트에 올랐어."

열차에 나란히 앉은 채 창밖을 내다보던 재크린이 말했다. 오후 7시 반. 아침 7시에 술라바야를 출발해서 서(西) 자바주(州)의 반둥으로 가는 열차 안이다. 버스를 네 번 갈아탔고 이제 반둥까지는 세 시간 정도가 남았다. 완행열차여서 역마다 쉬었고 열차 안은 혼잡하다. 재크린은 허름한 긴팔 셔츠에 바지 차림으로 야구 모자를 눌러 쓴 데다 선글라스를 끼고 있어서 눈에 잘 띄지도 않는다. 마이클도 마찬가지다. 마이클의 어깨에 머리를 기댄 재크린이 말을 이었다.

"암살팀이 파견되었다고 봐야 돼, 진."

"놀랍지도 않아."

마이클이 손을 뻗어 재크린의 허리를 당겨 안으면서 웃었다. 탄력 있는 허릿살이 만져졌으므로 마이클이 셔츠 속으로 손을 넣었다.

"오히려 우리 둘의 이런 관계가 놀랄 만하지."

"뭐가 놀랍다는 거야?"

"네가 나한테 빠져 있다는 것."

"미쳤니?"

"정직하게 말해, 재크린 파머."

"네 섹스를 좋아할 뿐이야."

머리를 돌린 재크린이 마이클을 보았지만 선글라스를 써서 눈동자가 안 보였다.

"옳지."

마이클이 창가에 앉은 재크린의 허릿살을 움켜쥐었다. 앞쪽 자리에는 검은 피부의 농부 부부와 10살쯤 된 딸, 8살, 5살가량의 아들까지 다섯 명이 2인용 좌석에 앉아 시끄럽게 떠들고 있다.

"바로 그거야, 네가 나를 좋아한다는 증거. 네가 선글라스를 벗지 못하는 것도 그걸 숨기기 위해서야."

"자, 봐라."

재크린이 선글라스를 잠깐 벗더니 눈을 흘기고 나서 다시 썼다.

"이제 됐니? 눈 흘기는 얼굴 봤어?"

"넌 뒤에서 하는 걸 싫어하더구만."

184

"뭐야?"

"마찰 각도가 달라서 그래? 정상위로 들어가는 것이 더 자극이 와?"

"미친놈."

그때 허리를 주무르던 마이클의 손이 바지 속으로 들어가 엉덩이를 주물렀다.

"손 빼, 이 색곤아."

재크린이 허리를 비틀었지만 오히려 그 서슬에 손이 더 깊게 들어 갔다.

"재크린, 엉덩이를 조금 들어."

"미친놈아, 앞에서 여자가 힐끗거리고 있어."

"내 손은 못 봐, 이것아."

그때 재크린이 엉덩이를 조금 들었고 그 순간 마이클의 손이 아래쪽 으로 들어가 골짜기를 받쳤다. 마이클이 손가락으로 동굴을 건드리며 만족한 표정을 지었다.

"됐다, 재크린."

그때 재크린이 벗어 구겨 놓았던 점퍼를 들어 옆쪽에 놓았다. 완벽 하게 앞쪽 시야를 차단한 것이다.

"호흡이 맞는군."

마이클이 손가락을 재크린의 동굴에 넣으면서 말했다.

"손 씻었어?"

재크린이 물었지만 숨소리가 가빠져 있다. 앞쪽 5살짜리 아이가 울 기 시작했으므로 부부가 달래고 울린 형을 꾸짖느라고 소동이 일어났 다. 그때 마이클의 손가락이 거칠게 움직였고 재크린이 허리를 비틀 었다.

"이 색마."

상반신을 붙인 재크린이 헐떡이며 속삭였다. 재크린의 동굴에서 용암이 넘쳐 나오고 있었지만 마이클은 더 거칠게 움직였다.

"아유, 나 미치겠어, 자기야."

"터질 수 있을 것 같아?"

"응."

마이클은 몰두했다. 재크린이 어금니를 꽉 물고 있는 것이 선글라스까지 끼고 있어서 성난 것처럼 보이고 있다. 열차 안은 소란했고 더운데다 냄새가 진동했다. 뒤쪽에서 염소와 닭이 쉴 새 없이 울었으며 남자들의 싸우는 소리도 났다. 좌석 옆 통로도 남녀가 가득 주저앉아 있다. 열차가 덜컹거리면서 열린 창으로 더운 바람이 휘몰려 들어왔다. 이윽고 재크린이 다리를 비틀면서 마이클의 귀에 대고 말했다. 뜨거운 숨결이 귀에 닿는다.

"나, 터진다, 이 미친놈아."

그 순간 재크린이 어금니를 물더니 몸을 굳혔다. 동굴이 무서운 힘으로 닫혔으므로 마이클은 움직이지 못했다. 그때 열차가 요란하게 경적을 울렸다. 다음 역이 가까워진 것이다. 경적 소리에 놀랐는지 아이의 울음소리가 줄어들었고 형을 나무라던 어머니의 잔소리도 그쳤다. 그때 마이클이 동굴에 갇힌 손을 꿈틀거리면서 말했다.

"나 좀 풀어줄래?"

"아직 안 돼, 여보."

재크린이 갈라진 목소리로 말했을 때 열차가 속력을 줄였다. 마이클이 혼잣소리를 했다.

"멋진 열차 섹스군."

"잠깐."

손을 든 마이클이 TV를 노려보았다. 손에 쥔 맥주 캔을 들어 올리고만 있다. 화장실에서 샤워를 하고 나온 재크린도 젖은 머리를 수건으로 감은 채 TV를 보았다. 그때 마이클이 리모컨으로 음량을 높였다.

"7kg이 넘는 마약을 자카르타에서 반입해온 것으로 세관당국은 파악하고 있습니다."

영어가 방안을 울렸다. 이곳은 반둥(Bandung)의 여행자 숙소 안, 외국인 배낭 여행자도 이용하는 깨끗한 모텔이어서 둘은 씻고 세탁까지 하고 난 참이다. 오후 11시 반, 재크린의 묻는 시선을 향해 마이클이 손바닥으로 막는 시늉을 했을 때 장면이 바뀌더니 동양 여자 사진이 나왔다. 중년, 뒤쪽 배경에 도시가 보인다. LA다.

"어머니."

맥주 캔을 방바닥에 던진 마이클이 소리쳤고 재크린이 숨을 들이켰다. 그때 아나운서의 목소리가 울렸다.

"다운타운에서 식당을 하는 로사 진은 혐의를 부인하고 있지만 당국은 로사 진이 지금까지 수십 차례에 걸쳐 1백 킬로 가까운 헤로인을 동남아에서 수입해온 것으로 판단하고 있습니다."

"개자식들."

재크린이 씹어뱉듯이 말했을 때 화면이 바뀌었다. 머리를 든 재크린이 마이클을 보았다. 두 눈이 치켜떠져 있다.

"자기야, 흥분하지 마, 침착해. 그 개새끼들 함정에 빠지면 안 돼."

마이클에게 다가간 재크린이 두 손으로 머리를 쓰다듬었다.

"자기야, 가만있는 것이 가장 좋은 방법이야. 실제로 어머니한테는 아무 일도 일어나지 않았을 가능성이 많아. 미국 알잖아? 혐의를 뒤집어 씌웠다가 발각되면 CIA 국장도 목이 달아나는 곳이야.”

“……”

“자기가 액션을 취하기를 기다리고 있는 거야. 자기가 미국의 어머니나 친구, 하다못해 뉴욕에 있는 사람한테 전화 한 번이라도 하면 덫에 걸리는 거야.”

“……”

“또 보복을 한다고 미국 대사관이나 관계자를 건드려서도 안 돼. 가만있어, 잊어버려, 자기야.”

그때 마이클이 머리에 얹힌 재크린의 손을 떼어내었다. 의외로 차분한 얼굴이다.

“CIA가 실수한 거야.”

재크린의 시선을 받은 마이클이 얼굴을 일그러뜨리며 웃었다.

“우리 어머니를 건드리다니, 미국을 그렇게 사랑했던 어머니를 마약사범으로 만들다니.”

“……”

“미국 군인이 된 나를 그렇게 자랑스러워했던 어머니인데.”

“……”

“이제 어머니는 미국에서 얼굴을 들고 살지를 못하겠군, 누명이 벗어지더라도 말이야.”

“자기야.”

다시 재크린이 손을 뻗었지만 마이클이 두 손으로 쥐고는 제 얼굴에 붙였다. 그래서 재크린이 두 손바닥을 펴 마이클의 얼굴을 감싸 안았다. 그때 마이클이 물었다.

“한국 대사관의 KCIA 요원 알아?”

순간 숨을 들이켠 재크린이 되물었다.

"왜?"

"이번 홍콩 작전을 말해주려고."

"자기야."

"한국과 북한 양쪽 요인들을 암살한 것이 CIA라고 말해줄 거야, 바로 내가 그랬다고 말이야."

"……."

"당사자인 내 말을 믿겠지."

"자기야, 그럼……."

어깨를 늘어뜨린 재크린이 긴 숨을 뱉었다.

"그럼 미국과 끝이야."

"이미 끝났어."

"미안해, 마이클, 나 때문에……."

재크린의 눈에 마침내 눈물이 고였다.

"미안해, 미안해."

"그러지 마."

마이클이 재크린의 허리를 감아 안더니 제 무릎 위에 앉혔다. 재크린이 두 팔로 마이클의 목을 감싸 안고는 몸을 딱 붙였다.

"내가 떨어졌어야 했는데, 마이클."

"……."

"홍콩에서 떨어져 나가야 했어."

"말도 안 되는 소리 마, 너도 어쩔 수 없었어."

마이클이 손을 뻗어 재크린의 가운 밑을 젖혔다. 방금 샤워를 하고 나온 참이어서 재크린의 하반신은 알몸이다. 소파에 재크린을 눕힌 마이클이 거침없이 옷을 벗어 던졌다. 두 눈을 치켜떴고 험악한 기세다.

"그래, 전쟁을 할 거다."

순식간에 알몸이 된 마이클이 재크린의 몸 위로 오르면서 소리치듯 말했다. 재크린이 두 팔을 벌리면서 마이클을 맞는다.

지엔사쮜 뒤쪽 골목의 허름한 골동품 가게 안, 한눈에도 모조품 표시가 나는 그림과 목각인형, 자기가 진열된 가게 안쪽 방에서 이수철이 두 사내와 마주 보고 앉아있다. 오후 3시 반, 방은 깨끗하고 시원하다. 골동품 책상도 진품 같다. 이수철이 둘 중 나이 든 사내를 보았다. 북한 대사관의 영사 신분이지만 홍콩지역 사업을 총괄하고 있는 고성준, 48세, 현역 대좌였으니 진급이 빠른 편이다. 이수철은 고성준과 여러 번 안면은 있었지만 오늘 처음 대화하고 있다. 고성준과 그 옆에 앉은 보좌역의 얼굴은 굳어 있다. 가게 밖의 골목에도 북한 측 요원 서너 명이 손님과 관광객을 가장하고 감시 중이다. 지금 남북 간 정보부서는 최악의 긴장 상태가 되어있는 상황이다. 그때 먼저 입을 연 것이 고성준이다.

"자, 말해 보시라우요. 우리 지금 이렇게 쳐다보고만 있을 시간이 없습니다."

"그러지요."

머리를 끄덕인 이수철이 들고 온 가방을 테이블 위에 놓았다. 이 골동품 가게는 북한 측이 만나는 장소로 정해준 곳이다. 방으로 들어서기 전에 이수철은 갖고 온 가방과 소지품 검사까지 받았다. 조금 거슬렸지만 이쪽이 만나자고 한 터라 참아야만 한다.

"이번 사건은 CIA의 공작입니다."

이수철이 말하고는 가방에서 노트북을 꺼내더니 전원을 켰다. 탈레반으로부터 받은 자료다. 다시 익숙하게 자판을 두드린 이수철이 모니터 화면을 둘을 향해 돌려놓았다.

"보시지요."

그때 잘 편집된 영상이 펼쳐졌다. 숨을 죽인 고성준과 보좌역으로 소개된 사내가 화면을 응시했다. 재크린과 마이클의 얼굴도 선명하게 드러났다. 재크린이 파리주재 미국 대사관에서 근무하는 장면도 있다. 멈춰 선 TGV 밖에서 마이클이 총을 쏘는 장면은 영화처럼 보인다. 그때 화면을 정지시킨 이수철이 마이클의 얼굴을 확대시키면서 말했다.

"이놈이 이번 홍콩 사건의 주역이죠, 얼굴은 성형을 했습니다."

그때 화면에 TGV 작전 때의 마이클과 홍콩 아시아호텔에 진입했던 마이클의 얼굴이 떴다. 비슷하다. 자세히 볼수록 더 같다.

"이놈은 홍콩에 마이클 로한이란 이름으로 입국했지요. 재크린 파머는 그대로 본명을 썼습니다."

둘은 침묵했고 이수철이 다시 노트북의 버튼을 눌렀다. 그때 바그다드에서 마이클이 카림을 처형하는 장면이 나왔다. 유튜브에 떴던 장면, 도살자라는 별명을 얻게 된 장면이다. 고성준과 보좌역이 숨을 삼키고는 화면을 응시했다. 그때 해설자처럼 이수철이 말했다.

"CIA는 이 둘을 시켜 아시아호텔에 투숙한 피터 황과 북한계 경호대를 처치한 후에 바로 우리 참사관 홍병준 씨와 외교부 조태근 차관보, 이어서 만수산의 김달성 사장을 암살한 것입니다. 이제 이해가 가십니까?"

그때 지금까지 입을 꾹 다물고 인사도 하지 않았던 보좌역이라는 사내가 머리를 들었다. 30대 후반쯤으로 장신에 팔다리가 길었고 흰 얼굴, 눈동자의 초점이 흐려서 아까부터 이수철을 찜찜하게 만들었던 사내다.

"이 자료는 어디서 얻으셨습니까?"

"얻다니요?"

눈을 크게 뜬 이수철이 되묻자 사내의 얼굴에 쓴웃음이 번졌다.

"한국 국정원을 무시하는 것은 아닙니다만, 이 자료가 원체 정밀해서요, 위성을 사용하지 않았습니까?"

"선생은 누구시오?"

"예, 평양에서 왔습니다."

웃음 띤 얼굴로 말한 사내가 턱으로 고성준을 가리켰다.

"고 동무를 도와드리려고 왔지요."

순간 이수철이 숨을 들이켰다. 사내의 포스를 느꼈기 때문이다. 현역 대좌이며 홍콩지역의 사업을 총괄하는 고성준을 턱으로 가리키며 '고 동무'라고 부를 정도면 '고위급'인 것이다. 더구나 아직 40도 안 되어 보인다. 그때 고성준이 쓴웃음을 짓고 말했다.

"맞습니다."

조금 전에는 내 '보좌역'이라고 소개했던 고성준이다. 이제 두 쌍의 시선이 이수철에게 모였다. 대답을 기다리는 것이다. 마침내 이수철이 심호흡을 하고 말했다.

"탈레반입니다."

둘은 미동도 하지 않았으므로 이수철이 말을 이었다. 이제는 얼굴에 쓴웃음이 떠올라있다.

"탈레반이라고 자칭한 조직입니다, 그들한테 탈레반 신분증을 보자고 할 수도 없지 않습니까?"

"그렇죠."

'평양 사내'가 대답했고 이수철이 말을 이었다.

"TGV 사건에서 탈레반이 당한 복수라는 생각이 들었습니다. 그 사건 주역인 마이클 로한, 전(前) 미국 특수부대 상사 제임스 진과 악연이 이어져 있으니까요."

그때 '평양 사내'가 말했다.

"알겠습니다. 우리가 이 자료를 가져가도 되겠습니까?"

그럼 오해가 풀린 셈인가?

"아직 접촉이 없습니다."

본부 통신 팀에 파견된 메치가 대답했다.

"재크린이 적절하게 콘트롤을 하는 것 같습니다."

의자에 등을 붙인 맥그로가 쓴웃음만 지었다. 방송이 나간 지 12시간이 지났지만 '몬스터'는 아직 입질이 없다. 맥그로를 중심으로 이번 작전에 투입된 팀장급들은 모두 마이클 로한, 즉 제임스 진을 다시 '몬스터'로 부르고 있다. 메치가 말을 이었다.

"맥, 한인 사회에서 연락이 온 건 1천여 통이나 됩니다. 물론 로사 진 주위의 친지, 한인회원들이죠."

물론 메치는 그들의 통화 내역도 다 체크한 것이다. 아시아 지역이나 유럽, 또는 미국 내에서 온 전화라도 그렇다. 세포 분열하는 식으로 넓혀 가면 미국 대통령하고도 연결이 되지만 그건 컴퓨터가 걸러낸다. 버튼 한 번에 제거되고 색출되는 것이니 시간 걸릴 것도 없다.

"맥, 하지만 홍콩 한국 영사관의 통신에 암호 장치가 부착되었습니다."

메치가 말하자 맥그로가 숨을 들이켰다.

"암호 장치를?"

"감시 대상 17명의 통신이 암호화되어서 해독이 안 됩니다."

"이런 개새끼들."

맥그로의 눈썹이 치켜 올라갔다.

"우리가 도청하는 걸 아는 거야?"

"알기야 몇 년 전 내가 유치원에 다닐 때부터 알고 있었겠죠."

"말장난 하지 마, 이 자식아."

욕을 얻어먹은 메치의 목소리가 굵어졌다.

"맥, 그놈들 통신을 해독하려면 몇 년 걸릴 겁니다. 휴대폰은 삼성 아 닙니까?"

맥그로의 어깨가 늘어졌다. 한국은 돈이 없어서 감시위성을 쏘지는 못하지만 핸드폰 기술은 미국을 앞서고 있다. 이번에 '삼성'이 KCIA의 요청을 받고 개발한 휴대폰 암호화 장치는 간단하지만 혈압이 터지게 만들었다. 암호화 장치를 부착한 휴대폰 통화를 들으면 '우주인'의 대 화가 들리는 것이다. 말이 뒤집히고 잘려지고 흩어졌다가 모였는데 도 무지 해독할 수가 없다. CIA는 KCIA에게 암호화 장치의 '공동사용'을 요청한 상태지만 아직 한국 측의 응답이 없다.

"한국 측이 눈치챈 것 같습니다."

메치가 말하자 맥그로가 머리를 끄덕였다.

"눈치를 챘겠지."

"증거를 찾았을지도 모릅니다."

"그럴 수도 있겠지."

"놔두실 겁니까?"

"저희들이 어쩔 건데?"

되물은 맥그로가 됐다는 표시로 손바닥을 들어 보였다.

"좋아, 메치, 조금 더 기다리자."

메치가 방을 나갔을 때 맥그로가 벽시계를 보았다. 워싱턴 시간은 오전 9시 반, 홍콩은 오후 9시 반이다. 핸드폰을 든 맥그로가 도청방지 장치를 끼운 다음 버튼을 눌렀다. 곧 신호음 세 번 만에 사내의 목소리가 울렸다.

"응, 나야."

"어떻게 된 거야?"

"타깃 두 개가 현재 벗어난 상태야."

사내가 가라앉은 목소리로 말했다.

"오후 5시경부터 갑자기 타깃에서 벗어났어. 젠장, 그래서 제3 타깃을 잡을 거야."

"이봐."

핸드폰을 고쳐 쥔 맥그로가 이맛살을 찌푸렸다.

"제3 타깃을 잡는 건 상관하지 않겠는데, 타깃 두 개가 벗어나다니? 무슨 말이야?"

"한 놈은 저녁 먹으려고 약속한 장소에 나타나지 않았고 또 한 놈은 갑자기 예정에도 없는 클럽에 들어갔어."

"……."

"운이 좋은 놈들이야."

"이봐, 이상한 눈치는 보이지 않나?"

"눈치는 당신이 살펴야지, 난 표적만 보는 사람 아냐?"

맞는 말이다. 심호흡을 한 맥그로는 한국 놈들이 핸드폰에 암호화

장치를 갑자기 부착시켜서 외계인 말만 듣고 있다는 상황을 말해주지 않기로 했다. 이놈한테는 목표물과 총만 쥐어주면 되는 것이다.

"좋아, 그럼 오늘밤 안으로 양쪽을 하나씩 처리해."

"알았어."

"그리고 바로 작전지역을 떠나도록."

"그러지."

사내의 목소리에 웃음기가 띠어 있다.

"몬스터 소식은 없나?"

사내가 묻자 맥그로는 심호흡부터 했다.

"아직 없어."

"그 친구 잠적해버린 거 아냐?"

"넌 신경 쓰지 말고 오늘밤 일이나 집중해."

"이쯤은 일도 아냐, 이 친구야."

송화구에서 입맛 다시는 소리를 낸 사내가 말을 이었다.

"긴장감이 있어야지. 이런 일은 현지 요원을 시켜도 되었어."

그렇다. 사내를 홍콩으로 파견한 목적은 몬스터를 상대시키기 위해서였다. 자존심이 상할 만했다.

편의점에서 나온 마빈 워커가 주위를 둘러보았다. 오후 6시 반, 홍콩 섬 완차이의 퀸즈 로드 뒤쪽 도로에는 인파로 가득 차 있다. 활기 띤 소음, 1백 미터쯤 앞에 거대한 그랜드호텔이 서 있어서 표지판 역할을 한다. 발을 뗀 마빈은 곧 옆쪽 골목으로 들어섰다. 이곳은 골목이 미로처럼 엉켜 있어서 잘못하면 같은 자리를 맴돌게 된다. 마빈은 등에 멘 가방을 추스르면서 선글라스를 손끝으로 밀어 올렸다. 영락없는 관광객이다. 후줄근한 바지, 낡은 점퍼에 덥수룩한 수염, 머리에는 야구 모자를 눌러썼다. 골목 안에는 문신 해주는 곳에서부터 온갖 짝퉁 가게로 채워져서 관광객들이 가득 차 있다. 특히 한국과 일본 단체 관광객이 많은 이유가 이곳이 방문 코스 중의 하나라고 했다. 마빈은 곧 '영주'라고 한국어로 쓴 깃발을 찾아냈다. 안내원이 들고 있는 붉은색 바탕에 흰 글씨로 쓰인 삼각형 깃발이다. 안내원 뒤에는 10여 명의 중년 남녀가 따르고 있었는데 모두 지친 얼굴이다. 짝퉁 시계 상점 앞에 모여 서 있었지만 사는 사람은 없다. 그때 마빈의 주머니에 든 핸드폰이 울렸다. 핸드폰을 든 마빈이 바로 귀에 붙였을 때 사내의 목소리가 울렸다.

"K가 집에 들어갔습니다."

"알았어."

짧게 대답한 마빈이 핸드폰을 주머니에 넣고는 발을 떼었다. 시계 상점 앞에 모여 있던 한국 관광객이 한곳으로 뭉쳤다. 여자 하나가 시계를 골랐기 때문이다. 여자 주위에 둘러선 남녀가 갑론을박하느라고 주위가 더 시끄러워졌다. 그들에게 다가간 마빈이 점퍼 주머니에서 주먹만 한 쥐 인형을 꺼내더니 손에 쥐고 관광객 사이로 파고들었다. 그러고는 잠깐 여자가 흥정하는 시계를 보고 나서 별거 아니라는 듯이 곧 몸을 돌려 빠져나왔다. 그러나 손에 들고 있던 쥐 인형 몸통은 보이지 않았고 꼬리만 쥐고 있었다. 마빈이 몸을 돌려 옆쪽 골목으로 꺾어졌을 때다.

"꽈꽝!"

땅을 울리는 폭음이 들리면서 옆쪽 가게의 유리창이 부서졌다. 이어서 비명과 외침이 일어났고 골목은 도망쳐 나오는 인파로 아수라장이 되었다. 폭탄 테러다. 마빈은 도망치는 관광객들과 함께 뛰었다. 그로부터 두 시간쯤이 지난 오후 7시 반, 홍콩 섬 퉁루어완 메인 스트리트 뒤쪽에 위치한 연립주택 앞, 이층짜리 4가구가 사는 작은 연립주택이다. 앞쪽 골목은 통행인이 드물었는데 보안등 불빛이 환했다. 그때 갑자기 골목의 보안등이 꺼지면서 사내 하나가 나타났다. 양복 차림의 뒷모습만 보였는데 사내가 연립주택 쪽으로 다가가더니 2층 왼쪽을 보았다. 직선거리는 10미터 정도밖에 되지 않는다. 커튼이 젖혀 있어서 이층 거실에 둘러앉은 가족이 보였다. 40대쯤의 사내와 여자, 그리고 10살 안팎의 아이들 둘이다. 그때 사내가 주머니에서 뭔가를 꺼내더니 다른 손으로 어루만지는 시늉을 했다. 그러고는 이층 창문을 향해 힘껏 던졌다. 검은 물체가 2층 창을 향해 날아가 열린 거실창 안으로 빨려 들어갔다. 다음 순간.

"꽈꽝!"

폭음과 함께 거실의 부서진 파편이 유리창과 함께 밖으로 뿜어졌다. 파편 속에 사람의 인체 부분도 섞여 있다. 폭발하는 순간 담장에 몸을 붙였던 사내가 곧 몸을 떼어 밖으로 나왔다. 그러고는 반대편으로 다가가다가 다시 몸을 돌려 폭발 현장을 본다. 그때는 주위에 사람들이 몰려들고 있다. 2층 거실은 이제 불덩이가 되어서 타오르고 있다. 소란을 떨면서 모여 있는 구경꾼들 사이에 서 있던 사내의 얼굴이 드러났다. 마빈이다. 이윽고 몸을 돌린 마빈이 대로로 나가 택시를 잡았다.

"뉴월드호텔로."

운전사에게 말한 마빈이 의자에 등을 붙였다. 방금 수류탄을 던진 곳은 북한 적십자사 사무국장인 유병철의 집이다. 유병철은 적십자사 사무국장으로 위장한 밀수 총책으로 얼마 전에 암살당한 만수산 사장 김달성보다 실권자인 것이다. 그때 택시 안의 라디오에서 속보가 흘러

나왔다. 중국어였지만 마빈은 중국어를 알아듣는다.

"퉁루어완에서 수류탄으로 추정되는 폭발 사고가 일어났습니다. 주택 거실에서 폭발한 사고로 일가족 4명이 현장에서 폭사했습니다. 소방당국은……."

택시 운전사가 라디오를 끄더니 혼잣말을 했다.

"이젠 홍콩에서도 테러가 자주 일어나는군."

4장 배신자

"누구요?"

사내의 목소리가 울리자 마이클이 심호흡부터 했다. 오전 11시 반, 자카르타의 홀리데이인호텔 안이다.

"이수철 영사 맞지요?"

다시 마이클이 묻자 사내가 대답했다.

"예, 내가 이수철입니다. 그런데 누구십니까?"

"이번 홍콩 아시아호텔 사건과 관계있는 사람이라고 해두죠."

마이클의 얼굴에 쓴웃음이 번졌다.

"대량 살인사건 말입니다."

"아, 그런데 왜 저한테 전화를 했지요?"

"요즘 한국 외교관들이 피살되고 있지요? 어제는 관광객들이 폭탄 테러를 당하고 말입니다."

마이클이 말을 이었다.

"또 북한 사업가, 조직원들도 살해되고 있는데, 그거, CIA 공작입니다."

"……."

"남북한을 서로 공격해서 상황을 극도로 악화시키려는 작전이지요."

"……."

"내가 그 증인이오."

그때 이수철이 말했다.

"그걸 알려주는 이유가 뭡니까?"

"CIA가 날 제거하려고 하기 때문이지."

옆에 서 있던 재크린이 힐끗 시선을 주었다. 둘은 로비 안쪽의 화장실 옆에 서 있었는데 이곳은 CCTV가 없다. 어느 건물에서건 사각(死角)지역이 있는 것이다. 그때 이수철이 말했다.

"그 증거를 댈 수 있소?"

"내가 아시아호텔의 학살을 한 장본인이라니까."

마이클의 얼굴에 웃음이 떠올랐다.

"CIA의 집행관 자격으로 말이오. CIA 집행관이라는 직책을 아시겠지?"

"당신이 집행관이었단 말이오?"

"더 자세히 알려주지. 난 바그다드의 '몬스터'로 유튜브에 떠올랐던 주인공이야. 이 영사도 그 유튜브를 보셨겠지?"

"……."

"가만있는 것을 보니까 본 모양이군."

"계속하시오."

"녹음하고 있는 모양인데 괜찮아. 그리고 난 파리 TGV 테러 사건의 주인공이기도 해. 내가 그때 탈레반을 여섯 명인가 쏴 죽였을 거야."

"탈레반을 말인가?"

이수철이 되물었는데 놀란 기색이 드러났다. 마이클이 말을 이었다.

"그러고 나서 집행관으로 홍콩 작전에 파견되었는데 이제 용도 폐기될 상황이었어. 그것을 눈치챈 내가 잠적했더니 어떻게 한 줄 알아?"

"……."

"LA에서 식당을 하는 내 어머니를 마약 사범으로 누명을 씌운 거야. 내가 투항하거나 연락을 해오기를 기다린 것이지. 물론 함정을 파놓고 말이야."

"……."

"홍콩 작전은 남북한 전쟁 일보 직전까지 가도록 할 거야. 어제 홍콩에서 일어난 남한 관광객 테러와 북한 적십자사 대표의 폭사 사건도 CIA 작전이야."

"만나지, 우리."

마침내 이수철이 말했다.

"그쪽에서 장소와 시간을 말해, 미스터."

"미스터 진이야."

불쑥 마이클이 말했으므로 이수철이 되물었다.

"미스터 진이라고?"

"그래, 내 본명이야."

마이클이 웃음 띤 목소리로 말을 이었다.

"내 어머니가 한국인이라고."

"정말이야?"

놀란 이수철이 다시 되묻자 마이클은 헛기침부터 했다.

"그래, 정말이다, 이 병신아."

한국말이었으므로 이수철이 숨을 들이켰다. 그때 마이클이 한국어로 말했다.

"자, 상의할 시간을 줄 테니까 내일 오후 1시쯤 다시 연락하지."

그러고는 마이클이 핸드폰을 귀에서 떼더니 칩을 빼내고 옆쪽의 휴지통에 본체를 던져 넣었다.

"어떻게 할 거야?"

앞에서 통화를 들은 재크린이 물었으므로 마이클이 발을 떼면서 말했다.

"내가 배신자의 진가를 보여주지."

재크린이 잠자코 옆을 따랐고 마이클의 말이 이어졌다.

"무고한 내 어머니한테 누명을 씌워 감옥에 가둔 놈들을 내가 내버려둘 것 같으냐?"

"그래서 어떻게 할 거야?"

"후회하게 만들 거다."

호텔 밖으로 나온 마이클이 맑은 하늘을 보았다. 저 위쪽의 위성을 보려는 것 같다.

"그만."

재크린이 비명을 질렀지만 마이클은 멈추지 않았다. 재크린의 비명은 탄성이나 같았기 때문이다. 그리고 그것이 곧 증명되었다. 두 손으로 마이클의 목을 감싸 쥔 재크린의 입에서 탄성이 흘러나온 것이다.

"아아, 여보."

깊은 밤, 이곳은 민박집이지만 독채를 빌렸기 때문에 둘은 거침없는 애정표현을 하는 중이다. 그렇다. 이제는 서로 눈빛만 보아도 욕망을 읽는다. 시간만 나면 밤이나 낮이나 이렇게 엉켰고 점점 더 심해졌다.

오늘도 시내에 나가 홍콩의 한국 영사관 담당 영사에게 통화를 하고 나서 지금 몇 번째인지도 모른다. 이윽고 재크린이 또 폭발했다. 마이클에 매달리듯 안겨 폭발하면서 온몸을 굳히고 있다. 자카르타 교외의 민박집은 무허가여서 등록도 되어있지 않다. 재크린이 찾아낸 숙소인 것이다. CIA 요원인 재크린은 동남아에서 어떤 곳이 은신처로 적당한지를 알기 때문이다.

"같이 가자."

마이클이 재크린의 몸 위에 엎드린 채 그렇게 말했을 때 방안에는 가쁜 숨소리만 들렸다. 재크린은 알아듣지 못한 것처럼 거친 숨만 뱉었다. 마이클이 몸을 굴려 천장을 바라보며 누웠다.

"같이 가, 재크린."

다시 마이클이 말했을 때 재크린이 숨을 멈췄다. 그러나 대답하지는 않는다. 마이클이 팔을 뻗어 재크린의 허리를 당겨 안았다. 재크린의 얼굴이 마이클의 가슴에 붙여졌다.

"네가 혼자 있는 것보다 나하고 같이 있는 것이 안전해, 재크린."

"……."

"나하고 같이 한국으로 들어가자, 넌 서울에서도 근무했잖아?"

"……."

"서울에서 어머니 누명을 벗기는 방법을 찾아야겠어."

"위험해."

재크린이 입을 열었다. 머리를 든 재크린이 마이클을 보았다.

"내가 서울에서 근무해 봐서 알아. 넌 서울에서 운신의 폭이 훨씬 좁아져."

"내가 KCIA 일을 도와주는데도?"

"KCIA는 공식적으로 CIA에 항의하지 못해. 아마 비공식적으로 접촉해서 결국 합의할 거야."

"……."

"미국과 한국은 동맹국이야. 이번 일로 동맹관계를 깨뜨리지는 못해."

재크린이 팔을 뻗어 마이클의 목을 감았다.

"미국은 한국을 배신한 것이 아냐. 북한을 전장(戰場)으로 끌어내려고 한국 측 요원들을 제물로 삼았던 거야."

"……."

"한국 측도 이해하게 될 것이고, 다만 미국 측으로부터 보상을 받게 되겠지. 그렇게 타협하게 될 거야."

마이클이 잠자코 재크린의 머리끝에 턱을 기대고는 앞쪽 벽을 응시했다. 맞는 말이다. 재크린의 말은 허점이 없다.

"진"

재크린이 불렀으므로 마이클의 눈동자에 초점이 잡혀졌다. 자신의 어머니 성(姓), 한국명을 부른 것이다. 재크린이 말을 이었다.

"여기서 헤어져, 우리."

"여기서?"

마이클의 목소리에 억양이 없어졌다.

"넌 어떻게 하려고?"

"당분간은 이곳에서 머물 거야."

"여기가 안전하다고 생각하니?"

"홍콩보다는 낫지. 서울보다도."

재크린이 다시 볼을 마이클의 가슴에 붙였다.

"마이클, 너 혼자 홍콩으로 가. 난 너에게 부담만 될 뿐이야."

"……."

"그들이 날 제거할 이유는 없어. 내가 언론에 제보할 이유가 없다는 것을 알고 있을 테니까."

"……."

"이번 홍콩 작전은 쓸모없는 나를 홍콩에서 용도 폐기시킬 목적이었지만 말이야."

"나하고 떨어져 있는 것이 너에게는 더 안전하다는 뜻인가?"

"그래."

재크린이 알몸을 바짝 붙이면서 말했다.

"네 어머니를 구해내, 진. 난 이쯤에서 물러날 테니까."

"……."

"나도 내 앞가림은 해."

"……."

"언젠가 만나게 될지도 모르지."

재크린이 손을 뻗어 마이클의 알몸을 천천히 쓸었다. 어느덧 식어있던 몸에 재크린의 따뜻한 손이 쓸고 내려갔다.

"나, 한 번 더 안아줘, 진."

재크린이 몸을 더 붙이면서 말했다.

"내가 지쳐 쓰러지게 만들어줘."

마이클이 재크린의 젖가슴을 입에 넣었다.

"그리고 내가 잘 때 떠나, 진."

마이클의 머리칼을 쓸면서 재크린이 말했다.

자카르타의 하타 국제공항. 공항 건물 앞에 선 마빈이 곧 다가온 승용차에 올랐다. 오전 8시 반, 아침 시간이어서 아직 공기는 신선하다. 짐은 손가방 하나뿐이었고 차는 곧 건물 앞을 떠났다.

"북부 교외 지역입니다."

운전석 옆자리에 앉은 현지인 만타가 마빈에게 보고했다.

"그런데 범위가 너무 넓어서 대기하고 있는 상황입니다."

"곧 연락 올 거야."

마빈이 창밖을 바라본 채 말했다.

"서둘 필요 없어."

만타는 입을 다물었고 링컨은 속력을 내어 달려갔다. 마빈이 다시 입을 열었다.

"무기는?"

"예, 트렁크 안에 있습니다."

만타가 머리를 돌려 마빈을 보았다.

"리볼버, 소음기, 탄창 3개, 화염수류탄 2개, 그리고 우지 기관총과 탄창 5개입니다."

"오늘밤이야."

의자에 등을 붙인 마빈이 말을 이었다.

"오늘밤에 끝나."

"행동대는 우리 둘입니까?"

"아니. 나 혼자야, 만타."

마빈의 얼굴에 쓴웃음이 떠올랐다.

"이번은 나 혼자 한다."

"그렇군요."

만타가 머리를 끄덕였지만 석연치 않은 기색이다.

"어쩐지 이번 작전은 철저하게 보안 유지를 한다는 생각이 들었습니다, 보스."

30대 중반의 만타는 인도네시아 국적의 CIA 비밀요원이다. 건장한 체격에 경력 10년 차 요원으로 마빈과 같이 필리핀에서 작전을 치른 적이 있다. 이번에도 마빈이 만타를 팀원으로 선정한 것이다. 다시 머리를 돌린 만타가 말을 이었다.

"보스, 이번 타깃은 처리반이 따르지 않습니까?"

"없어."

마빈의 회색 눈동자가 만타와 부딪쳤다. 만타는 숨을 죽였고 마빈의 말이 이어졌다.

"내가 처리할 거야."

만타가 시선을 돌렸다. 이번 작전은 철저하게 보안이 유지되고 있다. 작전 내용을 알고 있는 것은 마빈 하나뿐인 것이다. 본사에서 지침이 내려 온 것도 없다. '집행관' 마빈의 지시를 따르라는 암호 전문을 받았을 뿐이다. 보통 정보팀, 작전팀, 처리반으로 나누어져서 서로 긴밀하게 협조하면서 작전을 수행해왔던 원칙에도 어긋났다. 그러나 반칙은 아니다. '집행관'이 투입되는 작전은 대개 비밀로 마무리된다. 만타가 의자에 등을 붙이고는 심호흡을 했다. 그에게 마빈 워커는 유령 같은 존재였다. 알고 지낸 지 4년 가깝게 되었지만 한 번도 업무 이외의 이야기를 나눈 적도 없고 식사를 한 적도 없다. 필리핀에서 두 달 작전을 했을 때도 그렇다. 나이가 40대 초중반에 CIA 경력이 20년 가깝게 되었다는 것밖에 모르고 있다. 전에는 CIA 특수반 소속 팀장이던 마빈이 이제는 '집행관'이 되어서 나타난 것이다. 그때 마빈이 만타의 등에 대고 말했다.

"만타, 유튜브 보았지?"

"예, 보스."

만타가 금방 대답했다. 이번 작전의 '타깃'이다. 만타는 타깃이 그놈, 유튜브에 뜬 '몬스터'인 것만은 안다.

"지독한 놈이더군요."

"그놈은 탈레반도 노리고 있어."

"죽은 놈이 탈레반이니 당연하겠지요."

"이곳에도 탈레반 해결사들이 와 있어."

숨을 죽인 만타에게 마빈이 말을 이었다.

"그놈들이 우리보다 빨리 타깃에 접근하게 될지도 몰라."

"그럴 수가 있습니까?"

놀란 만타가 몸을 돌려 마빈을 보았다. 운전사는 만타의 부하로 영어는 모른다. 만타의 시선을 받은 마빈이 쓴웃음을 지었다.

"마이클 로한이 한국 대사관에 연락한 순간 탈레반과 연결되었어."

"……."

"한국 대사관에 마이클 로한의 정보를 준 것이 탈레반이야."

"그렇다면."

"탈레반이 마이클의 작전을 한국 대사관 측에 알려준 거야. 그리고 마이클이 한국으로 연락을 해 올 가능성을 말해 준 것이지."

"……."

"우리가 마이클의 어미를 미끼로 내걸고 함정을 팠거든."

"……."

"피가 거꾸로 솟은 마이클이 한국대사관 측에 내막을 알려줄 것까지 예상하고 있었지."

"그런데 탈레반이 준 정보를 한국 대사관 측은 알고 있었군요."

"그렇다."

심호흡을 한 마빈의 얼굴이 찌푸려졌다.

"일이 꼬였어. 한국 KCIA 놈들은 일단 마이클을 보호하려고 들 거야. 거기에다 탈레반은 기다리고 있을 것이고."

만타의 얼굴도 찌푸려졌다. 자신의 몸도 거미줄 한복판으로 던져진 느낌이 들었기 때문이다. 빠져나올 수나 있을 것인가?

오후 4시 반, 마이클이 핸드폰의 버튼을 눌렀다. 곧 신호음이 울렸고 두 번 만에 응답 소리가 났다.

"예."

이수철이다. 마이클이 물었다.

"지금 어디야?"

"꼬따지구 안이야. 자카르타만이 보여."

이수철의 목소리는 가라앉았다. 홍콩에서 자카르타로 날아온 것이다.

"좋아. 거기서 항구 서쪽 게이트로 가면 폐유조선이 있을 거야. 유조선 이름은 사타나탄호, 큰 배라 찾기 쉬워."

마이클이 말을 이었다.

"유조선 뒤쪽에 유조선으로 올라가는 계단이 있어. 그 계단으로 올라와."

"알았다."

수화구에서 이수철의 체념한 듯한 목소리가 들렸다.

"한 시간 내로 가지."

통화가 끊기자 마이클이 핸드폰을 지나가는 트럭 짐칸에다 던져 넣었다. 옆에 서 있던 소년이 눈을 둥그렇게 뜨고는 트럭과 마이클을 번갈아 보았다. 발을 뗀 마이클이 곧 지나는 택시를 세우고는 차에 올랐다.

"꼴리빠항 서쪽 게이트로."

운전사에게 말한 마이클이 주머니에서 또 한 개의 핸드폰을 꺼내 들었다. 발신용으로 산 핸드폰이다. 이곳은 꼬따역 근처여서 꼴리빠항까지는 30분 후면 닿는다. 다시 버튼을 누르자 신호음 세 번 만에 재크린이 응답했다.

"네."

굳어진 목소리다. 재크린의 핸드폰에는 이쪽 번호가 뜨지 않는 것이다.

"재크린, 나야."

마이클이 말했지만 재크린은 대답하지 않았다. 지금 재크린은 민박 주택에 남아있는 것이다. 헤어진 지 3시간이 되어간다.

"나, 지금 그 친구 만나서 같이 떠나기로 했어."

재크린은 듣기만 했고 마이클이 말을 이었다.

"내가 방법을 만들어 볼 테니까 당분간은 이곳에 있어."

"알았어, 지금 어디야?"

"꼴리빠항 쪽으로 가고 있어."

"조심해, 진."

"그래."

"다시 연락하고."

"알았다, 끊어."

핸드폰의 종료 버튼을 누른 마이클이 유리창을 열고는 손을 밖으로 내밀었다. 손안에 쥐어져 있던 핸드폰이 곧 땅바닥으로 떨어졌고 택시는 속력을 내어 달려갔다. 10분쯤 달린 택시가 게이트 건너편에 멈춰 섰으므로 마이클은 택시에서 내렸다. 택시 운전사는 규정 요금보다 두 배나 더 택시 요금을 불렀지만 마이클은 그 돈에다 팁까지 얹어 주었다. 놀란 운전사가 서둘러 차를 돌려 사라졌을 때 마이클이 앞쪽 게이트를 응시했다. 이곳부터는 폐선을 정박시켜 놓았기 때문에 들어가는 사람은 드물다. 차단봉이 쳐진 시멘트 경비초소에 경비원 하나가 앉아 있었고 오가는 사람도 없다. 그때 트럭 한 대가 달려오더니 경비초소 앞에서 멈췄다. 유리창문이 열리면서 경비원이 트럭 운전사와 몇 마디 이야기를 주고받더니 곧 차단봉이 올라갔다. 트럭이 곧 차단봉 아래로 지나 부두로 달려갔는데 눈을 가늘게 뜬 마이클은 부두 끝 쪽에 다른 배보다 두 배는 큰 유조선이 정박되어 있는 것을 보았다. 부두는 텅 비었고 방금 들어간 트럭이 달려가고 있을 뿐이다. 마이클은 곧 발을 뗄 때였다. 경비초소의 경비원이 물끄러미 마이클을 바라보고 있다.

그 시간에 맥그로가 에드 캐릭튼 앞으로 다가가 섰다. 캐릭튼의 부국장실 안, 이곳은 오후 12시 5분이 되어가고 있다.

"보스, 마이클이 곧 한국 영사 이수철을 만납니다."

캐릭튼은 시선만 주었고 맥그로가 말을 이었다.

"만나는 장소는 꼴리빠항 서쪽 폐선 정박장입니다."

맥그로가 들고 온 사진은 캐릭튼 앞 탁자에 펼치더니 손으로 한 곳을 짚었다.

"여기 폐유조선 사타나탄호가 있습니다. 이 배 위에서 만납니다."

"몇 시야?"

"현지 시간으로 오후 5시 반이니까 앞으로 25분 남았습니다, 보스."

머리를 끄덕인 캐릭튼이 자리에서 일어서며 물었다.

"위성으로 볼 수 있지?"

"준비해놓았습니다, 보스."

캐릭튼이 발을 떼었고 맥그로가 따라서 방을 나오며 말을 잇는다.

"마빈이 그쪽으로 갑니다만 마빈 모르게 특공대를 배치했습니다."

"이제야 끝나는군."

입맛을 다신 캐릭튼이 앞장서서 상황실로 들어섰다. 이곳에서는 위성으로 현장이 보인다.

"어디 가시오?"

경비원이 묻자 만트럭 운전사 대답 소리가 들렸다.

"수리소에."

폐선 수리소는 항구 맨 끝 쪽에 있다. 운전사가 신분 카드를 내미는 것 같지도 않다. 이윽고 붉은색 차단기가 올라갔다.

"자, 가자."

손목시계를 본 마르커스가 가르쟈에게 말했다. 이쪽은 탑차다. 탑차는 만트럭 바로 뒤쪽에 붙어 서 있었던 것이다. 곧 탑차가 5미터쯤 전진하더니 어느새 내려진 차단봉 앞에 멈춰 섰다. 오후 5시 15분, 마르커스가 경비실 안에서 이쪽을 바라보는 경비원과 시선이 마주쳤다. 거리는 3미터 정도, 비대한 체격의 경비원은 얼굴에 땀을 흘리고 있다. 그때 시선을 뗀 경비원이 운전사에게 물었다.

"어디 가시오?"

"수리소에!"

운전사 가르쟈가 소리쳤을 때 경비원이 눈을 크게 떴다. 그것을 본 마르커스가 쥐고 있던 콜트의 방아쇠에 손가락을 붙였다. 돌파하는 수밖에 없는 것이다. 마르커스는 경비원의 동공이 흔들리는 것을 보았다. 그 순간이다. 경비원 뒤쪽에서 불쑥 사내 하나가 나타났다. 손에 쥔 것이 AK-47이다. 마르커스가 사내의 얼굴을 눈에 익히기도 전에 AK-47의 발사음이 울렸다.

"카카카카카카카카카!"

마르커스는 지금까지 수천 발의 AK-47을 발사했다. 마치 어머니 같기도 하고 옛 애인 도냐의 탄성처럼 들렸던 AK-47의 발사음이다. 마르커스는 빗발 같은 총탄을 받으면서 문득 저놈, 경비 뒤에 숨어있던 놈의 얼굴이 낯익다는 생각을 했다. 그 순간 섬광처럼 마르커스의 머릿속을 생각이 스쳤다. 총탄보다 빠르다. '몬스터'다. 오늘의 타깃, 마이클 로한이 몬스터, 제임스 진이었다. 다음 순간 총탄 한 발이 마르커스의 뇌를 부쉈고 기억 저장고가 파괴되었다.

"아앗!"

외침은 맥그로의 입에서 터졌다. 위성에서 보낸 사진은 경비실에서 뿜어 나오는 섬광까지 보인다.

"경비실에서!"

맥그로가 외쳤지만 옆쪽 의자에 앉은 에드 캐릭튼의 얼굴에 쓴웃음이 번졌다. 이것이 현장 경험으로 단련된 인간과 그렇지 않은 인간들의 차이다. 그다음 순간 경비실에서 뭔가 뒤쪽 짐칸 밑으로 날아가는 것 같더니 탑차가 폭발했다. 번쩍 위로 들린 탑차의 짐칸이 두 동강으로 갈라지면서 불길이 뿜어진 것이다. 그리고 보라, 두 동강이 된 짐칸에서 마치 내장 덩어리 같은 물체들이 뿜어졌다. 캐릭튼은 저도 모르게 숨을 들이켰다. 내장 덩어리가 아니라 사람들이다. 이번에 마빈 워커를 비밀리에 지원하려고 파견된 특수요원들인 것이다.

"이, 이런."

맥그로가 절규하듯 외쳤으므로 캐릭튼은 어금니를 물었다. 대신 해준 맥그로에 대해 고마운 감정까지 일어났다. '대리 해소'라고 해야 하나? 맥그로가 고함을 치지 않았다면 특수반을 이끈 현장 책임자 마르커스를 포함한 8명의 요원을 개죽음시킨 분노를 캐릭튼이 터뜨렸을 것이다. 그때 다시 빛줄기가 부서진 탑차의 내장을 향해 쏟아졌다. 화염 속에서 아직도 꿈틀거렸던 서너 개의 생명체가 들썩이다가 움직임을 멈췄다.

"이런 빌어먹을."

마침내 캐릭튼의 입에서 신음 같은 목소리가 터졌다.

"저 개자식을 드론으로 없애버려!"

"예, 보스."

바로 대답은 했지만 맥그로가 눈을 치켜뜨고 캐릭튼을 보았다. 이번 작전에는 드론을 포함시키지 않았기 때문에 아무리 빨리 서둔다고 해도 1시간 반이 걸린다. 그때 상황실 요원이 캐릭튼과 맥그로를 번갈아 보면서 말했다.

"위성이 자카르타를 잡았을 때가 5시 15분입니다. 저놈은 그전에 경비실에 들어가 있었습니다."

과연 그렇다. 상황실 스크린에 부두가 다 드러나 있었지만 경비실에 수상한 자가 출입하지 않았기 때문이다. 진정한 캐릭튼이 머리를 끄덕였다.

"드론 취소해, 맥그로."

"예, 보스."

"마빈은 지금 어디 있나?"

"아직 연락 없습니다."

캐릭튼의 시선이 다시 경비실로 옮겨졌다. 몬스터는 저곳에 있다. 이제 독 안에 든 쥐다.

"마빈한테 연락해, 몬스터가 경비실에 있다고."

요원이 분주하게 버튼을 눌렀을 때 캐릭튼이 말을 이었다.

"곧 KCIA 요원 놈들이 올 거야. 그놈들이 도청 방지 장치를 쓰는 것이 꺼림칙하다."

맥그로가 말을 받았다.

"B팀을 투입하겠습니다."

그때 상황실 화면이 꺼졌으므로 캐릭튼이 버럭 소리쳤다.

"이번에도 방해 위성이 나온 건가? 빨리 처리해! 이번 작전에서는 있을 수가 없는 일이다."

경비실 밖으로 뛰쳐나간 마이클이 곧장 앞쪽의 폐선으로 달려갔다. 거리는 1백 50미터 정도, 사타나탄호는 3백여 미터나 떨어져 있다. 1백 50미터 거리를 30초에 달려 폐여객선 '잔비'호의 바깥 계단 앞에 닿았을 때 뒤쪽에서 총성이 울렸다.

"타탕!"

숨을 들이켠 마이클이 계단을 오르면서 뒤를 보았다. 이미 계산한 터라 저격용 위치는 2백50미터 뒤쪽의 건물이다. 그쪽은 철거 지역이어서 출입이 금지되었고 주민도 없다. 건물의 2층에 저격수가 배치되었을 것이다.

"타앙!"

두 번째 총탄이 날아와 계단 위쪽 손잡이에 맞고 튕겨 나갔다. 20센티쯤 빗나간 것이다. 이 유람선은 경비실과 건물 사이의 좁은 공간으로 겨우 보이는 곳이다. 저격수한테는 계단 아래쪽부터 왼쪽 5미터 사이가 저격할 수 있는 곳이다. 마이클이 크게 발을 떼어 계단 세 개를 한꺼번에 밟고 두 발짝을 떼었다. 3미터쯤의 공간을 지나갔다.

"타앙!"

세 번째 총탄이 날아와 마이클이 쥐고 있던 AK-47의 개머리판 위쪽 부분을 부쉈다. 2센티가량의 개머리판이 떨어져 나갔고 손에 충격이 전해졌다. 그때 마이클이 다시 세 계단을 뛰어올라 저격수의 시야를 벗어났다. 저격수는 약 5초 동안에 250미터 거리에서 5미터 공간을 지나는 표적을 향해 3발을 발사했다. 이 정도의 솜씨를 보였다면 특A급 사수다. 마이클은 미리 계산하고 있었던 터라 여객선 잔비호의 객실 안으로 뛰어들었다. 그러고는 주머니에서 핸드폰을 꺼내 쥐었다. 객실 복도의 벽에 등을 붙이고 선 마이클이 가쁜 숨을 고르면서 버튼을 눌렀다. 발신음 두 번이 울리더니 곧 이수철이 한국어로 응답했다.

"여보세요."

"지금 어디야?"

마이클도 한국어로 묻자 곧 이수철이 말했다.

"경비실 앞이 난장판이 되어있군."

마이클에게 보이지는 않았지만 이미 사람들이 몰려든 것이었다. 경비실에서 항구 경비대 초소까지는 3백 미터 정도밖에 되지 않는다. 항구 경비대에서도 달려오고 있을 것이다. 그때 마이클이 말했다.

"정보가 샜어. 그래서 날 덮치려는 놈들을 처치한 거야."

"……."

"건너편 철거 지역에도 저격수가 있어. 그리고 위성으로 이곳을 내려다보는 놈들도 있고."

마이클의 얼굴에 웃음이 떠올랐다

"이 통화도 녹음되고 있다고 봐야겠지."

"그건 그렇고."

이수철이 목소리가 굵어졌다.

"어떻게 되는 거야? 만날 거야?"

"여기서는 곤란해."

"그럼 어디서?"

"내가 다시 연락할 테니까 기다려."

그래놓고 마이클이 덧붙였다.

"오늘 얼마나 이놈들이 다급해 있는지 이해되지?"

핸드폰을 귀에서 뗀 마이클이 바닥에 던지고는 다시 잔비호의 객실 복도를 내달렸다. 텅 빈 여객선 복도는 어둡고 퀴퀴한 냄새가 났다. 그러나 2만 톤 급 여객선이어서 크고 복도는 미로 같다.

"다시 연락한다는군요."

헤드셋을 귀에 붙인 맥그로가 캐릭튼에게 말했다. 캐릭튼은 헤드셋을 내려놓고 있었기 때문이다. 상황실 안, 앞쪽 화면에는 경비실로 달려간 경비대 차량 2대에서 경비병들이 뛰어내리고 있다. 그 뒤쪽에서 소방차 2대가 달려왔고 길가에 몰려선 수백 명의 구경꾼들도 드러났다. 맥그로는 방금 한국어 통역의 말을 들은 것이다. 이수철과 마이클의 한국어는 통역을 거쳐야만 해서 20초쯤 늦게 전달받는다. 상황실의 모든 시선이 이제는 여객선 '잔비'로 옮겨져 있다. 위성도 잔비에 맞춰져 있어서 크게 확대되었다.

"저기 여객선 우측을 봐."

캐릭튼이 일그러진 얼굴로 화면을 응시하며 말했다.

"여객선 우측에 검은 공간이 있지?"

"예, 해체하려고 작업자들이 검은 그물망을 친 것 같습니다."

요원 하나가 레이저로 우측을 비췄다. 그런데 그 검은 그물망이 옆쪽 컨테이너선과 연결되었다. 컨테이너선은 하물선과 연결되었고 그 옆쪽은 해체된 선박으로 어수선했다. 맥그로가 어깨를 늘어뜨렸다. 캐릭튼은 마이클의 탈출로를 짚은 것이다. 그때 맥그로가 헤드셋을 벗으면서 말했다.

"보스, 마이클이 이수철에게 갈 것 같습니다."

캐릭튼은 화면에 시선을 준 채 대답하지 않았고 맥그로가 말을 이었다.

"마빈한테 연락할까요?"

그때 머리를 든 캐릭튼이 맥그로를 보았다.

"탈레반 놈들은 어디에 있지?"

숨을 들이켠 맥그로의 시선이 화면으로 옮겨졌다. 과연 탈레반은 어디에 있는가? 지금 저곳에 CIA, KCIA에다 탈레반까지 집중하고 있는 셈이다.

"탈레반의 테러라고 보도가 되었더군."

이수철의 말이 끝났을 때 고성준이 헛웃음을 지으며 말했다. 그러나 곧 눈썹을 모으더니 어금니를 물었다.

"우리도 시간이 급해. 상부에서는 성과를 원한다고, 당신들 표현으로는 실적이지."

"글쎄, 마이클 로한이 오면 모든 오해가 풀린다니까 그러네."

이수철이 정색하고 고성준을 보았다. 홍콩 지엔사줘 뒷골목의 안가(安家) 밀실이다. 바깥 골동품 가게에서는 손님들이 왔는지 떠들썩했고 한국말이 들린다. 한국 관광객들이다.

"자, 그래서."

고성준이 똑바로 이수철을 보았다.

"동무, 자카르타 사건은 우리도 TV에서 다 보았어. 용건을 말하시오."

"거기 연락사무소가 있지요?"

불쑥 이수철이 묻자 고성준은 눈만 치켜떴고 오늘도 입을 꾹 다물고 있던 30대 사내가 반응했다. 눈동자가 흔들리더니 입을 연 것이다.

"왜 그러시는데요?"

이수철이 30대 사내를 보았다.

"연락소를 이용해서 마이클을 빼냅시다."

사내가 시선만 주었고 이수철의 말이 이어졌다.

"자카르타에 CIA 집행관, 특수부대, 탈레반 특공대까지 모여들고 있어요. CIA와 탈레반은 각각 위성을 통해 마이클을 추적하고 있단 말입니다. 우리 역량으로는 빼내기가 어려워요."

"그래서 우리 연락소를 이용하겠단 말이오?"

고성준이 다시 물었을 때 30대 사내가 이수철에게 말했다.

"계속 말씀해 보시오."

이수철이 다시 사내에게 말했다.

"나하고 마이클하고는 연락이 됩니다. CIA가 도청을 해도 위치만 파악할 뿐 통화 내용은 파악하지 못할 겁니다."

"어떻게 하시겠다는 겁니까?"

"마이클한테 당신들과 접촉하라고 하지요. CIA는 당신들이 나설 줄은 예상하지 못할 겁니다."

"그것도 예상 아닙니까?"

"가능성은 있지요."

이수철이 정색하고 사내를 보았다.

"우리는 지금 막힌 상황이오. 마이클을 돕지 못하는 현실이란 말입니다. 이러니 지푸라기라도 잡는 심정으로……."

"우리가 지푸라기요?"

다시 고성준이 끼어들었다. 30대가 쓴웃음을 지었으므로 고성준의 목소리가 높아졌다.

"그자를 데려와서 해명을 듣는다고 쳐도 우리에게 돌아올 것이 무어요?"

"CIA가 가만있을 것 같습니까?"

되물은 이수철이 둘을 번갈아 보았다.

"이렇게 양쪽을 번갈아 죽이는데 가만히 당하고만 있을 거냐고요."

둘이 입을 다물었고 이수철의 목소리에 열기가 띠어졌다.

"그자들의 증거를 확실하게 잡고 보복을 하든지 대가를 요구하든지 해야 될 것 아닙니까? 이게 어디 우리 대한민국만의 일입니까?"

"아니, 글쎄……."

고성준이 나섰지만 이수철이 말을 이었다.

"만날 천 배 만 배 보복하겠다고 방송한 게 누굽니까? 그러다가……."

"아니, 이보시오!"

버럭 소리를 친 고성준이 숨을 들이켰다가 주위를 둘러보는 시늉을 했다. 다시 고성준이 입을 열었을 때 이번에는 30대 사내가 막았다. 사내가 이수철을 보았다.

"그렇다면 내가 자카르타로 가지요."

이맛살을 찌푸린 이수철에게 사내가 말을 이었다.

"내가 그자를 만나겠습니다."

"아니, 도대체……."

당신이 누구냐고 물으려던 이수철을 향해 사내가 웃음을 지었다.

"소개가 늦었습니다. 난 호위총국 소속 파견관 최철산 중좌올시다."

"그렇다면……."

이수철의 시선이 고성준에게로 옮겨졌다.

"최 중좌께서 자카르타로 가시는 겁니까?"

"내가 간다면 갑니다."

대답은 최철산이 하는 바람에 고성준이 무색해졌다. 최철산이 말을 이었다.

"오늘 당장 출발할 테니 마이클 로한한테 연락하세요. 내 연락처를 적어 드리지요."

최철산이 주머니에서 수첩을 꺼내더니 전화번호를 적어 내밀었다. 번호가 3개나 된다. 종이를 받은 이수철이 머리를 끄덕이더니 자신도 종이를 꺼내어 최철산에게 전화번호를 적어 내밀었다.

"이제 제대로 작전이 진행되는 것 같군요."

쓴웃음을 지은 이수철이 말을 이었다.

"이해하시겠지만 이 작전은 내 독단으로 진행하는 겁니다."

222

"어련하시겠소?"

따라 웃은 고성준이 힐끗 최철산에게 시선을 주더니 말을 잇는다.

"우리도 그렇소. 내 독단이고 여기 있는 최 중좌는 없는 사람이오."

그때 최철산이 무표정한 얼굴로 자리에서 일어섰다.

벽시계가 밤 11시 반을 가리키고 있다. 맥주병을 쥔 재크린이 창문을 조금 열었다. 빗발이 가늘어지고 있다. 빗방울 떨어지는 소리가 전장의 기관총 소리 같더니 지금은 모래를 양철 위로 뿌리는 소리가 들린다. 방에 눅눅한 습기가 들어차 있었지만 시원하다. 자카르타 교외의 민박집 안, 이곳은 독채여서 주인이 사는 본채와는 1백 미터나 떨어져 있다. 한 모금 병째 맥주를 삼킨 재크린이 내일 오전에는 이곳을 떠나기로 마음먹었다. 배로 싱가폴에 가서 정착하는 것이다. 싱가폴에는 5년쯤 전에 안면을 익힌 컴퓨터 사업가 빌리 주가 있다. 그에게 부탁해서 컴퓨터 관련 사업을 하는 것이다. 통장에 15만 불쯤 들어 있는 터라 당분간 사는 데 지장은 없을 것이다. 다시 한 모금 맥주를 삼킨 재크린이 긴 숨을 뱉었다. 마이클은 오늘 폐선 정박장에서 또 한 번 소동을 일으켰다. 무려 8명을 폭사시킨 것이다. 인도네시아 당국에서는 무장 반정부 단체가 항구 종업원들을 폭사시킨 것으로 발표했지만 사망자는 '군병원'으로 호송시켰다. 마이클이 다시 CIA 특공대를 제거한 것이다. 그때 뒤쪽에서 인기척이 났으므로 재크린이 머리를 돌렸다. 사내 하나가 서 있다. 온몸이 비에 젖어서 마룻바닥에 물이 고여 있다. 야구 모자를 눌러쓴 밑으로 검은 눈동자가 반짝였고 엷은 입술이 푹 닫혀있다. 긴팔 검정 셔츠에 검정 바지, 운동화 차림으로 손에 소음기가 끼워진 베레타92F를 쥐었다. 재크린이 눈으로 옆쪽 화장실을 가리켰다.

"저기서 씻고 들어와. 거기 가운도 있어."

"몬스터가 입던 건가?"

화장실로 발을 떼면서 사내가 물었다.

"정액도 묻은 거 아냐?"

"당신처럼 흘리고 다니지는 않아, 마빈 워커."

재크린이 사내의 뒷모습에 대고 쏘아 붙였다. 사내는 마빈 워커였던 것이다. 마빈이 화장실로 들어가자 재크린은 탁자 위에 놓인 술병을 치웠다. 맥주병이 6병이나 되었다.

"이봐, 새 칫솔 없어?"

화장실에서 마빈이 소리쳤다.

"새 팬티하고 셔츠 있으면 줘."

"미쳤어?"

바락 소리친 재크린이 맥주병을 놓고 자리에서 일어섰다. 열렸던 창문을 닫자 빗소리가 뚝 그쳤다. 잠시 후에 화장실에서 나온 마빈은 가운 차림이다. 권총을 옆쪽 선반 위에 올려놓은 마빈이 냉장고에서 맥주병을 꺼내더니 재크린의 앞자리에 앉았다. 머리를 다 말리지 않아서 물기가 남아 있지만 말끔해진 모습이다.

"그놈이 어디로 간 것 같아?"

마빈이 묻자 재크린이 외면한 채 대답했다.

"내가 어떻게 알아?"

"그 자식이 사타나탄호에는 가지도 않았어. 여객선으로 뛰어 들어갔다가 뚫린 반대쪽으로 나와 종적을 감췄다고."

한 모금 맥주를 삼킨 마빈이 지그시 재크린을 보았다.

"눈치챈 거야?"

"그럴 리는 없어."

재크린의 얼굴에 쓴웃음이 떠올랐다.

"나도 내가 이곳에 왔을 때까지는 내가 배신자인 것을 몰랐으니까."

"마음이 놓이지 않나?"

마빈이 묻자 재크린은 다시 외면했다. 그 모습을 보면서 마빈이 맥주를 삼켰다. 지금 재크린의 몸에는 반응 '칩'이 심어져 있는 것이다. 그것을 안 것은 어젯밤 마빈이 찾아왔을 때다. 놀란 재크린에게 마빈이 지금까지 재크린의 몸에서 반응하는 칩을 따라 둘을 추적해왔다고 말해준 것이다. 그 칩이 언제 심어졌는지는 정확히 알 수 없었지만 서울에 있을 때인 것은 분명하다. CIA 본부에서는 마이클 로한을 집행관으로 보내면서 처음부터 '칩'이 심어진 배신자를 파트너로 동행시킨 것이다. 재크린과의 인연이나 스페인어 가능자가 필요하다는 핑계 따위는 붙이면 되는 것이다. 그때 마빈이 맥주병을 놓고 재크린에게 다가왔다. 두 눈이 번들거리고 있다.

"어때? 어젯밤은 서로 긴장했다고 치고. 오늘 밤은?"

"이거 왜 이래?"

재크린이 눈을 치켜떴지만 곧 다시 외면했다. 얼굴이 달아올라 있다. 옆쪽에 앉은 마빈의 얼굴에 웃음이 떠올랐다.

"내가 동양 놈보다는 나을걸."

"꺼져 이 개새끼야."

"내 맛을 보면 그런 소리 못 할 텐데, 재크린 파머."

"비켜."

그때 마빈이 손을 뻗쳐 재크린의 허리를 당겨 안았다. 재크린이 몸을 비틀었지만 곧 마빈의 힘에 제압당했다.

"비켜! 이 자식아!"

재크린의 목소리가 방을 울렸다. 눈을 치켜뜬 재크린이 몸부림을 쳤지만 이미 양팔은 마빈에게 잡혔고 상반신도 소파 위로 밀려 넘어진 후다. 그때 마빈이 재크린의 원피스를 걷어 올리면서 웃었다.

"이것 봐, 조금만 기다려. 곧 쾌락의 탄성을 외치게 될 테니까."

"아아아."

재크린의 신음이 점점 더 높아지고 있다. 침대 위에 한 쌍의 남녀가 알몸으로 엉켜있다. 마빈은 후배위로 재크린을 공격하고 있었는데 거칠었다. 몸이 부딪치는 소리가 요란했고 그때마다 재크린이 쾌락의 탄성을 내지르는 중이다. 이미 재크린의 몸은 땀에 젖어 번들거렸고 침대에 붙인 얼굴은 쾌락으로 일그러져 있다.

"좋으냐?"

마빈이 거칠게 배를 붙이면서 묻자 재크린이 침대 시트를 움켜쥐고 소리쳤다.

"좋아!"

"천천히 해줄까?"

"더 세게!"

"이렇게?"

"그래!"

"좋아?"

"아, 여보, 여보!"

재크린이 절정으로 오르면서 소리쳤다. 그때 마빈이 몸을 빼더니 재크린을 돌려 눕혔다. 늘어진 재크린이 사지를 펴고 반듯이 누웠을 때 다시 마빈이 정상위 자세로 위에 올랐다.

226

"빨리."

재크린이 마빈의 남성을 잡아 동굴에 붙이면서 말했다. 가쁜 숨결 속에 아직도 앓는 소리가 섞여 있다. 마빈이 일부러 엉덩이를 뒤로 빼었더니 재크린이 허리를 들썩이며 소리쳤다.

"빨리! 나, 죽겠어! 여보!"

"내가 몬스터보다 낫다고 말해."

"열 배는 더 나아!"

"다시 말해봐."

"자기가 백배는 나아! 어서!"

그 순간 마빈이 거칠게 진입했고 재크린의 입에서 탄성이 터졌다. 다시 방안에 폐가 터질 것 같은 숨소리와 함께 신음이 이어지고 있다. 두 다리를 한껏 벌렸던 재크린이 마빈의 하반신을 감았다가 풀기를 반복했다. 미끈하고 탄력 있는 두 다리가 허공으로 솟아올랐고 발가락은 잔뜩 굽어 있다. 이윽고 재크린이 다시 절정으로 솟아오르기 시작했고 마빈도 열중했다.

"아악! 여보, 여보!"

재크린의 외침이 다시 높아졌다. 마빈의 움직임이 더 거칠어졌고 마침내 둘이 함께 터졌다.

"여보."

재크린의 사지가 마빈의 몸에 빈틈없이 밀착되었다. 쾌락의 절정에 오른 재크린이 흐느껴 울기 시작했고 마빈을 부둥켜안은 채 거친 숨결을 토해내고 있다.

"당분간 넌 여기 있어."

잠시 후에 마빈이 재크린의 귓불을 입술로 물면서 말했다. 아직도 둘은 엉켜있는 상태였고 마빈은 재크린의 몸 위에서 내려오지 않았다. 재크린이 거친 숨만 뱉었을 때 마빈이 말을 이었다.

"그놈은 자카르타 밖으로 벗어나지 못해. 이곳에 탈레반 특공대까지 모두 몰려온 상황이야."

마빈의 혀가 재크린의 귓속을 후볐다.

"그나저나 재크린, 네 몸에 빠져들 만하구나. 너처럼 멋진 이브는 처음 보았다."

"……."

"내가 말만 들었어. 남성이 들어가면 잡고 놓아주지 않는다는 이브."

"……."

"네 이브가 바로 그것 아냐?"

"……."

"네 이브에 빠져서 몇 놈이 신세 조졌지. 파리에서는 분석관 윌리엄 우드가 죽었지. 너하고 섹스 하다가 총 맞았다던데, 맞아?"

그때 재크린이 몸을 비틀었지만 마빈은 엎드린 채 감싸 안고 놓아주지 않았다. 마빈의 얼굴에 웃음이 떠올랐다.

"이것 봐. 네 이브에 갇혀있던 내 아담이 다시 성을 냈어."

"비켜."

"왜 이래? 너도 좋다고 네 이브가 지금 말하고 있지 않아?"

그때 재크린이 눈동자의 초점을 잡고 마빈을 보았다. 바로 앞에 머리가 떠 있어서 여러 번 눈을 깜빡여야 했다.

"비켜, 이 자식아."

"좀 더."

마빈이 허리를 흔들자 재크린의 동굴이 금방 반응했다. 재크린의 숨결도 가빠졌고 저절로 입도 벌어졌다.

"몬스터 그놈도 네 이브에 빠졌다가 도망쳤지만 곧 함정에 빠질 거다."

"비켜, 이 개자식."

재크린이 몸을 비틀었지만 그것이 쾌락으로 연결되었다. 마빈이 거칠게 움직이기 시작했기 때문이다.

"아. 아."

저절로 재크린의 입에서 신음이 터졌고 두 손이 마빈의 어깨를 움켜쥐었다.

"어떠냐? 비켜줄까? 내려가?"

마빈이 움직이면서 묻자 재크린이 두 팔로 마빈의 목을 감싸 안았다. 재크린의 신음이 다시 터졌다.

"아아, 여보, 여보!"

재크린이 허리를 올리면서 절규했다.

새벽 2시 반, 다시 쏟아지던 소낙비가 그쳤을 때 마이클이 앞쪽 나무 밑에서 어른거리는 그림자를 보았다. 이곳은 쟈카르타 교외의 주택가, 주위는 인기척이 없고 차량 통행도 없다. 주택의 불은 모두 꺼져서 검은 바위산처럼 보인다. 가로등도 없는 터라 1차선 도로는 작은 강처럼 드러나 있다. 심호흡을 한 마이클이 다시 핸드폰 전원을 켰다. 그러고는 버튼을 눌렀을 때 바로 응답 소리가 들렸다. 딱 한 마디.

"봤어."

마이클은 핸드폰 전원을 끄고 주머니에 넣었다. 앞쪽 그림자가 응답을 한 것이다. 거리는 30여 미터, 마이클은 이수철로부터 북한 측 실무자가 쟈카르타에 잠입했다는 연락을 받았던 것이다. 이수철이 알려준 전번으로 연락해서 지금 이곳에서 접촉하는 중이다. 그때 이번에는 마이클의 주머니에 든 핸드폰이 진동했다. 꺼내 보았더니 발신자 미상의 전화, 바로 앞쪽 놈이다. 마이클이 앞쪽을 응시하며 대답했다.

"응."

"확인했나?"

한국어, 마이클의 얼굴에 쓴웃음이 번졌다. 이곳 도로는 깨끗하게 정비되었고 주택도 벽돌로 만든 고급 주택이었지만 바그다드 시내와 비슷하다. 사방에 저격수의 총구가 나와 있을 가능성이 많다. 허점투성이의 지형, 이런 곳이 마이클에게는 최적의 장소다. 임기응변이 필요한 장소이기 때문이다.

"왼쪽으로 걸어."

마이클이 말했다.

"내가 따라갈 테니까."

그러고는 마이클이 다시 전원을 껐다. 이미 CIA는 이곳 전파를 잡았을 것이고 위성이 움직였다고 봐야 한다. 탈레반이 응용하는 파키스탄 위성도 마찬가지다. 이제는 CIA가 드론을 사용할 시기도 되었다. 앞쪽 그림자가 왼쪽으로 흔들리듯 움직였다. 빠르다. 검은 옷, 손에 쥐고 있는 것은 길고 투박하다. AK-47인가? 마이클의 얼굴에 다시 웃음이 떠올랐다. 권총을 쥐고 있을 줄 알았던 것이다. 30발들이 탄창을 끼운 AK-47이라니. 마이클은 몸을 돌려 뛰었다. 지름길로 돌아가 사내의 앞을 막으려는 것이다. 5분쯤 후에 마이클은 다가오는 사내를 보았다. 어둠 속에서 나타난 사내가 주위를 둘러보며 다가온다. AK-47의 총구가 이쪽으로 향해 있다, 30발 탄창이 맞다. 거리가 10미터, 이곳은 도로 뒤쪽 주택 사이의 샛길로 다가오는 중이다. 양쪽에 주택들의 낮은 담장이 이어져 있다. 문득 사내가 발을 멈췄다. 어둠 속, 지금 마이클은 주택 옆쪽 벽에 기대서서 사내를 보는 중이다. 어둠 속에 몸은 벽과 일체가 되어 있다. 그때 사내가 다시 발을 떼면서 말했다.

"앞에 있는 거냐?"

알아냈구나, 마이클의 눈빛이 강해졌다. 보통 놈이 아니다. 마이클이 벽에서 몸을 떼고 사내를 향해 천천히 다가갔다. 다가오던 사내가 마이클의 두 걸음 앞에서 멈춰 섰고 둘은 서로 마주보았다. 마이클의 신장이 반 뼘쯤 컸지만 사내도 1미터 80 가까운 신장이다. 손에 든 AK-47 총구가 밑으로 내려갔고 눈빛이 약해졌을 때 사내가 물었다.

"마이클 로한?"

"진이라고 불러."

마이클이 몸을 돌리면서 말을 이었다.

"내 한국명이다."

"그렇군."

마이클의 옆을 따르면서 사내가 말했다.

"난 최야."

"서둘러라. 위성이 우릴 보고 있다."

"개새끼들."

마이클이 달리자 사내가 따라 달렸다. 좁은 길을 벗어나 옆쪽 작은 숲으로 뛰어 들어간 마이클이 곧 뒤쪽 계단을 내려갔다. 사내가 뒤를 따른다.

"저놈이 누구야?"

맥그로가 묻자 요원이 우물거렸다. 워싱턴의 상황실 안, 맥그로가 상황실을 이곳으로 바꾼 것은 본부에서 눈치챌까 봐 미리 신경을 쓴 것이다. 물론 에드 캐릭튼의 지시다. 상황실 안은 맥그로 외에 6명이 모여 있었는데 요원들도 최소화시켰다. 맥그로가 상황 스크린에서 시선을 떼더니 요원에게 다시 물었다.

"저곳까지 도착 시간은?"

"15분, 아니 17분 정도 걸립니다."

"빌어먹을!"

그 순간 둘의 모습이 스크린에서 사라졌다. 주택가 왼쪽 계단을 뛰어 내려가더니 사라져버린 것이다.

"터널입니다."

요원 하나가 스크린을 보면서 말했다.

"그쪽에 터널이 뚫려 있습니다!"

"출구가 어디야!"

맥그로가 소리치면서 제 목소리가 비명 같다는 생각이 들었다. 또 놓쳤다. 그때 요원이 이 사이로 대답했다.

"출구가 보이지 않습니다!"

어느새 위성사진은 현장을 확대시켜 놓았지만 짙은 숲만 보일 뿐이다. 몬스터는 또 행방을 감췄다. 위성도, 드론도 감당할 수가 없는 놈이다. 그때 맥그로가 자리에서 일어서며 말했다.

"마빈한테 대기하라고 전해."

벽시계를 올려다본 맥그로가 말을 이었다.

"몬스터 그놈이 쟈카르타를 빠져나갈 수는 없어."

화면에 쟈카르타의 주택가가 미 대사관 있었지만 움직이는 물체는 없다.

232

"됐어."

녹음기의 전원을 끈 최철산이 마이클을 보았다. 굳어진 표정이다.

"이만하면 충분해."

마이클이 벽에 등을 붙이고는 최철산에게 물었다.

"담배 있나?"

"안 피우는데?"

"너희들은 담배도 없나?"

"무슨 말이야?"

"가난해서 담배도 안 만드느냐고?"

"이 자식이."

"너, 계급이 중령이라고 했지?"

"중좌다."

"네 월급은 얼마야? 내가 너보다 많이 받았을걸."

기가 막힌 듯 입을 다문 최철산이 손목시계를 보았다. 오전 5시가 되어가고 있다. 이곳은 바다가 보이는 산기슭의 동굴 안이다. 자카르타 북서쪽으로 도로에서도 3킬로 정도 떨어져 있다. 마이클이 말을 이었다.

"내가 너희들 작전을 지도해줄 수도 있어. 예를 들면 CIA의 위성을 피하는 방법이라든가 드론 공격에 대한 대응, 저격수를 따돌리는 방법 같은 거 말이야."

"……."

"살인기술을 교육받고 싶다면 내 시간을 봐서 가르쳐주지. 하지만 수강료는 좀 비싸."

"……."

"클린턴은 강의료로 시간당 15만 불까지 받는다던데 난 그보다 몇 배나 더 현실적인 강의를 하면서도 1만 불만 받을 거다."

"……."

"참, 너희들은 돈이 없지? 하지만 수표는 사절이야. 그렇다고 너희들이 수출하는 마약도 안 받아."

"넌 항상 그렇게 말이 많은 거냐?"

불쑥 최철산이 물었으므로 마이클이 입을 다물었다. 이번에는 최철산이 말을 잇는다.

"아니면 긴장했기 때문이냐? 내 경험으로 전투 경력이 짧은 놈일수록 전투 직전에 말이 많더군. 물을 5리터씩 마시는 놈도 있었고, 오줌을 10번 싸는 놈도 있었어. 너도 그런 종류냐?"

"……."

"바그다드에서 팀장까지 했다는 놈이 비 오는 날 개구리처럼 계속 울어대는 꼴이 가관이군."

"……."

"나도 이라크에 있었다. 물론 너처럼 졸자로 땅바닥을 기어 다니지 않고 작전 고문관을 했지."

"어때? 여기서 우리가 작전을 하는 게?"

불쑥 마이클이 물었으므로 최철산이 숨을 들이켜더니 그 서슬로 침까지 삼켰다. 동굴 벽에서 물이 흘러내리는 소리만 희미하게 들릴 뿐 잠시 정적이 덮였다. 최철산이 마이클을 응시한 채 대답하지 않았기 때문이다. 그때 마이클이 말을 이었다.

"여기, 날 잡으려고 CIA, 탈레반까지 몰려 들어왔다. CIA에서는 기존 요원들에다 집행관, 특공대까지 투입했고 탈레반 놈들은 날 잡으려고 한국에다 정보까지 준 상황이야."

마이클의 얼굴에 웃음이 떠올랐다.

"이렇게 좋은 사냥터가 어디 있어? 수류탄 한 발만 터뜨리면 물고기가 떼로 죽어서 올라오지. 여기가 바로 그런 곳이야, 중령."

"……."

"자카르타 시내 한복판에 수류탄을 던지면 사상자 중 절반은 CIA나 탈레반 놈들일 거다, 중령."

"중좌야, 이 자식아."

눈을 흘긴 최철산이 상반신을 세웠다.

"좋아, 해보자."

"그럼 내가 팀장을 맡지."

"난 중좌야, 넌 상사고."

"그럼 너 혼자 해라."

"빌어먹을 놈. 너, 나이가 몇이냐?"

"40이다."

기가 막힌 최철산이 어깨를 늘어뜨렸다가 말을 이었다.

"내가 작전을 맡지. 먼저 인원이 적을수록 좋으니까 우리 둘이다."

최철산이 어둠 속에서 번들거리는 눈으로 마이클을 보았다.

"1차 목표는 CIA, 먼저 자카르타의 미국 대사관을 친다."

"좋지, 그럼 무기는?"

"내가 준비할 수 있어."

"2차 목표는 탈레반이군. 그놈들은 내가 전문이야, 중령."

어깨를 부풀린 마이클이 최철산을 보았다.

"먼저 CIA 거물 한 놈을 잡아서 내 어머니하고 인질 교환을 해야겠다.”

“누구야?”

캐릭튼이 묻자 맥그로의 눈 흰자위가 더 커졌다.

“KCIA 라인을 뒤지고 있지만 아직 확인되지 않았습니다.”

“빌어먹을.”

캐릭튼이 앓는 것 같은 신음 소리를 내었다.

“일이 꼬이는군.”

“이수철은 해외작전국장 원경호 라인입니다. 원경호가 그 윗선에 보고한 흔적은 없습니다.”

“그럼 원경호 선에서 작전하고 있군.”

“그럴 가능성이 큽니다, 보스. 윗선까지 올라가면 국가 간 문제가 되니까요.”

“그렇다면.”

캐릭튼이 머리를 들고 맥그로를 보았다. 맥그로가 캐릭튼의 시선을 2초쯤 맞받더니 머리를 끄덕였다.

“제가 처리하겠습니다.”

“북쪽 소행으로 만들어.”

“예, 보스.”

“몬스터만 없애고 나면 자넬 작전국으로 보내줄 계획이야.”

“감사합니다, 보스.”

어깨를 부풀린 맥그로의 두 눈이 번들거렸다. 작전국 부장 자리가 비어있는 것이다. 작전국 부장은 부국장으로 승진되는 0순위 보직이다. 그때 캐릭튼이 다시 물었다.

236

"집행관은?"

"지금 재크린과 함께 있습니다."

"몬스터가 재크린에게 연락했나?"

"아직 연락 없습니다, 보스."

"작전 마무리가 안 돼 있어."

입맛을 다신 캐릭튼이 맥그로를 보았다. 얼굴에 쓴웃음이 떠올라 있다.

"그 빌어먹을 한국 놈 몬스터가 그 창녀 같은 년에게 빠질 줄이야."

맥그로는 시선을 내렸고 캐릭튼의 말이 이어졌다.

"기가 막히는군. 시킨 대로 발리에서 가만있었으면 집행관으로 더 써먹을 수가 있었는데 말이야."

"재크린의 유혹에 넘어간 것 같습니다. 재크린은 심리전 성적이 뛰어난 요원이었으니까요."

캐릭튼이 눈만 껌벅였고 맥그로의 말이 이어졌다.

"작전이 끝나고 나니까 재크린이 제 입장에 대해서 생각해본 것이지요. 서울에서 근무하는 동안에도 제 안위에 대해 수시로 본사의 지인을 통해 체크해 왔으니까요."

"창녀 같은 년. 지금은 마빈을 올라타고 있겠군."

"마빈은 넘어가는 놈이 아닙니다."

"몬스터가 그년한테 접촉하지 않는다면 더 이상 이용 가치가 없어."

"예, 하지만 마빈은 조금 기다려보자고 합니다. 재크린은 어차피 손 안에 쥔 미끼니까요."

"알았어, 놓치지는 말아야 돼."

"그럴 리가 있습니까?"

캐릭튼이 머리를 끄덕이자 맥그로가 방을 나왔다. 복도를 걸으면서 핸드폰을 꺼낸 맥그로가 버튼을 눌렀다. 신호음 세 번 만에 곧 응답 소리가 울렸다.

"예, 맥그로."

자카르타 현지 팀장 에반스다. 맥그로가 핸드폰을 고쳐 쥐고 물었다.

"한국 대사관 동향을 A급 수준으로 감시하도록."

"예, 맥그로."

"자카르타에 입국하는 동양인 전체를 모니터해. 20세에서 60세까지, 남녀불문."

"예, 맥그로."

"무슨 말인지 알겠나? KCIA, 그리고 북한 놈들까지 걸러내 보려는 거야."

"알았습니다, 맥그로."

"이봐, 내 이름 부르지 마라."

맥그로가 짜증을 냈다. 이름이 불릴 때마다 신경이 곤두선 것이다. 제 방으로 들어온 맥그로에게 여직원이 말했다.

"맥그로 씨, 진이라는 이름의 대령한테서 전화가 왔었습니다."

"누구? 진? 대령?"

이맛살을 찌푸린 맥그로가 자리에 앉아 여직원을 보았다.

"어디 소속이야? 그리고 어떤 전화로 왔지?"

"바그다드 주둔군 사령부라고 하던데요. 몬스터 작전 때문이라고 했습니다, 직통 전화로요."

그 순간 자리에서 일어서던 맥그로가 책상 모서리에 무릎을 찍었다. 이맛살을 찌푸린 맥그로가 손을 저으며 물었다.

"그 통화 녹음되었지?"

"물론이죠."

본부 사무실이다. 외부 전화는 모두 녹음되고 있는 것이다. 맥그로가 놀란 여직원을 향해 웃어 보였다. 몬스터 놈이다.

따만 이스마일 마루주끼 공원, 즉 TIM이라고 불린 공원 왼쪽의 무사비 빌딩은 1층이 골동품 가게이고 2층은 미국 대사관의 문화 사업소 건물이다. 오후 7시, 오늘도 문화 사업소에 출근한 마리안 여사는 이번에 공급될 의약품 리스트 체크를 마치고 퇴근 준비를 했다.

"초마, 그럼 내일 깔리만탄에서부터 보내지는 거야, 알았지?"

"예, 마담."

문화 사업소 소장을 맡고 있는 마리안은 미국대사 죠지 콘웰의 부인이다. 자리에서 일어선 마리안이 가방을 집어 들며 말을 이었다.

"내일 아침에 출근하면 보낼 준비 다 해놓아, 초마. 일주일이나 늦었어."

"알겠습니다, 마담."

사무실을 나온 마리안의 뒤를 초마가 따라왔다. 초마는 20대 후반의 인도네시아인으로 마리안의 비서다. 계단을 내려오면서 초마가 물었다.

"마담, 술라웨시에는 언제 보냅니까? 그쪽에서도 급하다고 연락이 왔습니다."

"깔리만탄 다음에."

"알겠습니다."

마당에는 리무진이 대기하고 있었으므로 마리안이 운전사가 열어

주는 뒷좌석에 올랐다. 리무진은 곧 출발하더니 열린 뒷문으로 나갔다. 리무진의 뒷모습을 배웅하던 초마가 머리를 돌려 주차장에 있는 경호 차를 보았다. 경호차가 아직 움직이지 않았으므로 잠깐 시선을 주었던 초마가 몸을 돌렸다. 상관할 일이 아니었기 때문이다.

"깐토, 왜 멈추는 거야?"

마리안이 머리를 들고 물었다. 운전사 깐토가 문화 사업소에서 50미터 거리인 골목 앞에서 멈춰 섰기 때문이다. 백미러를 본 마리안이 숨을 들이켰다. 제복과 모자까지 썼지만 깐토의 얼굴이 아니다. 동양인은 다 비슷하게 생겼다고 부대사 카터의 부인 제니가 말했지만 마리안은 대학 때 한국인 유학생하고 연애를 한 경험이 있다. 한국인 같다.

"당신 누구야?"

마리안이 물었을 때다. 옆쪽 문이 열리더니 사내 하나가 들어섰다. 선글라스를 낀 점퍼 차림이지만 이 사내도 한국인이다. 그때 승용차가 다시 출발했다.

"당신들 누구야?"

마리안의 목소리가 날카로워졌다. 올해 42세지만 마리안은 스쿠버 다이버 자격증이 있고 마라톤 코스를 3번이나 완주한 기록이 있다. 20대까지는 모델이었으며 30대에 심리학 박사 학위를 딴 다채로운 경력의 소유자, 34세 때 대통령의 연설 비서관이었던 죠지 콘웰과 결혼한 후에는 사회사업가가 되었다. 남편인 죠지보다 더 워싱턴에서 인지도가 높은 여자다. 그때 옆자리의 사내가 마리안을 노려보았다.

"입 닥치고 앉아있어, 개년아."

낮고 굵은 목소리, 그 순간 마리안이 숨을 들이켰다. 마리안의 인생에서 처음 듣는 욕이다. 주먹으로 한 방 얻어맞은 것 같은 충격을 받은 것이다. 차는 신호를 지키면서 차분하게 달려가는 중이다. 마리안의 시선을 받은 사내가 무표정한 얼굴로 말을 이었다.

"마리안, 현실을 인식하도록 해. 넌 지금 내 인질이 되었어."

"당신들 누구냐고?"

마리안이 다시 물은 순간이다. 사내의 주먹이 날아와 마리안의 관자놀이를 쳤다. 가볍게 쳤지만 머리가 돌아간 마리안은 눈앞에 수백 개의 흰 별이 반짝이는 것을 보면서 옆으로 쓰러졌다.

"이봐, 살살해."

운전사가 백미러를 보면서 꾸짖듯 말했는데 바로 최철산이다. 운전사 제복에 제모가 잘 어울렸다. 눈을 치켜뜬 최철산이 백미러를 보았지만 마리안은 보이지 않았다.

"이런 무지막지한 놈 같으니."

"내가 어쨌다고?"

눈을 치켜뜬 마이클이 투덜거렸다.

"이건 기본이야, 이 병신아. 역시 실전을 겪지 않은 놈은 다르다니까?"

"내가 실전을 겪지 않았다고?"

"그럼 네가 어디서 겪었단 말이냐?"

마이클이 묻자 최철산이 핸들을 쥔 채 어깨를 부풀렸다.

"난 보코하람 군사 고문관이었다."

"그래서 여학생 8백 명을 납치했나? 병신 놈들."

"3백이야, 그리고 내가 시킨 것 아냐."

"보코하람 고문관이었다면서?"

"글쎄, 내가 시킨 게 아니었다니까 그러네."

둘은 지금 한국어로 다투고 있다. 그때 쓰러져 있던 마리안이 신음을 뱉으며 상반신을 일으켰다. 손으로 볼을 감싸 쥐고 있다.

"입 닥치고 가만있어."

마이클이 옆얼굴에 대고 말했다.

"한 번 더 입을 열었다가는 이제 10분간 기절시킬 테니까."

"너, 그 여자 죽일 거야?"

최철산이 한국어로 묻자 마이클이 역시 한국어로 대답했다.

"글쎄, 내 엄마하고 교환한다니까 그러네."

CIA국장 조지 페네타는 육군 중장 출신으로 대통령 안보보좌관을 지냈다. 따라서 역대 여느 CIA국장보다 정치적이며 영향력이 강한 인물이다. 55세, 대통령 헨리 아담스를 헨리라고 부르는 몇 안 되는 측근 중의 하나, 그 페네타가 지금 에드 캐릭튼과 로이드 마틴, 그리고 맥그로까지 국장실로 불러들였다. 벽에 붙은 세계 상황판에는 주요 지역에 시계가 부착되어 있다. 자카르타의 시간은 오후 9시 반, 미국대사 죠지 콘웰의 부인 마리안이 납치된 지 2시간 15분이 지났다. 워싱턴은 지금 오전 9시 반이다. 페네타가 눈을 가늘게 뜨고 둘러앉은 간부들을 맥그로까지 하나씩 훑어보았다. 페네타는 회의를 마치고 바로 백악관으로 들어가 브리핑을 해야만 한다. 대통령과의 브리핑 시간은 오전 11시 반, 지금 헬기는 대기 중이다. 대사 부인이 납치된 사건인 것이다.

"납치한 놈이 마이클 로한 맞아?"

페네타가 맥그로에게 다시 한 번 확인했다. 10년 전에 페네타가 소장이었을 때 한국에 주둔한 7사단 사단장을 지낸 적이 있다. 페네타의 시선을 받은 맥그로가 상반신을 폈다.

"예, 국장님."

"그 자식이 일부러 CCTV에 제 모습을 드러낸 것 같다고 했지?"

"예, 국장님."

"그런데 귀관."

"페네타가 맥그로를 똑바로 보았다.

"예, 국장님."

"귀관은 나한테 대답하기 전에 왜 캐릭튼 부국장의 눈치를 보나?"

"예?"

맥그로의 검은 얼굴이 굳어졌다. 어깨를 부풀렸던 맥그로가 다시 캐릭튼을 보려다가 말았다. 페네타가 맥그로에게 다시 물었다.

"귀관은 군 생활을 했나?"

"안 했습니다, 국장님."

"CIA훈련과정은 다 이수했지?"

"예, 국장님."

국장실의 분위기가 점점 얼어붙고 있다. 평소 잘난 체를 하던 수석 부국장 에드 캐릭튼도 입을 다물고 있다. 페네타는 군 출신답게 하극상을 용납 못 하는 인물이다. 그리고 캐릭튼의 목을 날릴 수 있는 힘이 있는 것이다. 심호흡을 한 페네타가 이번에는 로이드 마틴에게 물었다.

"부국장, 자카르타에서 작전이 진행 중인가?"

"공식적인 작전은 없습니다, 국장님."

"그럼 비공식적인 작전은 있다는 말인가?"

"비공식 작전은 전 세계에서 하루에도 수백 건씩 일어나니까요, 국장님."

"그것이 어디까지 보고가 되지?"

"B급은 담당 국장한테까지 보고됩니다."

"CIA 국장은 그럼 밥 먹고 똥이나 싸면 되겠군, 부국장."

"매월 말에 비공식 작전도 통합해서 보고를 하고 있습니다, 국장님."

그때 심호흡을 한 페네타가 의자에 등을 묻으면서 다시 물었다.

"지금 자카르타에서 일어난 사고는 비공식 작전과 관계가 있나?"

그때 캐릭튼이 헛기침을 했다. 캐릭튼은 페네타와 동갑이다. CIA에서만 30년을 근무한 캐릭튼과 페네타는 경륜 면에서 차이가 난다. 페네타는 군(軍)과 정치계를 두루 섭렵한 '여우'다. 그래서 별명이 '독수리 발톱 달린 여우'다. 대통령 안보 보좌관이었을 때 끝까지 중국을 물고 늘어져 외교부장을 사퇴하게 만든 것이 그 별명을 만들었다. 베트남과의 갈등에서 중국 외교부장이 미국을 비방한 것을 꼬투리로 잡은 것이다. 캐릭튼이 말을 이었다.

"마이클 로한은 자카르타 임무 수행 중에 CIA 동료 요원과 사적 관계로 분란을 일으켰습니다. 그래서 업무를 정지시켰는데 그것에 대해 불만을 품은 것 같습니다."

"그 동료 요원이 재크린 파머요?"

서류를 집어 든 페네타가 다시 물었다.

"둘이 파리에서부터 내연의 관계였군."

"그렇습니다, 국장님."

"재크린은 이번에 서울 대사관에서 근무하다가 작전에 차출되었고."

"자카르타의 탈레반 색출에 유용했기 때문입니다."

"그런데 둘이 잠적했군."

"작전에 실패한 데다 사적 관계까지 겹쳐 문책을 당한 것이지요."

페네타가 서류를 응시하더니 머리를 끄덕였다. 그러고는 다시 밑쪽의 서류를 들었다.

"그런데 캐릭튼 씨, 당신이 여기 맥거빈을 통해 제출한 보고서에 빠진 부분이 있어."

페네타가 서류를 읽었다.

"CIA 작전 말이야, 마이클 로한의 어머니가 마약 소지 혐의로 지금 구속되었는데 이거, 마이클을 잡으려고 만든 함정이지?"

캐릭튼은 숨을 들이켰고 맥그로의 검은 얼굴이 정말로 노랗게 변했다. 맥그로는 페네타가 자신을 맥거빈으로 부를 때부터 심상치 않은 분위기를 느끼고 있었던 것 같다. 그때 페네타가 눈으로 로이드 마틴을 가리켰다.

"나, 대통령 만나고 올 동안에 여기 있는 마틴한테 작전을 모두 털어놓도록 해요."

"누구야?"

모르는 번호였지만 자신의 전번을 알고 있었으니 요원이다. 마빈이 퉁명스럽게 묻자 수화구에서 사내의 목소리가 울렸다.

"나, 로이드 마틴이다."

"아."

놀란 마빈이 상반신을 세웠다. 오전 10시, 마빈은 미국 대사관 근처의 안가로 옮겨와 대기하고 있던 중이다. 그때 로이드가 말을 이었다.

"지금 대기 중인가?"

"그렇습니다."

"재크린은?"

"민박집에 그대로 있습니다."

"몬스터가 재크린을 연락 창구로 사용할 거다. 그러니까 재크린 옆에 붙어있어."

"그런데……."

마빈이 조심스럽게 물었다.

"부국장께서도 이번 작전에 참가하신 겁니까?"

"내가 맡았어."

숨을 죽인 마빈에게 로이드가 말을 이었다.

"에드 캐릭튼은 권한 남용, CIA법 위반으로 기소되어서 재판을 받게 되었어."

"……."

"아마 25년 형을 받게 될 거야."

"……."

"하지만 캐릭튼에 의해 임용된 요원은 당분간 현 업무를 해야겠어. 여기서 바꾸면 더 큰 혼란이 올 테니까, 이해하나?"

"이해합니다."

"지금 M 구출이 가장 큰 문제야."

"……."

"모두 입을 막아놓았지만 언제 터질지 알 수가 없어. 요즘은 언론을 강제로 막았다가는 정권이 무너져."

"……."

"국장이 백악관에서 M 구출에 대한 시간을 48시간 받았다. 48시간이 지나면 사건을 밝혀야 돼."

M은 마리안이다. 이제 자카르타에서는 만사를 다 제쳐놓고 M 작전이 벌어지고 있는 것이다. 로이드가 다시 말을 이었다.

"8시간 후에 팀이 도착할 것이다. 팀장은 부국장보 브레드 웨인, 너도 브레드의 지시를 받도록."

"예, 부국장님."

"에드 캐릭튼이 동남아를 구정물로 만들었어."

"맥그로는 이 게임에서 빠졌습니까?"

"대기 발령을 받았다."

"……"

"운 좋으면 퇴직이고 잘못되면 몇 년 살게 될지도 모르지."

"……"

"재수 없는 상사를 만나면 그렇게 돼. 마빈, 명심해라."

"명심하겠습니다, 부국장님."

"좋아. 재크린한테 가서 기다려."

그러고는 마빈의 대답도 듣기 전에 통화가 끊겼다.

"개새끼."

투덜거린 마빈이 핸드폰을 탁자 위에 던졌다. 이곳은 고급주택으로 정원에다 수영장까지 딸려 있었는데 주택 관리인은 인도네시아 여자다. 열린 베란다 유리창 밖으로 고무호스로 정원에 물을 뿌리는 여자가 보였다. 그때 탁자 위에 핸드폰이 다시 진동으로 떨었다. 손을 뻗친 마빈이 발신자를 보았다. 또 모르는 번호다. 그러나 마빈이 곧 통화 버튼을 눌렀다.

"예."

"마빈?"

낯선 사내의 목소리가 들렸으므로 마빈이 어깨를 부풀렸다. 지휘관이 로이드 마틴으로 바뀌었으니 그 휘하의 개새끼들일 것이다. 수석 부국장 에드 캐릭튼이 단칼에 목이 날아간 상황이다. 캐릭튼을 추종하던 무리들은 떨어져 나간다. 맥그로뿐만이 아니다. 마빈이 대답했다.

"그렇소."

"나, 탈레반이야."

그 순간 마빈이 숨을 들이켰다. 저절로 어금니가 물렸고 이 사이로 말이 나왔다.

"누구?"

"탈레반."

"난 IS다."

"마빈, 몬스터 제거 작전에서 M 구출 작전으로 바뀌었나?"

마빈이 핸드폰을 고쳐 쥐었다. 어떤 놈인가?

"너, 누구야?"

"탈레반이라고 했지?"

"장난 말고, 이 개자식아."

"장난 같으냐?"

사내의 목소리에 웃음이 띠어졌다.

"네 앞쪽 주택 관리인을 봐라."

머리를 돌렸던 마빈이 자리를 차고 일어섰다. 여자가 잔디밭 위에 엎어져 있다. 손에 쥔 호스에서는 계속 물이 뿜어진다.

벽에 붙어선 마빈이 눈을 부릅떴다. 관리인은 죽었다. 관리인과의 거리는 20미터가량, 관리인의 등에서 배어 나오는 피가 하늘색 블라우스를 검게 물들이고 있다. 그때 마빈이 아직도 귀에 붙이고 있는 핸드폰에서 사내의 목소리가 울렸다.

"뭐, 처음 만나는 의식이라고 치지."

"이 개새끼."

마빈이 벽에 붙어선 채로 주위를 둘러보았다. 이곳은 사각(死角) 지역으로 어느 곳에서건 보이지 않는다. 그러나 정원은 3면(面)이 저택과 빌딩으로 둘러싸였다. 이곳은 주택가였지만 1백 미터 거리에 고층 건물이 둘러싸고 있는 것이다. 마빈이 관리자를 응시하며 이 사이로 말했다.

"짐승 같은 놈, 죄 없는 관리인을 쏘다니."

"너희들은 무고한 시민을 하루에도 수천 명씩 죽이지."

"거짓말하지 마, 이 병신아."

"그건 그렇고, 마빈."

사내의 목소리가 차분해졌다.

"폐선에서 몬스터를 잡으려던 그 어설픈 계획이 실패한 후에 너희들은 작전을 바꿔야 했어."

"무슨 개소리야?"

"KCIA를 쳤어야 돼. 그래서 몬스터와의 연합을 막아야 했단 말이다."

"……."

"지금은 어떤 상황이 되었는지 아나?"

사내의 목소리에 웃음기가 띠어졌다.

"남북한이 동맹을 맺었단 말이야. M을 납치한 것은 몬스터 마이클과 또 한 놈, 그놈이 누구인 것 같나?"

"……."

"북한 특공대 장교다, 뛰어난 놈이지. 넌 이제 둘을 상대해야 돼. 몬스터 하나만으로도 벅찼는데 말이야."

"잠깐."

이 사이로 말한 마빈이 다시 물었다.

"또 한 놈이 북한 놈이라고?"

"CCTV에 찍힌 또 한 놈 말이다. 너희들이 그놈을 찾느라고 컴퓨터를 벌겋게 달궈 놓는 것 같은데 10년 동안 켜 놓아도 찾지 못할 거야."

"……."

"북한 놈들 자료가 없기 때문이지."

"나한테 뭘 원하는 거냐?"

마침내 마빈이 묻자 사내가 바로 대답했다.

"곧 몬스터한테서 너한테 연락이 올 거다. 네가 재크린 위에 엎어져 있는 동안 연락이 올 것이란 말이지."

"……."

"너, 오늘 저녁에는 다시 재크린한테 돌아가겠지? 이제 재크린 구멍 맛에 빠진 단계지, 안 그래? 병신."

"이 거지새끼들."

"파리에서 그년이 정보 분석관 윌리엄 우드의 소시지를 그곳에 담아 두고 있다가 일이 터졌지."

"본론을 말해, 이 자식아."

"네 어깨가 보인다, 마빈."

그 순간 마빈이 벽 안쪽으로 몸을 피했다. 그때 사내가 웃음 띤 목소리로 말을 이었다.

"재크린을 통해 몬스터가 연락해올 거야. 마리안하고 LA의 제 어미하고 교환을 하자고 말이야."

"그래서?"

"너희들은 끌려 다니게 되어있어. 몬스터가 시키는 대로 해야 될 거야."

"……."

"내가 방법을 제시해줄 테니까 내 조건을 들어줄 테냐? 몬스터를 잡는 방법 말이다. 마리안까지 구해낼 수 있으니 일석이조야."

"가소롭군. 탈레반하고 협상을 하잔 말인가?"

"네 보스한테 전해. 너하고는 생각이 다를 테니까 말이다."

마빈이 이제 시체로 굳어지고 있는 관리인을 보았다. 호스의 물이 저절로 움직여서 옆쪽으로 뿌려지고 있다. 사내가 말을 이었다.

"내가 몬스터하고 함께 있는 북한 놈을 통해 놈들의 은신처를 알려주겠다, 어떠냐? 신빙성이 있는 제의지?"

"……."

"너도 알다시피 우리하고 북한군 고위층하고는 동맹관계지, 어떠냐?"

사내의 목소리가 굳어졌다.

"마빈, 시간이 없다, 얼른 내 전화를 끊고 관리인의 시체를 치우기 전에 연락해. 30분 주겠다."

그러고는 통화가 끊겼으므로 마빈이 어깨를 늘어뜨렸다. 이마의 땀을 손등으로 닦은 마빈의 시선이 관리인에게로 옮겨졌다. 이윽고 어금니를 문 마빈이 핸드폰의 버튼을 눌렀다. 지금 자존심 따질 때가 아닌 것이다.

"미국 정부는 테러단체와 협상을 안 해. 그걸 알고 있으라고, 멍청아."

마리안이 다부지게 말했을 때 마이클은 잠자코 커피를 한 모금 삼켰다. 이곳은 자카르타 서북부 해안가의 마을, 국도변으로는 대부분이 상가 건물이었고 주택 단지는 안쪽이다. 이곳은 최철산이 준비한 주택단지 안 2층 시멘트 건물로 철제 대문에 '다이빙 장비'라고 간판이 붙어 있다. 다이빙 장비를 판매하는 회사인데 1층 사무실에 인도네시아인 두 명이 있을 뿐 건물은 조용하다. 마이클과 마리안이 있는 곳은 지하실로 방이 넓다. 창문이 없을 뿐 30평쯤 규모의 시멘트 방안에는 침대, 책상, 주방과 옆쪽에 샤워실과 화장실까지 갖춰졌다. 다만 문 옆쪽 벽에 천장까지 비닐포대가 쌓여 있었는데 마리안은 그것이 마약 제조용 원료 '메틸라미나'라는 것을 알 수 있었다. 마약 조직이다. 마리안이 옆쪽에 앉아있는 마이클에게 다시 말을 이었다.

"이봐, 난 미국대사 부인이야. 다시 말하지만 너희들은 지금 엄청난 일을 저지르고 있어. 지금 미국 정부가 날 찾고 있을 것이라고."

마이클이 다시 한 모금 커피를 삼켰고 마리안이 말을 이었다.

"지금도 늦지 않았어. 날 놓아주면 이곳 위치나 너희들 인상착의를 말하지 않을 테니까 날 놓아줘."

"……."

"난 너희들이 뭘 하는 인간들인지 상관하지 않을 테니까. 난 인도네시아의 병들고 가난한 사람들을 위해서 일해 왔을 뿐이야."

"……."

"큰일 나기 전에 날 풀어줘. 내가 미국대사 부인이란 건 대사관에 확인해보면 알 거야."

그때 마이클이 손목시계를 보았다. 밤 11시 반이다. 최철산은 이층 사무실에 있을 것이었다. 커피 잔을 내려놓은 마이클이 마리안을 보았다. 40대 초반쯤의 마리안은 늘씬한 키에 미모다. 컴퓨터로 조회해 보았더니 모델 출신에 워싱턴 사교계에서도 유명한 명사다. 남편인 죠지 콘웰보다도 더 영향력이 있다고 적혀 있었다. 마이클의 시선을 받은 마리안의 파란 눈동자가 깜박이지도 않았다. 맑은 하늘같은 눈동자다. 이곳에 데려온 지 4시간째, 마이클은 한마디도 대꾸하지 않았다. 마리안 앞 테이블에는 쟁반이 놓여있다. 우유와 생수병, 햄버거가 담긴 봉투가 들어있는데 마리안은 햄버거 절반만 남기고 다 먹었다. 처음에는 당황한 것 같더니 차츰 시간이 지나자 자신감을 찾은 것이다. 자신이 미국 대사 부인이라는 것을 15번도 더 되풀이하고 있다. 그때 마이클이 셔츠를 벗어 의자에 걸치면서 말했다.

"옷, 그냥 벗을래 아니면 맞고 벗을래?"

마리안이 눈썹을 모으고 마이클을 보았다. 마이클이 처음으로 말을 길게 했기 때문이다. 자리에서 일어선 마이클이 이제는 바지를 벗어 의자에 걸쳤다. 그러자 팬티 차림의 알몸이 드러났다. 마이클의 어깨 아래쪽에는 움푹 파인 상처가 있다. AK-47 총탄이 관통한 흔적이다. 붉은 살덩이가 흉하게 뭉쳐 있다. 응급처치만 하고 몇 시간 동안 방치해 놓았기 때문이다. 배에는 10센티가량 칼에 베인 상처가 붉게 남았다. 집 안에서 탈레반 결사대와 싸우다가 찔린 흔적, 결국 그 탈레반은 두 눈을 파내어 죽였지만 이 흔적도 뚜렷하다. 그리고 옆구리의 5, 6개쯤 자잘한 상처, 수류탄 파편이 찢었다. 마리안의 시선이 마이클의 상처에서 아래쪽으로 옮겨졌다. 그러고는 얼른 외면했지만 잔영이 머릿속에 남았다. 팬티를 찢고 나올 것처럼 안에서 기둥이 솟아올랐기 때문이다.

"자, 시간을 주겠다. 10초."

마이클이 이제는 팬티를 벗어 던지면서 말했다. 그러자 검붉은 방망이가 다리 사이에서 솟아올라 건들거렸다. 마리안은 처음 보는 방망이다. 지금까지 수십 명 사내를 겪었지만 이런 분위기는 물론 저런 방망이도 처음이다.

"옷을 벗지 않으면 때려서 기절시켜 벗길 거다. 어차피 당하는 건 마찬가지야."

마리안이 엉겁결에 일어섰다.

"이봐, 나는 대사 부인이야!"

입에서 터진 외침이 떨렸다.

"하나."

마이클이 한 발짝 다가가면서 카운트했다. 어깨의 흉측한 상처가 불끈거렸다.

"널 기절시켜서 잠깐 하는 것이 낫겠지?"

그러고는 마이클이 눈을 부릅떴다.

"둘, 셋, 넷……"

넷까지 빠르게 세어졌다.

"아홉, 열."

열까지 센 마이클이 발을 뗀 순간이다. 숨을 들이켠 마이클이 움켜쥔 주먹을 내리면서 마리안의 앞으로 다가가 섰다. 마리안이 셔츠를 벗기 시작했기 때문이다. 마이클에게 시선을 준 채 마리안이 셔츠 단추를 풀더니 곧 바닥으로 떨어뜨렸다. 그러자 브래지어만 찬 상체가 드러났다. 군살이 없는 몸매다. 그러나 젖가슴의 볼륨은 풍만했고 허리 곡선은 부드럽게 휘어졌다. 다가선 마이클이 스커트 지퍼를 내렸다. 스커트가 밑으로 흘러내렸을 때 마이클이 마리안의 손을 잡아 자신의 남성에 붙였다. 남성에 닿은 마리안의 손이 주춤대더니 곧 감싸 쥐었다. 마이클의 얼굴에 웃음이 떠올랐다.

"열이 올랐군, 그렇지?"

마리안은 마이클을 쏘아본 채 대답하지 않는다. 이제 마이클이 마리안의 팬티를 거칠게 잡아당겼다. 엷은 삼각팬티가 찢어지면서 벗겨졌다. 마이클이 다가서면서 한 손으로 마리안의 허리를 감싸 안았다. 그러고는 다른 손으로 골짜기를 밑에서 움켜쥐었다.

"아."

마리안의 입에서 짧은 신음이 터졌다. 어느새 얼굴이 상기되었고 눈동자의 초점이 멀어져 있다. 마이클이 그대로 마리안을 밀어 침대 위로 눕혔다. 마리안의 알몸이 침대 위로 넘어지면서 두 다리가 허공으로 치켜 들렸다. 숲과 선홍색 골짜기가 드러났다. 마이클은 야수가 초식동물을 덮치듯이 마리안의 몸 위로 올랐다. 아직 풀지 못한 브래지어도 그대로 둔 채 마이클이 마리안의 다리를 거칠게 벌리고는 가차 없이 몸을 넣었다.

"아악."

마리안이 두 손으로 마이클의 어깨를 움켜쥐면서 비명을 질렀다. 그러나 마이클은 상관하지 않았다. 오히려 더 힘껏 몸을 넣으면서 이 사이로 말했다.

"네가 대통령 부인이더라도 상관없어, 이년아."

"아아."

마리안이 응답하듯이 비명을 질렀다. 마이클은 마리안의 동굴이 순식간에 젖어 오는 것을 알 수 있었다. 처음에는 건조했던 동굴이 뜨거워지면서 물기가 배어 나오는 것이다.

"아아."

마리안의 비명이 더 커지면서 떨림이 늘어났다. 입을 딱 벌린 채 두 눈을 치켜떴지만 초점이 멀다. 마이클은 더욱 거칠게 몸을 움직였다.

"아아아."

마리안이 마이클의 어깨를 움켜쥐더니 곧 두 다리를 올리려는 몸짓을 했다. 자극을 견디기 힘들었기 때문이다. 그러더니 어깨를 쥔 손이 마이클의 허리를 감싸 안는다. 그 순간 마이클은 마리안의 동굴이 터진 것처럼 느껴졌다. 뜨거운 용암이 쏟아져 나오는 것이다. 마이클이 거칠게 허리를 움직이면서 마리안의 귀를 입안에 넣었다.

"훌륭한 몸이야, 부인."

"아아아."

마리안의 비명은 이제 탄성이다. 쾌락을 참지 못한 탄성이 비명처럼 울리는 것이다. 이제 마리안은 두 다리로 마이클의 하반신을 감았다가 허리를 들어 올려 마이클의 몸을 받으려는 시늉을 했다. 그러더니 곧 절정으로 솟아오르고 있다. 마이클의 입술이 마리안의 입을 덮었다. 그 순간 마리안이 입을 열더니 혀를 내밀었다. 마이클이 마리안의 혀를 빨면서 곧 절정에 닿는다는 것을 알 수 있었다. 이제 마리안은 쾌락의 노예가 되어있는 것이다. 이윽고 마리안이 사지로 마이클의 몸을 감아 안으면서 폭발했다. 마이클은 자신의 몸이 함께 폭발하는 느낌을 받고는 이를 악물었다. 마리안의 굳어졌던 몸이 풀리기 시작한 것은 한참 후였다. 부둥켜안은 채 누워있던 마이클이 몸을 일으키면서 말했다.

"마리안, 잡혀 있는 동안은 수시로 천국 구경을 시켜주지."

마이클이 옷을 주워 입으면서 말을 이었다.

"긴장을 푸는 데 이게 최고야. 마리안, 그렇지 않아?"

마리안은 가쁜 숨만 뱉으며 대답하지 않았고 마이클의 말이 이어졌다.

"네가 하고 싶을 때는 언제든지 말해, 마리안. 해 줄 테니까."

옷을 입은 마이클이 마리안의 옷을 집어 침대 위로 던졌다. 스커트가 날아가 마리안의 얼굴을 덮었다. 스커트를 젖히면서 마리안이 일어났을 때 마이클은 이미 방을 나간 후였다.

핸드폰이 울렸다. 오전 2시, 동시에 머리를 든 재크린과 마빈. 재크린의 핸드폰이다.

"비가 오는군."

몸을 일으킨 마빈이 창밖을 보면서 말했다. 장대비가 쏟아지고 있다. 반쯤 열린 창으로 비린 물 냄새가 가득 스며들었다. 재크린이 탁자 위에 놓인 핸드폰을 보았다. 벨이 울리면서 환해진 모니터에 번호가 드러났다. 모르는 번호다. 그러나 둘은 그것이 누구의 전화라는 것을 안다. 지금 지구 건너편의 워싱턴에서도 숨을 죽이고 있을 것이다. 그쪽은 오후 2시다. 이윽고 6번째 벨이 울렸을 때 재크린이 핸드폰을 들었다. 그때는 이미 마빈이 팬티를 주워 입고 옆쪽 의자에 앉아 시선을 주고 있다.

"여보세요."

"재크린."

마이클이다. 예상은 했지만 숨을 들이켠 재크린에게 마이클이 말을 이었다.

"요즘 바쁘지?"

"아니. 난 별로……."

재크린의 시선이 마빈을 스치고 지나갔다.

"일은 잘 돼요?"

"잘돼가. 거기 마빈, 옷은 다 입었나?"

"무슨 말이에요?"

되물었지만 재크린의 시선이 열린 창 쪽으로 옮겨졌다. 창밖은 짙은 어둠에 묻혔고 빗소리가 요란했다.

"거기 마빈 워커를 바꿔줘, 재크린."

마이클의 목소리는 부드럽다. 웃음기가 섞인 것 같기도 했다.

"옆에 있는 거 알아. 재크린, 어서."

숨을 들이켠 재크린이 핸드폰을 마빈에게 내밀었다. 마빈이 핸드폰을 귀에 붙였다.

"이봐 몬스터, 이 시간에 웬일이야? 전화라도 예의를 지켜야지."

마빈의 능글능글한 말투가 이어졌다.

"너 때문에 일을 그쳤잖아."

"어, 그런가?"

마이클이 가볍게 되물었다.

"미안하군, 마빈 워커. CIA 집행관이 되더니 여자만 보면 타고 싶은 모양이다."

"어, 미안해. 남의 차를 탔나?"

"참, 본론에 들어가기 전에 마빈 워커."

마이클이 서두르듯 말을 이었다.

"그러니까 지금부터 정확히 25분쯤 전에 뉴욕에 사시는 네 아버지 조셉 워커 씨가 부르클린 주유소 화장실에서 총격을 받아 돌아가셨다. 몸에 총탄은 7발이나 맞았는데 지갑을 빼앗겼어."

"……"

"경찰은 강도 소행으로 결론지었더군."

"……."

"나하고 통화 끝나고 네 어머니한테 연락해봐라. 네 어머니도 아마 지금쯤 통보를 받고 계실 거다. 안 됐다, 집행관."

"……."

"자, 그럼 본론을 말하지, 집행관."

"잠깐."

마빈이 눈을 부릅뜨고 핸드폰을 고쳐 쥐었다.

"이 새끼, 장난하지 말고……."

"이 병신, 곧 확인이 될 테니까 기다려."

"야, 이 개자식."

"오늘밤까지 내 어머니를 석방시키지 않으면 마리안의 시체가 자카르타 시내에 던져진다. 오늘밤 10시야, 자카르타 시간 10시니까 LA 시간은 내일 오후 1시가 되겠다. 이상이다."

"잠깐만."

마빈이 소리쳤다.

"너, 내 아버지 이야기……."

"사실이야."

마이클의 목소리에 웃음이 띠어졌다.

"조셉 워커, 68세. 피살 장면을 핸드폰으로 보낼 테니까 감상해."

그러고는 통화가 끊겼으므로 마빈이 옆에 앉은 재크린을 보았다.

"이 개자식이……."

"무슨 일이야?"

재크린이 묻자 마빈이 손에 쥔 핸드폰을 노려보았다.

"무슨 말을 한 거야?"

그때 핸드폰이 울렸으므로 마빈이 발신자를 보았다. 이번에는 다른 번호다. 마빈이 다시 핸드폰을 귀에 붙였다.

"여보세요."

"마빈, A지점으로 옮겨. 지금 즉시."

현재 통제를 맡고 있는 부국장보 브레드 웨인의 목소리다. 숨을 들이켠 마빈에게 브레드가 차가운 목소리로 지시했다.

"그쪽이 노출된 상태야. 미끼를 놔두고 옮겨!"

"알았습니다, 그런데……."

"네 부친 사건은 우리가 확인해보겠다."

브레드가 억양 없는 목소리로 말했다. 그도 모르고 있는 사건인 것이다.

마이클이 다가가자 최철산이 몸을 돌려 발을 떼었다. 오전 3시 10분, 장대비가 그치더니 밤하늘에 별이 드러났다. 맑고 신선한 공기가 폐를 씻어내는 것 같다. 건물 밖 처마 밑에 선 최철산이 하늘을 올려다보았다.

"내일 아침에 다시 한바탕 쏟아지겠군."

최철산이 혼잣소리처럼 말하더니 주머니에서 담배를 꺼내 입에 물었다. 옆에 나란히 선 마이클이 시멘트벽에 등을 붙였다. 폭우가 쏟아진 바람에 마당은 물바다가 되어있다. 주변은 조용하다. 담배 연기를 길게 내뿜은 최철산이 머리를 돌려 마이클을 보았다.

"마리안을 해치웠어?"

"어떻게 알아?"

"내가 교대해 들어갔더니 얼굴을 붉히면서 시선을 피하더군."

최철산의 얼굴에 웃음이 떠올랐다.

"방안에 정액 냄새가 가득 차 있고 말이야."

"응, 그 여자가 유혹해서."

"하하. 자식, 거짓말은."

소리 내어 웃은 최철산이 담배 연기를 다시 길게 뿜었다.

"너도 참 별종이다."

"별종이 뭐야?"

"별난 놈이라는 뜻이야."

"별난 놈은 또 뭐고?"

"너 한국말은 잘하면서 왜 그래?"

"한국말은 어머니한테만 배웠거든. 어머니하고 둘이만 한국말을 써서 그래."

"……."

"어머니가 고집이 대단하셨지. 어렸을 때부터 집에 오면 어머니하고 한국말로만 대화를 했으니까. 영어를 한마디라도 하면 맞았다."

"대단한 어머니시군."

"지금 마약 공급책 누명을 쓰고 잡혀있어, 죄도 없는 어머니가."

"미국 정부는 인질 교환을 안 할 거야."

"그럼 대사 부인은 죽는다. 내가 시간을 오늘밤 10시까지 정해놓았어."

"……."

"10시 지나서 우리 어머니 석방시켰다는 보도가 나지 않으면 저 여자 죽여서 시내에 던져 놓을 거다."

"연락이 왔어."

다시 담배 연기를 내뿜은 최철산의 눈이 어둠 속에서 번들거렸다.

"상부에서 말이야."

"……."

"내 위치를 알려달라는 거야."

"왜?"

"널 배신하라는 것이지."

"……."

"외부에서 압력이 들어온 것 같다."

"어딘데?"

"탈레반."

숨을 들이켠 마이클의 얼굴에 서서히 웃음이 떠올랐다.

"그렇지. 너희들하고 탈레반 관계가 밀접하지."

"탈레반하고 CIA가 이번에는 너를 잡으려고 손을 잡았어."

"……."

"상부에서는 이유를 밝히지 않았지만 어쩔 수 없이 제의를 받아들인 것 같다."

"그래서?"

"이곳 위치를 알려줬어."

"……."

"10분 전이다."

담배를 앞쪽 물웅덩이에 내던진 최철산이 어깨로 마이클의 어깨를 툭 쳤다.

"가자."

"어디로?"

"놈들이 모르는 곳으로."

마이클의 어깨를 손으로 움켜쥔 최철산이 건물 안으로 당겼다.

"서둘러, 마리안만 싣고 떠나자. 그놈들의 정찰위성이 10분쯤 후에는 작동할 테니까."

그로부터 5분 후에 '다이빙 장비' 회사 철문을 나온 승합차 1대가 주택가를 나와 국도로 들어섰다. 운전석에 앉은 사내는 최철산이었고 뒤쪽에 마이클과 마리안이 앉았다. 국도에는 드문드문 차가 오가고 있었으므로 승합차는 거침없이 남하했다. 20분쯤 달리고 났을 때 조금 긴장이 풀린 최철산이 백미러로 마이클을 보았다.

"너, 일 끝나고 한국으로 돌아갈 거냐?"

"한국?"

놀란 듯 마이클의 눈이 커졌다.

"왜 한국이냐?"

"인마, 네가 한국 놈이니까 그렇지."

"내가 왜 한국 놈이야? 얼굴만 비슷했지 절반은 미국, 아니 스코트랜드계다."

"어쨌거나 넌, 갈 곳이 그곳뿐이다."

그러더니 최철산이 혼잣말을 했다.

"난 배신자가 되어서 갈 곳이 없다."

5장 도망자

"북한 놈이 이쪽 지리에 익숙한 것 같습니다."

자카르타 현지요원 하딩이 상황판에서 시선을 떼고 말했다.

"승합차를 버린 지점에서 반경 50킬로를 훑었지만 CCTV에 잡힌 건 없습니다."

물론 위성에도 잡히지 않았다. 위성 탐색은 능동적이지 못하고 목표를 콕 정해주고 추적을 맡겼을 때에야 효력이 나타난다. 그래서 위성탐색 요원들은 제가 다루는 위성을 '눈 밝은 멍청이'라고 부른다. 상황실에는 브레드 웨인을 중심으로 집행관 마빈을 포함한 10여 명의 CIA 간부급 요원들이 모두 모여 있다. 오전 8시 반, 마이클과 북한군 특공대 중좌 최철산이 마리안을 데리고 도망친 지 5시간이 넘었다. 브레드의 시선이 마빈에게로 옮겨졌다.

"재크린은 어때?"

"대기 중입니다."

애매하게 말했지만 재크린 옆에는 감시 역으로 여성 현지 요원 하나, 집밖에 요원 셋이 배치되어 있다. 브레드는 마이클이 다시 재크린에게 연락해올 가능성을 묻는 것이다. 그때 구석 쪽 요원이 무선전화기를 들고 브레드에게 다가왔다.

"부국장보님, 국장 전화입니다."

국장 조지 페네타다. 모두 입을 다물었고 기계음까지 조용해진 느낌이 들었을 때 전화기를 받아든 브레드가 응답했다.

"예, 브레드 웨인입니다."

"진전 사항은?"

페네타가 거칠게 물었다. 부국장 로이드 마틴도 통하지 않고 직접 확인하고 있다. 그만큼 상황이 급한 것이다.

"예, 지금 수색 중입니다만……."

"지금 몇 시간째 수색 중이야?"

송화구에서 울리는 페네타의 목소리가 주위 사내들에게 다 들렸다.

"예, 반경 50킬로에서 150킬로까지 확대해서……."

당황한 브레드가 허둥대며 말했다.

"인도네시아 군경의 협조를 받아서 전체 CCTV를 체크하고……."

"그 협력자하고는 연락이 되었나?"

지금 페네타는 탈레반 협력자를 묻는 것이다. 브레드의 시선이 마빈을 스치고 지나갔다. 탈레반의 정보는 마빈이 받은 것이다. 그러나 마빈은 탈레반 접촉자의 전화번호도 모른다. 이쪽에서 지난번 전번을 추적해서 연락해 보았지만 불통이다.

"시도했지만 안 됩니다, 국장님."

"그놈들도 위성을 쓰고 있어."

페네타가 이 사이로 말을 이었다.

"그리고 북한 놈들도 그 배신자 놈을 지금 추적하고 있어. 자카르타로 북한 놈들이 모이고 있단 말이야.”

“…….”

“일이 묘하게 되어간다. 두 남북한 배신자 놈들을 북한하고 그 탈레반 놈들까지 쫓는 형국이 되었는데.”

숨을 돌린 페네타의 목소리가 낮아졌다.

“대통령께 보고했지만 몬스터 어머니 석방은 안 돼. 이건 아주 미묘한 문제란 말이다.”

“예, 알고 있습니다.”

브레드가 소리 죽여 숨을 뱉었다. 대통령은 아직 마이클 로한, 본명 제임스 진의 어머니가 마약 공급책으로 조작되어 수감된 줄을 모르고 있는 것이다. 페네타도 나중에야 그 사실을 알았지만 터뜨렸다가는 CIA 존립이 문제가 될지도 모른다. 언론이 대서특필하고 의회에서 청문회를 시작하면 살아남을 간부는 몇 명 되지 않는다. 그런 상황에서 마이클이 대사 부인을 납치해버렸으니 문제가 더 폭발성을 띠게 되었다. 대사 부인과 맞교환을 하면 혐의가 조작되었다는 것이 노출될지도 모른다.

“찾아.”

페네타가 안간힘을 쓰듯이 말했다.

“3시간 안에 2개 팀이 도착할 테니까.”

페네타는 동남아에서 다시 지원팀 2개를 편성해서 보낸 것이다. 통화가 끝났을 때 브레드가 주위를 둘러보며 말했다.

“남북한 대사관의 모든 통신을 체크해. 모든 직원에게도 감시를 붙이고.”

어깨를 부풀렸다가 내린 브레드가 말을 이었다.

"대사관 직원들에게 입단속을 철저히 시킬 것. 여기서부터 말이 새나가면 안 된단 말이야."

납치된 지 이틀째가 되는 것이다. 요원들이 흩어졌을 때 브레드가 혼잣소리처럼 말했다.

"내가 북한 놈들을 믿다니 잠깐 미쳤던 것 같군. 그런 개판인 놈들을."

그 말을 들은 마빈이 쓴웃음을 지었다. 마이클에게 보낸 정예요원이 배신하리라고는 북한 당국도 예상하지 못하고 있었을 것이다. 어쨌든 개판이 맞다.

LA 교도소, 2층 건물인 여자용 교도소는 뒤쪽이 숲이어서 바람이 불면 짙은 나무 냄새가 맡아진다. 진영옥은 성경책을 내려놓고 숨을 들이켰다. 나무 냄새가 났다. 약간 매운 냄새가 섞였지만 수원 근처의 고향집에서 맡던 냄새와 비슷했다. 35년 전이다. 지난 일들이 빨리 돌린 필름처럼 머릿속을 지나다가 갑자기 뚝 그쳤다. 아들 제임스가 찾아왔던 때, 1년 전이다.

"어머니, 이거."

제임스가 군용 배낭에서 꺼낸 신문지에 싼 뭉치. 탁자 위에서 신문지를 펼치자 돈뭉치가 나타났다. 1백 불짜리 돈뭉치, 진영옥은 평생 처음 보는 돈이다. 1백 불짜리 한 뭉치가 1만 불. 제임스가 뭉치를 하나씩 손끝으로 세더니 진영옥 앞에 턱, 내려놓았다.

"어머니, 14만 불이야. 내가 지금까지 군대에서 번 돈이라고."

제임스의 두 눈이 번들거리고 있다. 제임스는 군복 차림, 소매에 상사 계급장이 붙어 있다.

"이 돈으로 식당을 해. 저금을 해놓고 써. 그렇지, 나하고 같이 은행에 가자."

진영옥은 숨만 삼켰고 제임스의 목소리가 이어졌다.

"내가 알아보았더니 이 돈으로 작은 식당을 오픈할 수는 있어."

진영옥은 아직도 대답하지 않았다. 제임스가 군인이 된 지 10년이 넘었다. 그동안 모은 돈일 것이다. 진영옥은 제임스가 나쁜 짓으로 번 돈은 아닐 것이라고 믿었으므로 걱정은 되지 않았다. 다만 감동이 일어나서 사지가 늘어졌을 뿐이다. 감동이 크면 그저 몸이 붕 뜬 것 같고 숨도 쉬는 것 같지 않다는 것을 처음 알았다.

"1시간 동안 휴식."

스피커에서 간수의 목소리가 들리더니 철문이 철컹이며 열렸다. 오후 3시, 1시간 동안 감방 2층을 산책하거나 독서실, 체육관, 세탁소까지 들를 수 있는 시간이다. 갑자기 건물 안이 소란스러워지면서 복도로 죄수들이 쏟아져 나왔다. 미결수들이다. 진영옥은 천천히 걸어 세탁실로 다가갔다. 오늘로 LA 교도소에 수감된 지 16일째, 영문도 모르는 사이에 마약 운반책 누명을 쓰고 마약 수사대에 체포된 것이다. 진영옥은 이것이 음모라고는 꿈에도 생각해본 적이 없다. 착오가 있었을 것이다. 마약범이 집에 잘못 들어와 마약을 놓고 간 것이 이렇게 되었다. 미국은 공명정대한 나라다. 그리고 내 아들은 미국 군인으로 10년이 넘게 국가에 봉사하고 있는 애국자다. 진영옥은 변호사에게 수십 번 제임스가 미군 상사라는 것을 강조했다. 세탁실로 들어선 진영옥은 들고 온 세탁물을 빈 세탁기 안에 넣고 버튼을 눌렀다. 세탁실 안에는 7, 8명의 여 수감자가 들어와 있었는데 흑인이 서너 명, 멕시코계가 두 명, 백인이 두 명이었다. 저희들끼리 모여서 떠들썩하게 지껄이던 여자들이 진영옥을 힐끗거렸다.

"안녕."

진영옥이 그들에게 건성으로 머리를 끄덕여 보이고는 구석 쪽 의자에 앉았다. 이제 나이가 63세, 미국 생활 32년이다. 교도소는 처음이지만 온갖 풍상을 겪은 터라 기가 죽는 진영옥이 아니다. 그때 세탁실 안으로 백인 셋이 들어섰다. 셋 다 미결수복을 입었는데 모여 있는 여자들에게 다가가더니 수군대듯 말했다. 그러자 떠들던 여자들이 깔깔대고 웃었다. 그 순간이다. 세탁실의 불이 꺼졌으므로 주위가 순식간에 어두워졌다. 한낮이었지만 이곳은 창문도 없는 건물 안이다. 이맛살을 찌푸린 진영옥은 누가 장난을 친다고 생각했다. 들어온 붉은 머리 백인 여자들이다. 그때였다. 진영옥은 옆구리에 격심한 통증을 느끼고는 숨을 들이켰다. 흉기에 찔린 것이다.

"악!"

저도 모르게 비명이 터졌고 이번에는 진영옥이 가슴에 불덩이가 뚫고 들어오는 느낌을 받았다.

"아악!"

자신의 비명을 들으면서 진영옥의 눈앞에 아들 제임스의 얼굴이 떠올랐다. 웃는다. 제임스가 밝게 웃고 있다.

"으악!"

가슴에서 불덩이가 빠져나갈 때 지독한 고통이 몰려왔으므로 진영옥은 다시 신음했다.

"제임스!"

진영옥이 악을 쓰며 불렀다.

"제임스!"

다시 한 번 가슴에 통증이 왔다. 칼이다. 칼로 다시 찌른 것이다. 진영옥은 손을 뻗어 앞에서 어른거리는 여자의 옷을 움켜쥐었다.

"제임스!"

비명 대신 다시 아들 제임스의 이름을 부르면서 진영옥은 옷깃을 움켜쥔 채 바닥에 쓰러졌다. 움켜쥐었던 옷깃이 빠져나갔고 진영옥은 바닥에 누워 긴 숨을 뱉었다. 이제 통증은 느껴지지 않는다. 눈앞의 제임스가 다시 웃고 있다. 진영옥이 제임스를 향해 따라 웃었다.

"제임스, 내 아들."

"어머니."

제임스가 한국어로 불렀으므로 진영옥은 기뻐 말했다.

"내 아들, 제임스."

진영옥은 눈을 감았다.

"으으음."

CIA국장 조지 페네타가 진영옥의 피살 사건을 보고받자마자 내뱉은 신음이다. 비명이라고 해도 맞을 것 같다. 반쯤 입을 벌린 페네타의 얼굴이 하얗게 굳어졌고 눈동자의 초점도 멀어졌다. 앞에선 사내는 부국장 로이드 마틴, 마틴의 얼굴도 정상이 아니다. 보고를 받자마자 옆방인 이곳으로 달려왔는데도 어깨를 들썩이며 가쁜 숨을 뱉고 있다.

"죽었어?"

페네타가 확인하듯 묻자 마틴이 시선을 내렸다.

"예, 심장을 두 번이나 찔렸습니다."

"범인을 잡았다고?"

"예, 미결수 셋인데 아무래도……."

"뭐야?"

"전과 5, 6범에 셋이 동시에 교도소에 온 것이 의도적인 것 같습니다. 살해 목적으로 일부러 들어온 것이지요."

"누구야?"

"몬스터가 M을 살해하도록 만들려는 작전 같습니다."

"글쎄, 누가 말이야!"

페네타의 목소리가 높아졌고 이제 얼굴이 붉어졌다.

"그 개자식, 에드 캐릭튼이 만들어놓은 함정이 잘 돼 간다. 그 자식은 25년도 부족해!"

손바닥으로 책상을 친 페네타가 소리쳤다.

"종신형을 받아야 해! 그 병신은!"

"국장님."

"뭐야!"

"곧 TV에서 방영할 것 같습니다."

그 순간 숨을 들이켠 페네타가 마틴을 보았다. 마틴도 숨을 죽인 채 페네타를 마주보았다. 이윽고 페네타의 입이 떼어졌다.

"큰일 났다."

"탈레반의 짓입니다. 그것을 알려야 합니다."

"언론사에 정보를 줘."

"세 년의 증거가 아직 없습니다."

그때 페네타가 손바닥으로 책상을 두드렸다.

"만들어!"

"예, 국장님."

"완벽하게 해야 돼."

"예, 국장님."

"빨리 나가, 서둘러!"

이제는 마틴이 대답도 하지 않고 몸을 돌리더니 방을 나갔다. 한동안 문 쪽을 바라보던 페네타가 앞에 놓인 전화기를 들었다. 도청방지장치가 완벽하게 되어 있었지만 페네타는 주의 깊게 장치가 켜진 것을 확인하고 버튼을 눌렀다. 신호음이 네 번 울리더니 국토안보부장 찰스 벤슨의 목소리가 울렸다.

"아, 찰스, 문제가 있어."

페네타가 대뜸 말하자 벤슨은 가만있었다.

"조금 전에 LA 교도소에서 피살 사건이 일어났는데……."

상황을 설명해준 페네타가 곧 용건을 꺼냈다.

"그 여자가 몬스터 어머니야. 탈레반 놈들이 그 세 년을 시켜 죽인 것이야."

"……."

"몬스터가 M을 죽이도록 유도한 거야."

"……."

"그래서 그 세 년이 탈레반이라는 증거를 언론에 내보이기로 했어. 로사 진, 한국명 진영옥이 탈레반의 공격을 받아 살해되었다고 함께 보도가 나가는 거야."

"그래서 나더러 어쩌라는 거야?"

마침내 벤슨이 물었다. 벤슨도 군 출신으로 예비역 해군 대장이다.

"도대체 너희들 CIA 하는 것이 동네 경찰서보다 서툴러."

"닥쳐, 찰스. 지금 남 욕할 때가 아니다. 국가 위신에 관한 문제야."

"잘 한다, 너. 교도소의 한국 여자, 몬스터 잡으려고 누명을 씌우고

272

잡아넣은 거지?"

"닥치고 내 말 들어. 국토부에서 그 세 년이 탈레반이라는 성명을 내줘."

"미쳤군."

"시급해, 찰스. 그 미친놈이 M을 살해하면 정권이 흔들린다."

"보스는 알고 있는 거냐?"

보스는 바로 대통령이다. 그때 페네타가 이 사이로 말했다.

"병신 같은 놈들이 저질러 놓았지만 내가 책임을 질 거야. 보스한테 보고하지는 않았어."

"……."

"그 자식들은 월권, 사건 조작 혐의로 검찰에 넘겼지만 로사 진 내용은 뺐어. 다, 내가 나중에 책임질 거다."

"좋아, 그렇다면."

한숨 소리를 낸 벤슨이 말을 이었다.

"내가 증거를 만들어주마. 너희들하고 같이 발표를 하지."

"부국장 로이드 마틴이 곧 연락할 거야."

"이쪽은 제임스 카터 부국장이야, 둘이 상의하도록 하지."

"고마워, 신세 잊지 않겠다."

전화기를 내려놓은 페네타가 다시 내선 전화기를 들었다. 로이드 마틴에게 국토부 담당자를 알려주려는 것이다. 페네타의 이마에 땀방울이 솟아나 있다.

TV를 응시한 채 마이클이 움직이지 않는다. 방안은 조용하다. 옆쪽에 선 최철산도 숨을 죽이고 있다. 방구석에 쪼그리고 앉은 마리안의 눈동자는 초점이 흐려져 있다. 방금 마이클이 음소거를 시켰기 때문에 TV에서는 인도네시아 아나운서가 물고기처럼 입만 벙긋거리고 있다. 오전 10시 반, 방금 셋은 인도네시아 방송에서 중계한 CNN의 보도를 듣고 보았다. CNN 아나운서는 영어로 보도를 했는데 신바람 나는 표정이었다.

"LA 여자 교도소에서 마약사범으로 수감 중이던 로사 진이 피살되었습니다."

그러고는 로사 진의 사진이 화면에 비쳤다. 우연히 셋은 함께 TV를 보았다. 10분 전이다. 마이클은 우두커니 화면을 응시했으며 마리안은 몸을 웅크렸고 최철산이 눈을 치켜뜨고 TV 앞으로 한 걸음 다가섰다. 방안이 조용해지면서 아나운서의 목소리가 더 크게 울렸다.

"로사 진은 세탁실에서 흉기에 찔려 현장에서 사망했는데 범인 셋은 근처에서 잡혔습니다."

아나운서는 여자로 아름답다. 둥근 눈이 웃는 것 같고 목소리는 점점 더 커졌다. 흥분을 참지 못하는 것처럼 보였다.

"범인 엘리스, 마가렛, 쥬리안은 탈레반 동조자로 체포된 경력이 있는 테러 '용의자'입니다. 당국은 그들이 탈레반 수뇌로부터 지시를 받고 행동했다는 유력한 증거를 확보했다고 합니다."

그리고 다시 로사 진의 웃는 얼굴의 사진이 화면에 미 대사관 다른 사건으로 넘어간 것이다. 그것이 10분쯤 전, 그때부터 마이클이 TV의 음소거를 시키고는 다른 장면이 펼쳐진 화면을 들여다보고 있었던 것이다. 이곳은 자카르타 서남방 170킬로 지점인 바닷가의 우궁마을, 국도에서 3백 미터쯤 떨어진 어촌이다. 그들이 들어있는 집은 통나무집이지만 2층으로 1층은 창고다. 바깥 계단을 올라와야 2층에 닿는데 방이 넓었고 사방에 창문이 나서 시원하다. 이곳은 최철산이 5년쯤 전에 홍콩에서 수금원으로 고용했던 마크라의 처갓집이다. 마크라는 2년쯤 전에 사고로 죽었지만 최철산이 자카르타에 오면서 주소를 적어놓았던 것이다. 지금 마크라의 처가 식구들은 옆집으로 옮겨갔고 철저히 함구하고 있다. 마크라가 마약 조직에서 일한 것을 아는 터라 주의시킬 필요도 없다. 그때 마이클이 어깨를 부풀리더니 최철산을 보았다.

"너, 안 나가?"

"응?"

놀란 최철산이 눈동자의 초점을 잡고 마이클을 보았다. 마이클이 눈으로 문 쪽을 가리켰다.

"나가서 점심이나 먹고 와."

"응? 왜?"

둘은 지금 한국말을 하고 있다. 최철산의 시선이 마리안을 스치고 지나갔다.

"너, 뭐하려고?"

"쪼그리고 앉아 있는 것을 보니까 갑자기 그 생각이 나서 그래."

"이, 이런……."

"나가, 이 자식아."

"너, 혹시 이 여자를……."

"지금 죽이지는 않아."

"안됐다, 정말."

최철산이 뒤늦게 진영옥의 죽음을 애도했다.

"좋은 곳에 가셨을 거다. 현장에서 가셨다니까 큰 고통은 없으신 것 같다."

"나가 봐."

"진정하고 오후에 다시 이야기하자, 응?"

"이년하고 떡을 세게 치고 나면 좀 나아질 거야."

"너 떡이라는 말은 어디서 배웠어?"

"한국 비디오테이프에서."

"어쨌든……."

"나가, 이 자식아."

마이클이 눈을 부릅뜨자 최철산은 몸을 돌리더니 계단을 내려갔다. 그때 마이클이 마리안에게 영어로 말했다.

"마리안, 벗어."

숨을 들이켠 마리안이 마이클을 보았다. 어깨를 움츠렸고 쪼그리고 앉은 무릎은 두 팔로 감싸 안았다. 맨발이어서 발가락이 가지런하게 펼쳐있다.

"홀랑, 팬티까지 다 벗어."

"저기……."

마리안이 갈라진 목소리로 입을 열었다가 곧 몸을 굳혔다. 자리에서 일어선 마이클이 옷을 벗기 시작했기 때문이다. 셔츠를 벗어 던졌고 바지와 팬티를 동시에 벗어서 팽개쳤다. 그러자 알몸이 드러났다. 그리고 어느새 발기된 남성이 건들거리고 있다. 마이클이 선 채로 마리안을 노려보았다.

"일어나, 그리고 벗어!"

그때 마리안이 비틀거리며 일어섰다. 마이클을 응시했지만 눈동자의 초점이 멀다. 그러나 마리안도 셔츠를 벗었고 곧 브래지어도 벗어 내려놓았다. 젖가슴이 출렁거리고 있다. 그러고는 마이클의 시선을 잡은 채 바지 지퍼를 내리고 밑으로 내렸다. 곧 바지가 무릎 밑으로 내려가더니 긴 다리가 드러났다. 바지가 방바닥에 구겨 벗겨지자 이제 팬티 차림이다. 마리안은 홀린 듯이 팬티를 끌어내려 벗었다. 그 순간 검은 음모가 드러났다. 선홍빛 골짜기도 보인다. 그때 마이클이 말했다.

"누워, 이년아."

마리안이 몽유병 환자처럼 그 자리에 누워 다리를 벌려 맞을 채비를 한다. 그러고는 다가오는 마이클을 올려다보았다.

"아아, 여보, 여보."

마리안의 신음이 터졌다. 이를 악물고 참다가 견디지 못하고 터진 것이다. 한 번 터지자 이제는 걷잡을 수가 없다. 제방이 무너진 것 같다.

"아이구, 여보, 여보."

쾌락의 신음이 더 커졌고 몸부림도 더 격렬해졌다. 비상한 상황이 마리안의 흥분을 더 배가시킨 것 같다. 인간은 공포 상황에서 더 성욕을 느낀다는 말도 들은 적이 있다. 마이클은 마리안과는 반대다. 몸은 불덩이가 되어있지만 머릿속은 얼음덩이다. 어머니의 얼굴이 눈앞에서 떠나지를 않는다. 돈뭉치를 받아들고 활짝 웃던 어머니, 14만 불은 마이클이 8년 동안 들었던 적금과 저금, 그리고 연금 일부를 모은 것이다.

"아아, 여보, 여보, 나 죽어."

마리안이 벌써 두 번째 절정에 오르고 있다. 한 번 끝까지 올랐다가 바로 체위를 후배위로 바꾸고 나서 다시 치솟고 있는 것이다. 마이클은 마치 증기 기관차의 피스톤 같다. 지치지도 않고 같은 힘으로 반복해서 공격하고 있다. 엎드린 채 엉덩이를 추켜올렸던 마리안이 다시 앞쪽 마룻바닥을 두 손으로 쥐어뜯으면서 폭발했다.

"으아악, 여보!"

마리안의 동굴이 무섭게 수축했으므로 마이클의 정신이 돌아왔다. 정신은 차가웠지만 몸은 땀에 젖었다. 앞쪽에 내려다보이는 마리안의 등판도 땀으로 번들거리고 있다. 마리안의 몸이 떨기 시작했다. 절정이 이어지고 있는 것이다. 마이클은 마리안의 절정을 즐기도록 움직이지 않았다. 지금 이 여자는 죽음의 공포를 잊었다. 쾌락으로 뒤덮여 다 잊고 있는 것이다. 이윽고 마이클이 마리안의 허리를 움켜쥐고는 몸을 돌려 다시 눕혔다. 신음을 뱉으면서 마리안이 네 활개를 펴고 다시 누웠다. 마이클이 마리안의 몸 위에 엎드리면서 말했다.

"이러다가 죽으면 행복한 죽음이야."

"아악."

다시 몸이 합쳐진 순간 마리안이 탄성 같은 비명을 질렀다. 방안은 창문이 트여 있는데도 비린 정액의 냄새가 덮였고 습기가 찼다. 다시 마리안의 거친 숨소리와 신음이 이어지고 있다. 그 시간에 홍콩 총영사관의 이수철 영사는 지엔사쥐의 루비호텔 객실에서 두 사내와 마주보고 앉아있다. 두 사내는 각각 로널드와 마크라고 이름을 밝혔지만 이수철은 건성으로 들었다. 다만 한 사내가 내민 신분증 번호만을 확인했다. 사내들은 CIA 요원이다. 두 시간쯤 전에 해외작전국장 원경호한테서 CIA 요원을 만나보라는 지시를 받은 것이다. 원경호는 거두절미하고 만나라고만 했지 별도 지시는 하지 않았다. 그때 로널드란 사내가 말했다.

"아시죠? 마이클 로한 옆에 있던 북한 측 요원이 배신했다는 것 말입니다."

278

"모릅니다."

이수철이 내가 알 필요가 있느냐는 표정을 짓고 시선을 주었다. 그때 로널드가 다시 물었다.

"마이클이 인도네시아 주재 미국대사 부인 마리안을 납치해간 것도 모르십니까?"

"모르는데요."

이수철의 담담한 표정을 본 로널드가 쓴웃음을 지었다.

"그럼 마이클의 어머니 로사 진이 LA 여성 교도소에서 피살당한 것도 모릅니까?"

"내가 그걸 다 알아야 합니까?"

"너무 모르셔서 말이오."

"내가 지금 CIA 신입사원 시험 보는 겁니까?"

"이봐요."

마크라는 금발 머리 사내가 나섰을 때 로널드가 손을 들어 막았다. 로널드는 검은 머리, 검은 눈동자에 피부도 거무스름하다. 멕시코계 같다. 로널드가 다시 말을 이었다.

"우리가 도움을 요청하려고 왔습니다."

"나한테 말입니까?"

"KCIA지요."

"허, 그럴 일도 있습니까?"

"마이클 로한한테서 연락이 오면 LA 교도소 사건은 탈레반 공작임이 분명하다는 말을 전해 주시지요."

로널드가 똑바로 이수철을 보았다.

"이건 심각한 문제입니다. 미·한 양국이 탈레반의 함정에 빠지면 안 됩니다."

"……."

"우리는 그것이 탈레반의 소행이라는 증거를 갖고 있습니다. 그것을 보여드릴 용의도 있습니다."

"누구한테 말입니까?"

"마이클 로한, 아니 제임스 진한테 말입니다."

그때 이수철이 의자에 등을 붙이고는 길게 숨을 뱉었다.

"나는 마이클인지 제임스인지 그게 누군지 모릅니다. 처음 듣는 이름이오."

이수철이 둘의 얼굴을 번갈아 보았다. 눈이 흐려져 있다.

"한·미 양국은 동맹국이죠. 어려운 일은 도와야 합니다, 그런데 이번 일은 저희들하고 전혀 상관없는 일 같습니다."

로널드와 다른 사내를 번갈아 본 이수철이 천천히 머리를 젓고 나서 자리에서 일어섰다.

"누가 뭐라고 해도 난 모르는 일입니다, 그럼 이만."

로널드와 다른 사내가 서로의 얼굴을 보더니 낭패한 얼굴로 따라 일어섰다.

"어떻게 된 겁니까?"

이수철이 묻자 고성준이 입맛부터 다셨다.

"나도 모르겠소."

"그게 말이 됩니까?"

어깨를 부풀린 이수철이 고성준을 노려보았다가 외면했다. 이곳은 홍콩섬 남쪽의 유람선 안이다. 5인승의 낡은 유람선 안에 이수철과 고성준이 타고 있는 것이다. 이수철이 만나자고 했더니 고성준이 유람선을 가져왔다. 그러고는 해변에서 2백 미터쯤 떨어진 바다에 띄워놓고 이야기를 시작한 것이다. 물론 조타석에는 북한인이 서 있다. 도청을 걱정하는 모양이지만 이수철이 보기에는 신경과민이다. 이래서 도청방지가 되리라고는 초등학생도 못 믿을 것이다. 오후 7시 반, 주위는 어둠에 덮였지만 홍콩 앞바다는 휘황한 불빛에 덮였고 소란하다. 수시로 유람선과 통근선이 옆을 지나는 바람에 5인승 유람선이 흔들린다. 그때 이수철이 말을 이었다.

"내가 CIA 요원들한테 추궁을 당하다시피 했단 말입니다. 그 자식들은 우리가 연합한 것을 알아요. 탈레반 놈들이 그것을 CIA 측에 알려줬고 말입니다."

"탈레반이 말이오?"

눈을 부릅떴던 고성준이 다시 시선을 내린 것은 본인도 대충 알고 있다는 표시로 보였다. 다시 이수철이 말했다.

"거기 최 중좌가 이탈한 것은 확실하지요?"

"아 글쎄, 난 손을 털었소."

"탈레반 측의 요구로 최 중좌에게 마이클 로한의 위치를 밝히라는 지시를 내렸지요?"

"최 중좌, 그 동무에게 내 영향력이 미치지 않소."

"이런 젠장."

"뭐요?"

"그래서 최철산이 마이클과 함께 인도네시아 대사 부인 마리안을 데리고 잠적했다는 것 아뇨?"

"난 모르겠소."

"당신들이 탈레반의 부탁을 받은 것 확실하죠?"

"내가 모르는 일이오."

"모르면서 오늘 여긴 왜 나왔소?"

"동무가 만나자고 했으니까."

"LA 교도소에 잡아놓았던 마이클 어머니 로사 진이 피살된 것도 모르시오?"

고성준은 입을 다물었고 이수철이 말을 이었다.

"CIA가 뒤집혔어. 부랴부랴 그것이 탈레반 소행이라는 발표를 곁들여서 냈는데 언제 대사 부인의 시체가 발견될 것인가 하고 잠을 못 자고 있는 상황이오."

"……."

"인과응보지, 개자식들."

"……."

"남북한 전쟁을 붙이려고 양쪽을 번갈아 공격하던 놈들 말이야."

"……."

"그러다가 마이클 로한이 이탈하자 탈레반을 이용했고 또 뒤통수를 맞았어."

그때 고성준이 입을 열었다.

"최 중좌가 이탈한 것은 사실이오. 위치를 알려주지 않고 마이클과 함께 잠적했소."

"마리안하고 셋이 말이지."

"어쨌거나."

어깨를 부풀렸던 고성준이 말을 이었다.

"하지만 최 중좌가 항명했다고 생각하지는 않소."

282

"탈레반 측에는 항명했다고 말했겠군."

"그건 말할 필요 없고."

"복잡한 관계지."

"이제 우리 북남은 한숨 돌리게 되지 않았소?"

고성준의 얼굴에 웃음이 떠올랐다.

"지금 호떡집에 불난 놈들은 CIA하고 탈레반 아니오?"

"그렇군, 탈레반이 교도소에 있는 마이클 어머니를 죽였으니까. 아마 마이클 어머니는 CIA가 누명을 씌워 잡아넣었을 거요, 마이클을 잡으려고 말이오."

이수철이 차근차근 말하자 고성준이 어깨를 부풀렸다가 내렸다.

"우리가 핵실험에 성공한 것만큼 기쁘군."

"뭐가 말이오?"

"미국 놈들이 궁지에 몰렸지 않소?"

되물은 고성준이 말을 이었다.

"그리고 우리한테 살려달라고 하고 있지 않소?"

"어쨌든."

한숨을 뱉은 이수철이 똑바로 고성준을 보았다.

"지금 우리가 좋아하고만 있을 때가 아뇨. 미국대사 부인이 끌려간 상황이란 말이오. 잘못하다가는 우리가 뒤집어쓸 수도 있단 말입니다."

"우리가 당하고만 있지는 않겠소."

이제는 정색한 고성준도 말을 이었다.

"아까 뭐라고 했소? 인과응보라고 했지비? 남북한 요인들을 번갈아 죽인 놈들이란 말이오."

그때 배 한 척이 옆을 지나가는 바람에 유람선이 흔들렸다. 이수철이 어둠 속에서 번들거리는 고성준의 눈을 보면서 말했다.

"무슨 일 있으면 바로 연락을 주시오. 나도 마이클한테서 연락이 오면 알려드릴 테니까."

"알겠습니다, 걱정 마시오."

고성준이 이번에는 확실하게 대답했다.

"그놈은 이미 자카르타를 벗어났어."

마빈이 말하고는 손목시계를 보았다. 오후 10시 반이다. 밖은 다시 장대비가 쏟아지고 있다.

"그리고 너는 미끼로서의 가치를 잃은 거야, 눈치챘겠지만 말이다."

머리를 돌린 마빈의 얼굴에 옅게 웃음기가 떠올라 있다. 빗발이 반쯤 열어놓은 창틀에 부딪쳐 방안으로 튀었고 비바람이 몰려와 벽에 걸린 옷자락을 흔들었다. 침대에 상반신을 세운 채 앉은 재크린은 대답하지 않았다. 섹스를 끝낸 후에 아직 씻지도 않았기 때문에 재크린은 알몸이다. 반대로 옷을 말끔하게 입은 마빈은 지금 나갈 채비를 갖추었다. 창가에 선 마빈이 말을 이었다.

"어제 이후로 네 주변은 함정이 없어. 그것은 네가 자유인이 되었다는 표시지."

"……."

"오늘밤에 내가 와준 건 서비스 차원이야, 재크린. 너한테 마지막으로 봉사를 해준 것이나 같아."

"개새끼."

마침내 재크린이 이 사이로 말했다. 마빈의 시선을 받은 재크린의 얼굴에도 웃음이 떠올랐다. 어젯밤 재크린은 또다시 숙소를 옮긴 것이다. 마이클과 함께 있었던 곳을 떠나 차로 30분 거리인 바닷가 어촌으로 옮겨졌다. 밤에 옮겼지만 전혀 준비가 되어있지 않는 장소였다. 함정을 팔 만한 위치가 아니었다. 재크린은 이미 어젯밤에 자신이 용도폐기되었다는 것을 알고 있었던 것이다. 그런데 마빈이 오늘밤에 찾아와 다시 질펀한 섹스를 마치고 떠나면서 작별인사를 하는 셈이다. 재크린이 말을 이었다.

"난 며칠 전부터 알고 있었어, 병신아. 그리고"

재크린의 시선이 마빈의 사타구니로 옮겨졌다.

"넌 봉사라고 했는데 난 너하고 할 때마다 거기가 근질거려. 작은 벌레 한 마리가 몸부림을 치는 것 같아서 말이야."

"……."

"내 새끼손가락만 한 고추가 기를 쓰는 걸 보면 불쌍하기도 해서 내가 분위기 맞춰주려고 신음 소리를 내준 거다."

재크린이 이제는 입술 끝을 비틀고 웃었다.

"비교 안 하려고 했지만 네 물건은 몬스터의 절반도 안 돼. 길이와 굵기, 시간까지 합쳐서 말이야."

"개 같은 년."

"네가 위에서 헐떡거리는 얼굴을 보면 웃음이 나와서 눈을 감고 있었던 거야."

"더러운 년 억지를 쓰는군."

따라 웃은 마빈이 창틀에서 허리를 떼더니 말을 이었다.

"이왕 말 나온 김에 한마디 해주지. 널 버려두고 가지만 곧 조처가 있을 거다. 미끼 역할이 끝나면 어떻게 되는지 네가 잘 알 테니까."

"잘 가라, 번데기."

"잘 있어, 시궁창."

마빈이 발을 뗀 순간이다. 벽에 걸린 옷이 크게 펄럭였고 천장에 매달린 30촉 전구도 흔들려서 가구 그림자가 움직였다. 그 순간 마빈이 숨을 들이켜면서 제자리에 그대로 섰고 재크린은 셔츠를 끌어당겨 젖가슴을 가렸다. 두 눈이 치켜떠졌고 입이 딱 벌어진 모습이다.

"그대로 있어."

문을 열고 나타난 사내는 마이클이다. 온몸이 흠뻑 젖은 채로 손에는 소음기가 낀 베레타를 쥐었는데 무표정한 얼굴이다. 마이클이 말을 이었다.

"CIA 놈들의 훈련은 엉망이야. 지구력도, 인내력도 형편없어. 함정을 옮기면 변화가 있어야지."

마이클의 총구가 마빈에게로 옮겨졌다.

"네 말을 들으니 이곳은 함정이 아니라고 했지? 병신아, 너도 모르게 셋이 저격 위치에 엎드려 있었어. 너하고 저년이 떡을 치는 장면을 셋이 다 보고 있었단 말이다."

"너……."

마빈이 입을 연 순간이다.

"퍽!"

마이클이 쥔 베레타에서 발사음이 울리더니 마빈의 왼쪽 무릎을 부수고 빠져나갔다.

"윽!"

마빈이 균형을 잡으려고 하다가 마침내 마룻바닥에 넘어졌다. 얼굴이 잔뜩 일그러져 있지만 신음은 뱉지 않았다.

"퍽!"

또 한 발. 이번에는 오른쪽 팔꿈치를 부스는 바람에 팔목이 덜렁거렸다.

"으윽."

그때서야 마빈이 신음했고 다시 또 한 발.

"퍽!"

"으악!"

이번 비명은 통나무로 만든 방안을 울렸다. 빗소리에 섞인 비명은 음습했으므로 재크린이 어깨를 움츠렸다. 세 번째 총탄은 마빈의 왼쪽 팔꿈치를 박살내었다. 특수탄을 썼기 때문에 팔꿈치에 맞는 순간 총탄이 폭발해서 마빈의 팔꿈치 아랫부분이 절단되었다. 이제 마빈은 다리 한쪽, 팔 두 개를 잃은 불구의 몸으로 마룻바닥에 누워있다. 그때 한 걸음 다가간 마이클이 재크린을 보았다.

"고맙다, 재크린. 내 거시기를 좋게 평가해줘서."

재크린은 시선만 주었고 마이클의 얼굴에 웃음이 떠올랐다.

"이런 말을 하다 보니까 현실감이 떨어지는군, 배경의 빗소리도 그렇고."

"……."

"분위기가 섹스 하기에는 적당하지만 살인하기에는 안 어울려."

"살려줘."

재크린이 입술도 달싹이지 않고 말했지만 빗속에서도 선명하게 들렸다. 이제 마빈은 옅은 신음을 뱉은 채 마이클을 올려다보고 있다. 가슴에 리볼버를 넣고 있어도 손이 없다. 이빨로라도 끄집어내고 싶었겠지만 곧 포기하고 눈빛이 가라앉아가는 중이다. 그때 마이클의 총구가 다시 마빈에게 옮겨졌다.

"집행관, 마빈 워커."

마이클이 마빈을 불렀다.

"이 세상에 남길 말은?"

"엿 먹어, 개자식아."

"퍽!"

그때 발사음이 울렸고 심장이 걸레처럼 찢겨진 마빈이 입을 딱 벌리고는 제 가슴을 보았다. 그때 마이클의 총구가 다시 재크린에게로 옮겨졌다.

"너 살고 싶으냐?"

"당연히."

재크린이 부릅뜬 눈으로 마이클을 보았다.

"무슨 짓이건 할 테니까 살려줘."

재크린의 시선을 받은 마이클의 얼굴에 조금씩 웃음이 번졌다. 이윽고 마이클이 총구를 내리더니 비에 젖은 점퍼 지퍼를 내리고는 검은 비닐에 싼 뭉치를 꺼내 침대 위로 던졌다.

"3만 불이다."

재크린이 비닐 뭉치만 내려다보았고 마이클의 말이 이어졌다.

"아래쪽으로 60킬로쯤 내려가면 바닷가에 탄탐이란 마을이 있어. 그곳에서 베트남이나 미얀마로 도망쳐라."

"……."

"중국으로 들어가도 돼."

"……."

"서둘러."

그러고는 마이클이 이제 시체가 되어있는 마빈의 몸을 뒤지더니 지갑과 총을 꺼내 챙겼다.

"여기도 몇천 불이 있군."

마빈의 지갑에서 달러를 꺼낸 마이클이 다시 침대 위에 던지더니 몸을 돌렸다.

"서둘러. 저격자들이 모두 죽은 줄 알면 놈들이 모일 거다. 20분쯤 남았어."

"고마워."

알몸으로 일어난 재크린이 허둥거리며 팬티를 찾았으므로 마이클이 쓴웃음을 짓고 말했다.

"굿 바이, 재크린."

문을 열고 밖으로 나온 마이클은 바로 빗속에 뛰어들었다. 사방은 짙은 어둠에 덮였고 빗발은 더 거칠어졌다. 땅바닥은 웅덩이가 되어 있었으므로 발은 디딜 때마다 발목까지 빠진다. 1백여 미터를 달려 길가로 나온 마이클이 문이 닫힌 가게 옆쪽 골목으로 들어서자 안에서 인기척이 났다.

"다 처리한 거야?"

사내의 모습이 드러났다. 최철산이다. 비에 흠뻑 젖은 최철산의 모습은 물에 빠진 짐승 같다.

"응, 가자."

"빌어먹을, 내가 네 부하냐?"

투덜거렸지만 최철산이 뒤를 따랐고 둘은 긴 골목을 빠져나와 다시 큰길로 나왔다. 이곳은 제법 큰 마을이어서 차량 통행이 빈번했고, 장대비가 쏟아지는 늦은 시간인데도 가게는 문을 열었다.

"저기 있군."

최철산이 뒤쪽에서 소리쳤다. 마이클도 길가 식당 앞에 세워진 미니 택시를 보았다. 오토바이를 개조한 4인승 택시다. 택시로 다가가자 운전석에 앉아있던 죠지가 말없이 시동을 걸었다. 비는 그야말로 억수처럼 쏟아졌고 도로는 물바다가 되어있다. 뒷좌석에 둘이 마주보고 앉았을 때 죠지가 택시를 발진시켰다. 죠지는 마약 운반책으로 지금도 북한산 마약을 취급한다. 택시는 물보라를 일으키며 달려갔다.

브레드 웨인이 마빈의 피살 보고를 받았을 때는 오후 11시 반이다. 마빈과 함께 저격병 셋도 현장에서 사살되었으므로 브레드의 상황실은 초상집이 되었다. 확인할 것도 없이 마이클의 소행이다.

"재크린은 옷을 갈아입은 흔적이 있으니 마이클이 데려갔을 가능성이 있어."

브레드가 안간힘을 쓰듯이 말했을 때 부하가 핸드폰을 내밀었다.

"본부에서 왔습니다."

브레드가 핸드폰을 받아 귀에 붙였다. 상황실 안이 조용해지면서 기계음만 울렸다. 이곳은 자카르타 시내 북쪽 지역의 주택가 안이다. 상황실로 사용하는 2층 저택의 지하실에는 10여 명의 요원이 모여 있다. 브레드가 응답했을 때 곧 CIA 국장 페네타의 목소리가 울렸다.

"아직도 찾지 못했나?"

"지금 추적 중입니다."

벽시계가 11시 45분을 가리키고 있다. 15분 전에 본부에 보고를 했으니 15분이 지났을 뿐이다. 페네타는 부국장 로이드의 보고를 받자마자 브레드에게 전화를 건 것이다. 페네타의 목소리는 흥분으로 떨렸다.

"서둘러, 24시간뿐이다."

"예, 국장님."

"24시간 후에는 언론에서 발표를 해야 돼."

이제는 숨만 들이켠 브레드에게 페네타가 말을 이었다.

"그렇게 되면 다 터진다. 그놈이 재크린까지 이용하면 전대미문의 대사건이 돼!"

"알겠습니다."

이제는 브레드의 어깨가 슬그머니 부풀려졌다. 자신은 다 벌어지고 나서 투입된 현장 책임자인 것이다. 책임은 질 수 없다. 그때 페네타가 서두르듯 말했다.

"반경 2백 킬로 안의 육지와 바다까지 모두 위성 범위에 넣었다. 잡아야 돼!"

통화가 끝났을 때 머리를 든 브레드가 주위를 둘러보았다. 제각기 머리를 돌리는 요원들을 향해 브레드가 혼잣소리처럼 말했다.

"처음부터 잘못 끼워진 단추야. 일을 수습하려면 단추를 다 풀든지 옷을 벗어 던지든지 둘 중 하나야."

그것은 지금 하는 일과는 다르다는 말이다. 현장 책임자가 지도부에 대고 처음 터뜨린 불만이다. 그 시간에 자카르타 남서부 공장지대의 폐공장 사무실에 둘러앉은 세 사내 중 하나가 말했다.

"동남아에서 일이 크게 벌어지고 있어. 이건 알라신의 축복이야."

단정한 용모의 백인이다. 담배를 피워 문 사내가 앞에 앉은 둘을 번갈아 보면서 말을 이었다.

"CIA는 한 놈 때문에 붕괴 상태야. 지금 대사 부인이 납치된 데다가 함정을 파고 기다리던 저격자 셋에다 집행관까지 피살된 상황이 되었어."

담배 연기를 내뿜은 사내가 얼굴을 펴고 웃었다.

"지금까지 몬스터가 죽인 요원들만 20명 가깝게 되는군, 대기록이야."

"우리도 피해가 컸습니다, 보스."

해사한 얼굴의 사내가 말했는데 여자 목소리다, 남장녀. 짧게 스포츠형으로 깎은 머리, 검은 눈동자, 야무진 얼굴이었지만 뽀얀 얼굴, 수염 자국이 없는 코밑과 턱의 선이 부드럽다. 자세히 볼수록 선이 고운 미인이다. 남장녀가 말을 이었다.

"우리가 준 정보도 CIA가 제대로 활용하지도 못 했고요. 몬스터는 북한 놈까지 배신시키지 않았습니까?"

"한계는 있는 법이야. 카이엔, 너에게 좋은 경험이 될 거다."

그렇게 말한 사내는 탈레반의 '푸줏간의 도살자' 가르통이다. 이번 '몬스터 대작전'에서 CIA와 연합전선이 잠정적으로 형성됨에 따라 국경 감시가 풀렸고 그 기회에 자카르타로 잠입할 수가 있었던 것이다. 가르통이 카이엔이라고 불린 남장녀를 보았다.

"기습 작전으로 말하면 우리가 CIA보다 한 수 위지. 카이엔, 내일 오전 미국 대사관 폭파를 성공시켜야 돼."

"알았습니다, 보스."

"넌 노출되지 않은 보석이야, 카이엔."

가르통의 얼굴에 웃음이 떠올랐다.

"내일 미국 대사관이 폭발하고 미국인이 수십 명 죽으면 사건이 덩달아서 터질 거다. 몬스터, 집행관 마이클 로한의 보복 작전으로 말이야."

그때 검은 피부의 사내가 입을 열었다. 지금까지 잠자코 듣기만 하던 사내다.

"모든 언론에다 마이클의 이름으로 성명을 발표하는 것으로 CIA의 몸부림은 종말을 고하게 되겠지요. 내일이면 모든 것이 드러납니다."

"그래, 내일이 디데이야."

가르통의 시선이 카이엔에게 옮겨졌다.

"대사관 폭발이 축포가 된다."

"나, 어떻게 할 거야?"

마리안이 묻자 마이클이 눈을 떴다. 깊은 밤, 주위는 조용해서 벌레 소리가 요란하게 울리고 있다. 이곳은 숲속, 거처를 또 옮겼다. 바닷가에서 3킬로쯤 떨어진 산속, 주위는 울창한 숲으로 뒤덮여있다. 산속 원시인 같은 원주민이 사는 마을의 외진 통나무집 안, 최철산은 옆채에서 묵고 있다. 마이클이 안고 있던 마리안의 어깨를 끌어당겼다. 둘은 알몸이다. 질펀한 정사를 나눈 후여서 엉켜 안은 채 숨을 고르고 있던 중이다. 마이클의 시선을 받은 마리안이 말을 이었다.

"밤마다 수없이 섹스를 하는 것으로 복수를 하는 거야?"

"……."

"지금은 내가 당신 몸을 기다리고 있다는 것도 알겠지?"

마리안이 볼을 마이클의 가슴에 붙였다.

"이젠 가끔 당신하고 이렇게 도망치면서 살고 싶다는 생각도 들어."

"……."

"그러다가 죽어도 돼."

그때 마이클이 손을 뻗어 마리안의 젖가슴을 움켜쥐었다. 마리안도 마이클의 남성을 두 손으로 감싸 쥐면서 말했다.

"그래, 스톡홀름 증후군이야. 난 당신하고 같이 테러를 할 수도 있을 것 같아."

"……."

"그리고 당신은 CIA의 음모에 당한 피해자야. 당신 어머니도 억울하게 피살되었어. 난 당신 분노를 이해해."

그때 마이클이 마리안의 몸 위로 올랐다. 마리안이 마이클의 남성을 골짜기에 붙이면서 말했다.

"죽여줘, 여보."

그 순간 마이클이 몸을 합쳤고 마리안이 입을 딱 벌렸다.

"아이구, 여보."

방안에 다시 폭풍이 휘몰아쳤다. 마이클은 더 거칠어졌고 마리안의 신음은 더 높아졌다. 전기가 들어오지 않는 통나무집 안은 어두웠지만 둘의 알몸은 번들거리며 꿈틀대고 있다. 그때 나무 앞에 빗방울 떨어지는 소리가 들리더니 폭우가 쏟아졌다.

"아이구, 여보, 나 죽어."

폭우 속에서 마리안이 목청껏 소리치더니 두 팔로 마이클의 목을 끌어안고 입을 맞췄다. 마이클이 입을 열자 곧 뜨거운 뱀 같은 혀가 꿈틀거리며 들어왔다. 이윽고 마리안이 다시 절정에 오르면서 몸이 굳어지기 시작했다. 오늘밤에도 벌써 몇 번째인지 모른다. 마이클은 마리안의 몸을 부숴버릴 것처럼 공격했고 곧 부서졌다. 마리안이 비명을 지르면서 늘어진 것이다. 빗발은 더 거칠어졌고 바람에 나무들이 부딪치면서 숲이 요동을 쳤다. 탁 트인 창으로 비바람이 쏟아져 들어와 뜨거워진 몸 위에 뿌려졌다. 마리안이 입에서 쇳소리를 내면서 신음했다. 온몸을 늘어뜨린 마리안은 죽어가는 것 같다. 마이클은 마리안을 부둥켜안은 채 움직이지 않는다.

"마이클."

이윽고 가쁜 숨을 고른 마리안이 마이클을 불렀다. 그러나 마이클은 대답하지 않았다. 마리안이 자신의 몸 위에 엎드려 있는 마이클의 머리칼을 부드럽게 쓸었다.

"마이클."

그때 마이클이 몸을 떼어 옆으로 눕자 마리안이 몸을 바짝 붙였다.

"마이클, 이곳이 어디야?"

마이클은 대답하지 않았고 마리안이 다시 물었다.

"자카르타 남쪽이야?"

"……."

"자카르타 남쪽이라면 바닷가 길을 따라 1백 킬로쯤 내려가면 아운타라는 마을이 있어, 그 마을 뒤쪽의 해안가에 인도네시아 외무장관 얀센의 별장이 있어."

"……."

"내가 두 번 초대를 받아 간 적이 있는 곳이야. 장관이 일 년에 몇 달만 사용하고 대부분 비워 둔다는데 거기에 1백 피트짜리 보트를 항상 정박시켜 둔다고 했어. 나도 타본 배야."

"……."

"모터가 2개 달린 쾌속정이야. 그 배로 시드니에 간 적도 있다고 했어."

마리안이 마이클의 허리를 두 손으로 감싸 안았다.

"마이클, 그 배를 빼앗아 타고 여기를 떠나. 난 인질로 데리고 가는 것이 나을 거야. 만일의 경우에 대비해서 말이야. 이 방법이 어때?"

그때 마이클이 마리안의 엉덩이를 움켜쥐고 당겨 안았다. 마리안이 마이클의 가슴에 입술을 붙이면서 말했다.

"내 사랑, 마이클. 난 당신 거야."

산타나 로드 끝 쪽의 미 대사관 건물은 6층의 정사각형 구조로 4면이 진청색 유리로 덮여 있다. 앞쪽 분수대에서 뿜어 오르는 30미터의 분수가 장관이어서 관광객에게 기념사진의 좋은 배경이 되기도 한다. 대사관 경비단의 해병 상사 오마리는 어젯밤 현지처인 샤몽과 대판 싸웠기 때문에 컨디션이 나빴다. 바가지를 긁는 샤몽을 구타했고 같은 집에 사는 샤몽 어머니가 경찰에 신고하는 바람에 집으로 경찰까지 왔던 것이다. 대사관 소속이어서 경찰이 사진만 찍고 돌아갔지만 보고가 될 가능성도 있었다. 자카르타 근무 1년 반째였고 클럽 웨이트리스였던 샤몽과 동거한 지 반년이 되어가는 중이다.

"상사님, 면회 왔습니다."

마틴 상병이 다가와 보고 했으므로 건성으로 신문을 보던 오마리가 머리를 들었다. 오전 10시 반, 출근한 지 2시간 반이 지났다. 영외 거주자여서 오마리는 아침저녁으로 출퇴근한다.

"누구냐?"

"예, 사모님이 심부름을 보내셨다고 합니다."

힐끗 마틴을 본 오마리가 자리에서 일어섰다. 경비대의 면회실은 대사관과는 다른 통로를 이용한다. 정문 옆쪽의 경비대 입구에 면회실이 있는 것이다. 대사관 주둔 해병경비대는 1개 소대 35명, 오마리가 선임하사로 실제 지휘자다. 경비대장 클라크 소령은 대사관 소속 차석 무관이어서 경비대에 잘 오지도 않는다.

"갓 뎀."

투덜거린 오마리가 대사관 정원을 가로질러 경비대 면회소로 들어섰다. 접수구에 앉아있던 심슨 상병이 일어나 경례를 올려붙였다.

"면회자 어디 있나?"

오마리가 묻자 심슨이 2번 대기실을 가리켰다. 2번 대기실은 VIP용이다. 급한 용무가 있거나 이목을 피하려는 정보국, 또는 군(軍) 관계자가 까다로운 정문의 절차를 피해 이용하는 곳이다. 입맛을 다신 오마리가 2번 대기실로 다가갔다. 문을 연 오마리가 이맛살을 찌푸렸다. 방이 비어 있었기 때문이다. 안으로 들어선 오마리가 옆문을 밀었다. 문이 열렸다. 앞은 대사관 옆 마당이다. 몸을 돌린 오마리가 사무실로 나와 심슨에게 물었다.

"2번 방 당번이 누구였나?" "예, 산토스였습니다."

"그 자식 어디 갔어?"

"안에서 면회자하고 이야기하고 있었는데요, 없습니까?"

"방이 비었다."

"면회자가 상사님한테 드릴 가방을 갖고 왔었는데요."

"가방?"

"상사님이 갖고 오라고 하셨다면서요."

"내가?" "사모님 심부름이라고 했습니다."

외면한 심슨이 말을 이었다.

"상사님 사물(私物)이라고 했습니다, 헤어지신다고……."

"……."

"방이 비었다면 산토스와 함께 들고 상사님 숙소로 갖고 갔는지 모르겠습니다."

"이런 빌어먹을."

"갖고 온 사람이 여자더군요, 그래서 무거워 보였거든요. 트렁크가 2개나 되어서……."

심호흡을 한 오마리가 몸을 돌려 면회소를 나왔다. 샤몽에게 전화할 생각은 나지 않았다. 어젯밤에도 헤어지자는 말이 나왔다. 벌써 여러 번째다. 한 달에 생활비로 7백 불을 주는데도 요즘은 돈이 모자란다고 바가지를 긁는다. 자카르타 물가가 비싸다고 하지만 월 7백 불이면 중산층 생활을 할 수가 있는 것이다. 어쨌든 어젯밤 경찰까지 왔을 정도로 싸운 터라 샤몽은 오마리의 짐을 싸서 사람 편에 보낸 모양이다. 서둘러 대사관 건물 옆쪽의 경비대 숙소로 다가간 오마리가 복도 끝의 제 방 앞에 섰다. 그러나 복도는 비었고 문도 잠겨 있다. 트렁크 2개를 가져왔다면 문 앞에라도 놓고 갔어야 된다.

"이런 젠장."

어깨를 부풀린 오마리가 마침 아래쪽을 지나는 터크 일병을 소리쳐 불렀다.

"이봐, 일병!"

"예, 상사님!"

"산토스 못 봤나?"

"못 봤는데요?"

"여기 어떤 여자가 가방 들고 오지 않았어?"

"못 봤습니다, 상사님 찾을까요?"

"됐어."

계단을 내려온 오마리가 머리를 들고 30미터쯤 앞쪽의 본관 건물을 보았다. 그 순간 가슴이 서늘해졌다. 군 생활 20년, 6년 전에는 아프간에서, 10년 전에는 쿠웨이트에서 전쟁을 치렀다. 어쩐지 예감이 이상하다.

"사무실에 두고 오는 것이 낫겠다고 하는군요. 샤몽이 그랬어요."

트렁크를 복도에 내려놓은 카이엔이 쓴웃음을 짓고 말했다.

"상사님의 개인 컴퓨터하고 카메라 등 사무용품이 들었답니다."

"그래서 이렇게 무겁군요."

산토스가 손등으로 이마의 땀을 닦았다. 옆을 지나던 대사관 직원이 둘을 힐끗거렸다. 이곳은 본관 건물 1층의 복도다. 카이엔이 옆에 놓인 트렁크 2개를 눈으로 가리키며 말했다.

"그럼 병장님이 이 가방을 사무실로 전해주세요, 전 갈게요."

"저기, 경비대용 출구로 나가세요."

산토스가 주의를 주었다.

"네, 알겠습니다."

"그런데, 참."

산토스가 굳어진 얼굴로 카이엔을 보았다.

"저한테 전번 좀 알려주지 않으렵니까?"

"병장님 전번을 알려주세요."

카이엔이 웃음 띤 얼굴로 말했다.

"제가 전화할게요."

"약속하는 거죠?"

"그래요, 약속했어요."

그러자 산토스가 서둘러 주머니에서 쪽지를 찾아내더니 볼펜으로 전번을 적어 내밀었다.

"꼭 전화해줘요."

"오늘 중으로 할게요."

그때 앞에서 클라크 소령이 다가왔으므로 산토스가 부동자세로 서더니 경례를 올려붙였다. 클라크가 건성으로 경례를 받고는 카이엔을 훑어보고 2층 계단으로 다가갔다. 카이엔이 산토스를 향해 한쪽 눈을 감아 보이고는 몸을 돌렸다. 곧장 대사관의 정원을 횡단하면서 직원들과 스치고 지나갔다. 맑은 날씨다. 그때 이쪽으로 서둘러 다가오는 해병 상사가 보였다. 오마리다. 카이엔은 심호흡을 하고는 곧장 오마리를 향해 다가갔다. 오마리는 어깨를 펴고 거칠게 다가왔다. 해병 전투복이 어울렸고 장신에 붉은 얼굴, 회색 눈동자가 카이엔에게로 옮겨졌다. 순간 주춤한 오마리의 눈동자가 재빠르게 카이엔의 위아래를 훑었다. 어깨를 편 카이엔이 오마리의 시선을 똑바로 받는다. 거리가 8보, 6보, 4보, 2보로 가까워졌고 막 입을 벌렸던 오마리가 카이엔의 흔들리지 않는 눈동자를 보더니 입을 다물고 지나쳤다. 오마리한테서 살 냄새와 함께 군복 냄새가 맡아졌다. 군인 냄새다. 카이엔은 거리를 재었다. 오마리와 본관과의 거리는 30여 미터, 자신과 경비대 면회소와의 거리는 50여 미터다. 그리고 정문 면회소는 30여 미터, 카이엔의 발끝이 정문 면회소로 향해졌다. 주위를 대사관 직원과 방문객들이 지난다. 대사관 직원은 2백여 명, 방문객은 평소에 3백여 명이다. 정원에는 항상 1백여 명의 직원과 방문객이 오가고 있었으므로 카이엔은 그 속에 끼었다. 30미터를 걸어 정문 면회소 앞으로 다가갔을 때 카이엔은 등에 꽂히는 시선을 느꼈다. 그렇다. 오마리가 본관의 옆문으로 들어서면서 머리를 돌려 카이엔을 확인한 것이다. 진청색 셔츠에 흰 바지 차림의 카이엔은 눈에 띄었다. 카이엔이 정문 면회소 앞 3미터 지점까지 다가간 것을 본 오마리가 몸을 돌려 본관 안으로 들어섰다. 카이엔은 정문 면회소 앞으로 다가가더니 걸음을 멈췄다. 그러고는 몸을 돌려 본관을 보았다. 본관까지의 거리는 60미터 정도, 오마리는 보이지 않았다. 다시 발을 뗀 카이엔이 경비대 면회소를 향해 다가갔다. 거리는 25미터, 이제는 빠르게 걸어 면회소 안으로 들어서자 심슨이 자리에서 일어섰다.

"상사님 만나셨습니까?"

"네, 고맙습니다."

"아닙니다."

심슨이 웃음 띤 얼굴로 카이엔을 보았다.

"그냥 나가세요, 제가 대신 기록하겠습니다."

"감사합니다, 병장님."

"전 상병입니다."

"네, 상병님."

눈웃음을 친 카이엔이 면회실을 나와 15미터 앞쪽 경비병에게로 다가갔다. 해병 두 명이 서 있었고 앞쪽은 차단봉이 내려져 있다. 뒤에서 들리는 발자국 소리에 해병 하나가 몸을 돌리더니 웃었다.

"상사님 만나셨습니까?"

"네, 고마워요, 병장님."

"저 일병입니다, 부인."

"네, 일병님."

해병의 경례를 받은 카이엔이 머리를 숙여 보이고는 차단봉 옆으로 나왔다. 카이엔이 심호흡을 하고는 가슴 포켓에 걸어놓은 선글라스를 꼈다. 그러고는 도로로 나온 순간이다.

"쿠쿠쿠쿵! 꽈앙!"

벼락을 100개 합친 것 같은 폭음과 진동이 울리더니 뒤쪽에서 엄청난 화염이 솟아올랐다. 대폭발이다. 지진이 일어나면서 화산이 터진 것같다.

숨을 죽인 마이클과 최철산, 그리고 마리안 셋이서 TV를 응시하고있다. 통나무집 안, 이곳에도 TV는 있다. 낡은 박스형 TV였지만 화면은깨끗했다. 아나운서가 흥분한 목소리로 말을 이었다.

"사망자는 75명으로 추정하고 있지만 병원에서 더 늘어날 것 같습니다."

뒤쪽 대사관 건물은 한쪽이 날아가 버려서 처참한 모습이 되었다.청록색 유리창은 다 깨졌고 4각형 건물의 한쪽 부분이 완전히 허물어져서 내부가 다 드러났다. 엄청난 폭발이다. 아직도 정원에는 1백여 명의 부상자들이 누워있고 임시 치료소까지 설치되어서 야전현장 같다.수십 대의 앰뷸런스가 대사관 건물 밖에서 대기 상태인데 해병들은 핏발이 선 눈으로 경계를 하고 있다. 살벌한 현장이다. 소방차가 뒤쪽에서 아직도 물을 뿌려대는 바람에 물보라와 건물 파편까지 함께 튀어 오른다. 아나운서의 목소리는 흥분으로 떨렸다. 마치 격렬한 게임 중계를하는 것 같다.

"아직 미국 정부는 논평을 내놓지 않았지만 IS나 탈레반, 또는 반미단체의 소행임이 분명합니다. 미국인 50여 명이 사망한 엄청난 사건입니다."

"꺼."

마이클이 한국어로 말하자 최철산이 TV로 다가가 전원을 껐다. 리모컨이 없는 TV다. 그때 마리안이 말했다.

"탈레반이야. 그놈들이 마이클 당신한테 뒤집어씌우고 있는 거야."

최철산은 등을 돌린 채 창밖을 보았고 마이클도 벽에 등을 붙이고는 빈 TV를 보는 중이다. 마리안이 마이클을 불렀다.

"마이클, 나 좀 봐."

마이클이 시선을 돌리지 않았으므로 마리안이 옆얼굴에 대고 말했다.

"미국 측에 연락해. 부대사한테라도 내가 전번을 알려줄게."

"……."

"네 소행이 아니라고 해."

"……."

"아니면 내가 할게. 나하고 같이 있었다고 할 테니까."

그때 최철산이 한국어로 말했다.

"그래, 너하고 떡치고 있었다고 하면 되겠다."

한국말이어서 마리안이 최철산을 보았다.

"그러는 게 낫겠지?"

최철산한테 마리안이 물었다.

"낫겠지."

정색한 최철산이 영어로 대답하고는 한국말을 덧붙였다.

"이 여자가 이제 완전히 육정이 들었군."

그때 마이클이 최철산을 보았다.

"이 여자를 풀어줘야겠다."

한국말이다. 숨을 들이켠 최철산이 시선만 주었을 때 마이클이 말을 이었다.

"그리고 이 여자가 알려준 외무장관 놈 별장으로 가서 배를 훔치자."

마리안은 둘을 번갈아 보았는데 초조한 표정이다. 그때 최철산이 물었다.

"여자를 데리고 가는 것이 낫지 않을까? 만일의 경우에 인질로 방패를 삼아야 될 것 아니냐?"

"……"

"아니면 도중에 내려놓든지, 우리가 어디로 가는지 모르게 말이야."

"그럴 필요 없어."

"에이, 네 말대로 하자."

이맛살을 찌푸린 최철산이 다시 창으로 몸을 돌렸다. 한낮이다. 숲 위쪽의 하늘은 구름 한 점 없이 맑았으며 숲을 스치고 온 바람 끝에 짙은 나무 냄새가 맡아졌다. 등을 돌린 채 최철산이 한국어로 투덜거렸다.

"개새끼들, 무고한 아줌마 하나를 감옥에 잡아넣었다가 피살당하게 한 죗값을 톡톡하게 받은 셈이다."

그때 마이클이 머리를 돌려 마리안을 보았다.

"마리안, 너 오늘밤에 풀어줄게."

숨을 들이켠 마리안이 시선만 주었고 마이클이 말을 이었다.

"풀어주면 한 시간쯤 지나서 연락해라."

"……"

"마을에 내려줄 테니까 거기서 연락하면 되겠지.

"……"

"돈도 좀 줄 테니까 가지고 가."

그때 최철산이 창틀에서 몸을 떼더니 말했다.

"밤이 되려면 시간이 많이 남았으니까 떡이나 치고 있어라."

발을 뗀 최철산이 투덜거렸다.

"저년 얼굴을 보니까 울려고 하는군. 참내, 남조선 놈들의 떡치는 기술이 좋은 모양이구먼."

어깨를 부풀린 마이클이 최철산의 등을 노려보다가 다시 마리안을 보았다. 그때 이쪽을 보고 있는 마리안과 시선이 마주쳤다.

"마이클."

마리안이 번들거리는 눈으로 마이클을 보았다.

"나, 안아줘."

마리안은 헐렁한 원주민의 원피스 차림이다. 팬티도 입지 않았고 맨발이다. 마이클은 숨을 들이켰다.

"그놈의 소행은 아닙니다."

로이드 마틴이 핏발선 눈으로 조지 페네타를 보았다. 랭글리의 CIA 본부 회의실 안, 방안에는 10여 명의 간부가 둘러앉아 있었는데 모두 굳어진 표정이다. 마틴이 말을 이었다.

"현장에서 입수한 CCTV 기록을 보면 이 여자만 나옵니다."

곧 벽에 붙은 스크린에서 해병과 함께 면회실에서 나와 본관으로 다가가는 여자가 보였다. 짧은 머리의 혼혈 미인, 눈에 띄는 미모다. 해병은 양손에 트렁크를 들었는데 무거운지 어깨가 늘어졌다.

"이 가방입니다."

마틴이 레이저로 가방을 가리켰다. 둘은 곧 본관 옆쪽 통로로 들어갔고 마틴이 리모컨 버튼을 눌러 3분 30초 후의 장면이 나왔다. 그리고 3초쯤 지났을 때 통로로 불기둥이 뿜어져 나오면서 대사관이 폭발했다. 엄청난 폭발이다. 세 번째 보는 것이지만 페네타는 다시 숨을 들이켰다. 폭발로 솟는 파편 속에 인간의 수족도 섞여있다. 페네타가 손을 들자 마틴은 화면을 정지시켰다. 인간의 다리로 보이는 물체도 허공에 정지된 채 떠 있다.

"저 여자, 수배했나?"

"예."

마틴이 리모컨을 조작해 이번에는 혼자서 서둘러 빠져나오는 여자의 모습을 비췄다. 여자의 얼굴이 확대되었다. 긴장으로 굳은 표정이다.

"수배자 명단에서는 아직 찾지 못했습니다."

마틴이 갈라진 목소리로 말했다.

"탈레반 명단에는 없습니다."

페네타의 시선이 원탁을 훑었다.

"알 카에다는? IS는?"

간부들이 서로의 얼굴을 보았다. 한때 아프가니스탄을 장악했던 탈레반은 전 세계로 뻗어 나가 각국의 테러 조직에 침투되어 있다. 그것을 범탈레반 조직으로 분류한다. 알 카에다는 오사마 빈 라덴이 암살당한 후로 지하 깊숙이 파고들었지만 아직도 건재하다. 그러나 현재 가장 위협적인 존재는 IS다.

"모른단 말이야?"

페네타의 목소리가 높아졌다.

"예산을 몇백억 불씩 쓰면서도 저년이 어느 조직인 줄 몰라?"

모두의 시선이 여자에게로 옮겨졌다. 이 싸움은 본래 바그다드에서 마이클 로한, 즉 제임스 진 특공정찰대 상사가 탈레반 자금책 핫산의 사촌동생 카림과 아무디를 무지막지한 방법으로 죽인 것에서 시작되었다. 목을 부러뜨려 죽이는 그 장면이 유튜브에 떠서 수억 조회를 했고, 열을 받은 탈레반 지도부가 제임스 진을 찾아 나선 것이었다. 그리고 지금은 제임스 진, 즉 마이클 로한이 미국과 원수가 되어서 미국대사 부인을 데리고 있는 상황이다. 그때 방안으로 페네타의 비서가 들어섰다. 손에 핸드폰이 쥐어져 있었으므로 페네타의 어깨가 늘어졌다.

"대통령 각하이십니다."

비서가 핸드폰을 내밀며 말했다. 다른 사람 같으면 통화하실 것이냐고 묻기부터 했을 것이다. 방안에는 숨소리도 나지 않았고 곧 페네타가 핸드폰을 귀에 붙이더니 응답했다.

"예, 각하."

"용의자는 밝혀졌소?"

아담스 대통령이 대뜸 묻는 목소리를 테이블 끝 쪽에 앉아있던 마틴도 들었다.

"아직 아닙니다, 각하."

페네타가 숨을 고르고 나서 말을 이었다.

"탈레반이나 IS에서 시킨 것 같습니다."

"그런 대답은 나도 하겠소, 페네타 씨."

아담스의 목소리가 커졌다.

"이게 도대체 무슨 망신이오? 대사 부인이 납치당한 데에 이어서 이런……."

"죄송합니다, 각하."

"지금 안보회의를 시작할 테니 1시간 후에 이곳으로 오시오."

"예, 각하."

"그리고 페네타 씨."

아담스가 다시 숨을 고르더니 말했다.

"LA 교도소에서 살해당한 로사 진이 마이클 로한의 어머니고 마이클을 잡으려고 누명을 씌웠다는 제보를 워싱턴 포스트가 받았소. 오늘 저녁에 그 뉴스가 나갈 건데, 사실이 아니겠지요?"

"그, 그것은……."

"1시간 후에 봅시다."

그리고는 통화가 끊겼으므로 페네타가 핸드폰을 귀에서 떼었다.

"자료를."

페네타가 초점이 흐려진 눈으로 둘러앉은 4명의 부국장과 7명의 부국장보를 훑어보며 말했다.

"30분 안에 만들어 놓도록."

겨우 눈동자의 초점을 잡은 페네타가 한마디씩 또박또박 말했다.

"장담하는데, 나 혼자만 망하지는 않을 거야. 당신들 다 데리고 불구덩이로 뛰어들 테니까 같이 살려면 대통령께 그럴듯한 보고서를 만들어봐."

호흡을 가눈 페네타가 말을 이었다.

"로사 진의 일까지 다 밝혀졌어."

그때 직원 하나가 회의실로 뛰어 들어왔다. 눈을 치켜뜨고 있는 직원을 보자 페네타는 물론 간부들의 심장이 일제히 떨어졌다. 실제로 '첨벙' 소리가 들린 것 같았다. 다른 때 같으면 누가 '무슨 일이냐' 하고 물었을 텐데 아무도 묻지 않는다. 그때 직원이 페네타에게 보고했다.

"국장님, 대사 부인이 자카르타 서남방 120킬로미터 지점의 마을에서 조금 전에 연락해왔습니다."

그때 회의실에서 이번에는 숨 들이켜는 소리가 들렸다. 직원의 목소리가 다시 울렸다.

"예, 10분 전입니다. 현지요원이 마을의 경찰과 연락, 지금 부인을 경찰이 보호하고 있습니다."

"탈출한 거야?"

페네타의 목소리는 갈라져 있다. 표정도 아직 굳어 있지만 눈동자가 흔들렸다. 탈출이 현 상태에서 가장 바람직한 현상이다. 그러나 가능성은 제로, 그때 직원이 대답했다.

"범인이 풀어줬다고 합니다."

"……."

"부인이 대사한테도 전화했습니다."

그때 부국장 마틴이 엉덩이를 반쯤 들고 말했다.

"부인이 이쪽저쪽에다 전화하면 안 됩니다."

"서둘러."

페네타가 자리에서 일어서며 소리치듯 말했다.

"자, 마리안이 돌아왔다. 이것을 중심으로 보고 자료를 만들어!"

그 시간에 마리안이 핸드폰을 귀에 붙이고 소리쳐 물었다.

"페니? 나 마리안이야."

"마리안."

반가운 듯 여자 목소리가 높아졌다.

"거기 어디예요? 요즘 며칠간 통 연락이 안 되던데, 핸드폰은 불통이고……."

"페니, 나 납치당했다가 풀려났어."

"뭐라고요?"

페니는 자카르타 주재 뉴욕 타임스 기자다.

"좋아요, 마리안."

페니의 목소리가 굵고 차분해졌다.

"녹음할 테니까 말해요. 마리안, 시작해요."

"나 마이클 로한이란 CIA 집행관한테 납치당했어, 페니."

"말해요."

"마이클 로한은 전(前) 이라크 바그다드 파견군의 특수정찰대 소속 상사야, 지난번 유튜브에 3억 조회를 올렸던 '몬스터'지."

"계속해요, 마리안."

"그런데 내가 납치된 이유가 있어. CIA가 마이클 로한을 잡으려고 마이클의 어머니 로사 진을 마약 전달책 누명을 씌워서 LA 교도소에 감금시켰기 때문이지."

"잠깐, 그 로사 진이 LA 교도소에서 살해당한 그 여자인가요?"

"맞아, 그것은 탈레반의 지시를 받은 여자들의 소행이라고 발표되었지."

"그렇군요."

"그때는 내가 마이클에게 납치당한 후였는데 탈레반은 내가 마이클에게 보복 살해당하기를 기다린 것 같아."

"계속해요, 마리안."

"난 지금 자카르타 서남쪽 120킬로 지점인 코단 마을 경찰 파견대에서 전화하고 있어."

"왜 거기에?"

"마이클이 날 풀어준 거야."

"……."

"이번 대사관 폭발도 탈레반, IS 소행이야. 대사관이 폭발할 때 마이클은 나하고 같이 있었어."

"마리안, 대사관에 연락했어요?"

"지금 이쪽으로 오고 있는 중이야. 헬기로 온다니까 곧 도착할 거야, 페니."

"마리안, 나한테 말하고 싶은 이야기는?"

"CIA의 무리한 작전 때문에 이런 일이 발생한 거야. 내가 대사관에 들어가면 내 입을 막을 테니까 페니가 먼저 이 이야기를 터뜨려줘, CIA가 더 이상 은폐하지 못하도록 말이야."

"알았어요, 마리안. 지금 당장 이 내용을 본사로 보낼 테니까 걱정 마요."

"그럼 자카르타에서 봐."

"그래요, 마리안."

통화를 끝낸 마리안이 어깨를 늘어뜨리면서 앞에선 경찰관을 보았다.

"고마워요."

마리안이 핸드폰을 내밀며 말하자 인도네시아 경찰은 검은 얼굴을 펴고 웃었다.

"5분쯤 후면 대사관에서 보낸 헬기가 뒤쪽 마당에 도착한다고 했습니다, 부인."

"고맙습니다."

그때였다. 마리안은 눈앞에 하얀 섬광이 번쩍이면서 몸이 둥실 떠오르는 것을 느꼈다. 몸이 가볍다. 다음 순간 귀가 먹먹해지더니 의식이

툭 끊겼다. 순식간에 벌어진 일이다. 폭발이다. 코단 마을의 안쪽에 위치한 경찰대 파견소는 대폭발을 일으켜 단층 건물이 흔적도 없이 사라졌다. 잔해는 사방 5백여 미터로 퍼져 나갔기 때문에 폭사자도 불분명했다.

"저기 있군."

최철산이 손으로 가리켰지만 마이클은 먼저 보았다. 오후 7시 무렵, 둘은 숲속에 엎드려 아래쪽 해변을 내려다보는 중이다. 석양이 수평선을 붉게 물들였고 바다는 붉은 물감을 뿌려 놓은 것 같다. 마이클이 눈을 좁혀 뜨고 바닷가에 정박한 요트를 보았다. 직선거리는 1백50미터 정도, 요트는 마리안이 말한 것보다 더 컸다. 길이가 35미터, 폭은 5미터쯤 되었고 마스트가 2개, 뒤쪽에 모터는 3개쯤 부착된 것 같다. 갑판 위로 선실 창이 4개, 3층 구조로 수면 위로 뜬 높이는 4.5미터, 저 배는 대양(大洋) 항해도 가능하다.

"크다."

옆에 엎드린 최철산이 감탄했다.

"저 배면 조선까지 가겠다."

"어디?"

마이클이 묻자 최철산이 외면하고 대답했다.

"북조선."

"거기, 수백만이 굶어 죽었다면서?" "누가 그래?"

"넌 신문도 뉴스도 안 보냐?"

"다 거짓말이다. 미국 놈들이 퍼뜨린 거짓말이야."

"왜 눈을 부릅뜨고 지랄이야? 이 자식, 화를 내는 걸 보니까 정말인 것 같군.”

“닥쳐, 이 자식아!”

“미친놈, 저 배로 어디를 간다고?”

어깨를 부풀린 최철산이 입을 다물었으므로 마이클이 시선을 돌려 위쪽의 별장을 보았다. 붉은 벽돌과 유리로 지은 2층 대저택이다. 앞마당에는 흰 타일을 깐 수영장이 만들어졌고 정원에는 분수가 뿜어져 나온다. 잔디밭 위에 사내 하나가 서 있었는데 손에 소총을 들었다. 경비병이다. 저택이 불이 다 켜져 있는 것이 주인이 들어와 있는 것 같다.

“빈 별장이 아닌 것 같다.”

옆쪽 주차장에 밴과 승용차까지 차량 4대가 주차되었고 그쪽에도 경호원이 있다. 혼잣소리처럼 말한 마이클이 최철산을 보았다.

“외무장관이 와 있는 모양이야.”

“그놈을 잡아가야겠군.”

최철산이 바로 대답했다. 과연 작전통이다. 임기응변과 순발력이 뛰어났다. 같은 생각이었으므로 마이클이 머리를 끄덕였다.

“저 배를 움직이려면 선장, 기관사, 항해사 셋은 필요해.”

“다 있을 거야, 저기 봐.”최철산이 손으로 요트를 가리켰다. 막 불을 켠 요트 갑판 위로 사내 하나가 걸어가고 있다. 2층 앞쪽 조타실 안에도 사내 하나가 어른거리고 있는 것이 보였다. 마이클이 물었다.

“외무장관 얀센이 저놈을 타고 바다로 나갈까?”

“그런다면야 더 바랄 게 없지.”

쓴웃음을 지은 최철산이 들고 있던 AK-47의 탄창을 손바닥으로 툭 쳤다.

“총탄도 줄이고 말이야.”

313

"얀센을 잡아서 태우고 나머지는 다 죽이는 수밖에 없군."

"할 수 없지. 하나 죽이나 열 놈 죽이나 마찬가지야, 하나라도 살리면 우리가 탄로 나."

이미 목적지는 싱가포르 앞쪽을 지나 동남아로 정해진 상태다. 베트남이나 미얀마를 통과해서 중국으로 들어가는 계획이다. 손목시계를 본 최철산이 마이클을 보았다.

"미국식 공격은 어떻게 하는 거냐?"

"닥치고 있어."

"상사가 중령을 지휘하는 셈이군. 이번 작전은 나한테 맡기는 게 어때?"

"네 작전을 듣자." 그러자 최철산이 손으로 요트를 가리켰다.

"먼저 요트부터 장악해야 돼. 저놈이 도망치면 헛일이 된다."

최철산이 다시 저택을 가리켰다.

"저택 경비가 서너 명 된다. 저택은 네가 맡는 것이 낫겠다, 상사."

"동시에 시작해야 돼."

"그렇지, 상사."

쓴웃음을 지은 최철산이 말을 이었다.

"넌 쏴 죽이고 얀센만 잡으면 되지만 난 살려 잡아야 돼."

"내가 엔진은 좀 아니까 선장 하나만 살려 잡아도 돼, 중령."

몸을 일으킨 마이클이 AK-47의 탄창을 확인했다.

"빌어먹을, 오늘은 많이 죽이겠군."

그때 최철산이 저택을 보면서 말했다.

"잠깐 저택에서 누가 나온다."

과연 저택 현관을 나온 두 남녀가 보였다. 그리고 그 뒤를 경호원으로 보이는 사내 하나가 따른다.

"옳지."

마이클이 어깨를 늘어뜨리며 말했다.

"대살육은 피할 수 있게 되었군. 저놈이 하인들을 살렸다."

"조몽, 산타모 섬까지 간다."

난간까지 마중 나온 선장에게 얀센이 지시했다. 얀센은 57세, 자카르타에 호텔 2개, 발리에 6개를 소유하고 있는 데다 해운회사의 대주주다. 인도네시아 10대 갑부 중의 하나인 것이다. 대통령 수하르트의 친구로 외무장관을 5년째 맡고 있는 터라 특별한 일이 없으면 별장에서 논다. 별장이 이곳만 있는 것이 아니다. 발리, 칼리만탄, 싱가포르에도 있다. 배에 오른 얀센이 미치코를 보았다.

"산타모에서 사흘만 지내고 돌아오지."

"일 년 만에 산타모를 가는군요."

미치코가 흰 이를 드러내고 웃었다.

"좋아요. 이 배를 타는 것도 일 년이 되었네."

갑판에 오른 둘은 선수에 놓인 의자에 앉았다. 이제 어둠이 덮이면서 수평선에 붉은 기운만 조금 떠 있다. 그러나 서늘한 바람이 불면서 수평선 위로 드문드문 불빛이 드러났다.

"아름다워요."

두 다리를 쭉 뻗고 앉은 미치코가 탄성을 뱉었다. 28세, 도쿄에서 CF 모델을 하다가 얀센의 눈에 띄어 정부가 된 지 1년이 조금 넘었다. 얀센은 미치코에게 도쿄의 아파트 한 채를 사주고 나서 매월 5만 불씩을 보내준 것이다. 대신 얀센이 부르면 언제든지 온다는 조건이다. 배가 가

315

볍게 흔들리더니 선미 쪽이 부두에서 떨어지기 시작했다.

"여보, LA에는 언제 오실 거죠?"

미치코가 묻자 얀센이 둥근 얼굴을 펴고 웃었다.

"너, 서두는 것 보니까 또 돈이 필요한 모양이구나?"

"아녜요."

눈을 흘긴 미치코의 모습이 요염했다. 미치코는 다음 달부터 LA에서 영화 촬영이 있다. 이번이 두 번째 영화였는데 지난번 영화는 관객이 1만 명도 안 되어서 실패했다.

"다음 달 25일에 제작자 주최로 파티가 있어요. 그때 당신이 와주면 안 돼요?"

"내가?"

정색한 얀센이 미치코를 보았다.

"내가 왜?"

"내 스폰서로 얼굴을 보여주면 좋을 텐데요, 여보."

"……."

"미국인 제작자의 거만한 콧대도 꺾어주고, 감독이 좋아할 거예요, 여보."

"안 돼, 미치코."

쓴웃음을 지은 얀센이 지그시 미치코를 보았다.

"넌 아직 어려, 미치코."

"난 스물여덟이에요, 여보. 이제 한물간 모델이라고요."

미치코가 울상이 되었다. 청순가련형이어서 울상이 되면 보는 사람들의 가슴이 서늘해진다. 얀센도 이 모습에 반해서 미치코의 기획사에서부터 매니저에게까지 돈을 쏟아붓고 나서 소원을 이루었던 것이다.

그러나 얀센이 머리를 저었다.

"내가 네 스폰서라는 게 드러나면 곤란해져, 미치코."

"여기 고급관리나 부자들은 여자를 셋씩 넷씩 데리고 산다면서요?"

"난 다르다, 미치코."

어느덧 배는 대양으로 나아가고 있어서 주위는 이제 검은 바다가 펼쳐져 있다. 그때 선장 조몽이 다가와 얀센에게 말했다.

"각하, 저녁 식사 준비가 되었습니다."

"어, 그래."

머리를 끄덕인 얀센이 손목시계를 보았다. 오후 9시가 되어가고 있다. 자리에서 일어선 얀센이 미치코의 손을 잡아 일으켰다.

"미치코, 내가 나타나지 않아도 네가 무시당하지 않을 방법이 있을 거다."1층 식당으로 다가가면서 얀센이 말을 이었다.

"그건 나한테 맡겨, 미치코."

앞장선 얀센이 1층 안으로 들어선 순간이다.

"억!"

신음 소리와 함께 앞에 서 있던 선원 하나가 앞으로 넘어졌다. 배 안은 TV 소음이 커서 다른 소리는 들리지 않았다. 그때 얀센은 앞에 서 있는 사내를 보았다. 사내의 손에는 소음기가 끼워진 권총이 들려 있었는데 총구가 얀센에게 겨눠져 있다.

"안으로 들어와, 장관."

사내가 유창한 영어로 말하더니 뒤에선 미치코를 힐끗 보았다.

"너도."

그러고는 권총으로 주위를 가리켰다.

"안에 있는 놈은 다 죽었다, 선장만 빼고."

배 안에 타고 있던 선원은 다섯, 선장과 항해사, 기관장, 주방장과 조수다. 마이클과 최철산은 대항하던 기관장과 주방장, 조수를 사살했기 때문에 배 안에는 선장과 항해사 둘이 남아있다. 최철산이 항해사와 선장을 데리고 조타실로 들어갔으므로 식당에는 마이클이 얀센과 미치코를 잡고 있다. 얀센과 미치코는 식당 벽 쪽에 붙인 의자에 나란히 앉아 있었는데 앞에 주방장의 시체가 놓여 있다. 무모하게 식칼을 쥐고 덤비다가 총탄에 머리가 부서져서 흰 뇌수가 터져 나온 끔찍한 시체다. 배는 이제 속력을 내며 달려가고 있다. 그때 얀센이 입을 열었다.

"돈을 내지, 얼마를 내면 돼?"

얀센의 목소리가 떨렸고 치켜뜬 눈은 흐려져 있다. 앞쪽 식탁에 앉은 마이클이 총구를 겨눈 채 시선만 주었다. 배가 흔들리면서 바닥에 쏟아진 시체의 뇌수가 흘러내렸다. 그것을 본 미치코가 구역질을 했다. 얀센이 말을 이었다.

"1백만 불까지는 낼 수 있어. 구좌만 알려주면 바로 입금시킬 테니까."

"……."

"1백30만 불을 내지, 그게 내가 가진 현금의 전부야."

그때 마이클이 겨누고 있던 베레타가 발사되었다.

"퍽!"

소음기를 끼웠지만 둔탁한 발사음과 함께 얀센 머리 위에 걸려있던 액자가 박살이 나면서 유리가 쏟아져 내렸다. 머리 위로 유리 조각이 쏟아지자 질색을 한 얀센이 비켜 앉았다. 그 서슬에 미치코가 밀려 옆으로 쓰러졌다. 권총의 총구가 다시 얀센의 머리로 향했다.

"아니, 내가 회사 자금을 끌어서 2백만 불까지는 내지. 그 이상은 불

가능해!"

얀센이 두 손을 휘저으며 말했다. 어느덧 살찐 얼굴에 땀이 돋아나 있다.

"내 재산은 동결된 상태라 이사회의 승인을 받아야 돼! 시간이 걸려!"

그때 다시 총탄이 발사되었다.

"퍽!"

이번에는 총탄이 얀센의 얼굴 옆쪽에 맞아 선실 판자 파편이 볼을 때렸다.

"으악!"

제 얼굴에 총탄이 맞은 줄 알고 두 손으로 얼굴을 감싼 얀센이 비명을 질렀다.

"좋아! 다 내겠어! 내 비자금 5백만 불을 더 내지! 그럼 됐나?"

얀센이 울부짖었다. 그 순간 마이클이 머리를 돌려 TV를 보았다. 그러고는 얀센을 향해 손가락을 세워 입술에 붙였다. 조용히 하라는 표시다. 그러고는 마이클이 TV를 응시했다. 얀센과 미치코의 시선도 TV로 옮겨졌다. 그때 화면에 나타난 서양인 여자가 말했다.

"이번 자카르타 서남방 120킬로 지점 마을의 대폭발로 납치되었던 자카르타 주재 미국 대사 부인 마리안이 폭사했습니다. 당국은 조사 중이라고 하지만 마리안의 시신을 비밀리에 인수해간 것이 확인되었습니다."

여자는 흥분한 상태다. 방송은 NYT의 현지 생방송, 지금 말하고 있는 여자가 NYT의 특파원이라고 자막에 쓰여 있다. 그때 여기자가 말을 이었다.

"마리안은 폭사당하기 직전에 저한테 납치당한 내막을 알려주었고 대사관 폭발이 누구 소행이라는 것까지 다 밝혔습니다. 지금부터 여러분은 마리안의 육성 녹음을 듣는 것입니다."

그때 마이클이 소리쳤다.

"최 중령!"

목소리가 컸으므로 바로 이층 계단 위에서 최철산의 상반신이 드러났다.

"왜 그래?"

"그놈들 데리고 이리 내려와 봐!"

"알았어!"

그러더니 최철산이 바로 선장과 항해사를 앞세워 내려왔다. 최철산이 권총을 겨눈 채로 다가왔다가 곧 TV를 보고는 입을 다물었다. 상황을 짐작한 것이다. '페니'가 말을 이었다.

"자 들으세요."

그 순간 마리안의 목소리가 방안을 울렸다.

"난 마이클 로한이란 CIA 집행관에게 납치당했어, 페니."

"말해요."

"마이클 로한은 전(前) 이라크 바그다드 특수정찰대 소속 상사야, 지난번 유튜브에 3억 조회를 올린 '몬스터'지."

"계속해요, 마리안."

"그런데 내가 납치된 이유가 있어. CIA가 마이클 로한을 잡으려고 마이클 어머니, 로사 진을 마약 전달책 누명을 씌워서 LA교도소에 감금시켰기 때문이지."

이제 요트 안의 생존자 4명과 납치자 둘은 TV를 응시하고 있다. 다시 말이 이어졌다.

　TV에서 시선을 뗀 헨리 아담스 대통령이 국토안보부장관 찰스 벤슨을 보았다.

　"의회에서 달려들기 전에 진상을 규명해 놔요, 벤슨 씨."

　벤슨은 시선만 주었고 아담스의 말이 이어졌다.

　"FBI 국장한테 적극 협조하라고 할 테니까 이 사건에 연루된 자는 지위고하를 막론하고 수사해요."

　"알겠습니다, 각하."

　마침내 벤슨이 굳은 목소리로 대답하자 아담스의 시선이 안보보좌관 존 카터에게로 옮겨졌다.

　"카터, 당신이 벤슨을 도와요, 무슨 일이건 즉시 처리할 수 있도록 하란 말이오."

　"예, 각하."

　이제 벤슨은 미국에서 가장 강한 사내가 되었다. 벤슨과 카터가 서둘러 방을 나갔을 때 아담스가 비서실장 피터 요한슨을 보았다.

　"피터, CIA가 마리안을 죽여 입을 막은 것이지?"

　"그럴 가능성이 큽니다."

　요한슨이 조심스럽게 대답하자 아담스의 눈빛이 강해졌다.

　"피터, 피곤하지?"

　"예? 무슨 말씀이신지?"

　"자네도 페네타하고 친하지?"

　"아, 아닙니다."

　당황한 요한슨의 얼굴이 굳어졌다.

"조금 전 페네타 전화를 받았나?"

"각하, 그, 그런 일이······."

"받았나 안 받았나, 그 대답만 해. 어차피 벤슨과 카터가 CIA의 모든 행적을 조사할 테니까."

"조, 조금 전에 전화가 왔었습니다. 각하께서 부르시면 오겠다고······."

"피터, 자네가 피곤한 것 같네."

아담스의 시선이 구석 자리에 석상처럼 앉아있는 전속 비서 프랭크 이스트우드에게로 옮겨졌다.

"비서실장실로 같이 가서 사표 받아."

"예, 각하."

아담스가 눈을 치켜뜨고는 버튼을 눌렀다. 그러자 곧 비서의 응답이 들렸다.

"예, 각하."

"인사보좌관 쿠크를 불러."

"예, 각하."

그때 요한슨이 자리에서 일어섰다. 얼굴이 누렇게 굳어 있다.

"각하, 그럼 가겠습니다."

"마리안 사건으로 비서실장이 제일착으로 해임을 당하는구먼."

눈을 치켜뜬 아담스가 말을 이었다.

"부디 페네타 무리에 크게 연루되지 않았기를 바라네, 피터."

"그런 일 없습니다, 각하."

"지금 즉시 자네 해임을 발표할 거야. 페네타와의 연루 가능성만으로 해임시키는 것으로 할 테니까."

"알고 있습니다, 각하."

"이것으로 페네타가 긴장하겠지. 그러고 나서 CIA 내부에 자중지란이 일어날 거야. 기밀을 은폐하려고 해도 반대 세력이 주시할 테니까 말이야."

"잘하신 겁니다, 각하."

"연루된 사실이 없으면 명예를 회복시켜 주겠네."

"감사합니다, 각하."

그때 문에서 노크 소리가 들리더니 인사보좌관 유진 쿠크가 들어섰다.

"각하, 부르셨습니까?"

"그래, 비서실장 사표를 받고 즉시 발표해."

"예?"

놀란 쿠크가 옆에 서 있는 요한슨을 보았다. 아담스가 말을 이었다.

"이번 CIA 페네타하고 연루된 혐의야, 그렇게 발표해."

"예?"

쿠크의 눈이 둥그레지자 아담스가 의자에 등을 붙이면서 말했다.

"그렇게만 발표해, 자세한 이야기는 비서실장 따라간 프랭크한테서 듣고."

"예, 각하."

"나가 봐, 지금 즉시 발표하도록."

"예, 각하."

인사보좌관 쿠크는 예, 소리만 네 번 하고 대통령실을 나왔다. 방에 혼자 남았을 때 아담스는 직통전화로 FBI 국장 오디 커튼을 불렀다.

"예, 각하."

기다리고 있었다는 듯이 커튼이 전화를 받았을 때 아담스가 백악관의 현재 상황을 간단히 설명해준 다음 말했다.

"곧 벤슨하고 카터가 FBI 협조를 요구하고 CIA 감사에 착수할 거요, 오디."

"예, 각하."

아담스가 말을 이었다.

"될 수 있는 한 빨리 끝내야겠어, 오디."

"무슨 일입니까?" 이수철이 물었지만 고성준은 먼저 방안부터 둘러보았다. 오후 8시 반, 홍콩 지엔사쥐의 골동품가게 창고 안, 창고의 앞뒷문을 활짝 열어놓아서 온갖 냄새를 품은 바람이 훑고 지나갔다. 고성준이 낡은 철제 의자를 당겨 앉더니 이수철을 보았다.

"연락 안 받으셨지요?"

"무슨 연락요?"

뻔히 알고 있었지만 이수철이 되물었다. 지난번 만나고 처음이다. 그동안 마이클과 최철산이 한 팀이 된 것은 알았지만 둘의 활약은 TV를 통해서 대충 추측할 뿐이다. 연락이 없을 뿐만 아니라 미묘한 관계가 된 미국 측으로부터도 어떤 말을 받은 적이 없었기 때문이다. 공식적으로 마이클과 관련된 정보를 받을 이유도 없는 것이다. 그때 입맛을 다신 고성준이 입을 열었다.

"대사관 폭발에 마이클과 관계가 없다는 마리안의 증언이 방송되면서 미국이 뒤집혔소, 인과응보요."

이수철이 머리만 끄덕였다. 그래서 지금 홍콩의 CIA도 멘붕 상태다. 정보원 이야기를 들으면 책임자급은 싹 종적을 감췄다고 했다. 통화도 안 되고 만나기로 한 장소에 나타나지도 않는다는 것이다. 백악관 비서실장이 CIA와 유착되었다는 혐의만으로 해임된 상황인 것이다. 그것은 CIA에 대한 대통령의 선전포고란 것을 세계가 안다. 이제 CIA 내부에서 이번 마리안 사건의 세력에 대한 반대세력의 공격이 시작될 것이다. 대통령이 선수를 쳤다. 그때 고성준이 목소리를 낮추고 말했다.

"우리가 연락을 받았소."

놀란 이수철이 숨을 들이켰을 때 고성준이 말을 이었다.

"저기, 최 중좌한테서 말이오."

"어, 어디서 말이오? 그리고 같이 있습니까?"

마침내 이수철이 서두르듯 묻자 고성준은 심호흡부터 했다.

"도청 때문에 말 못 하겠소."

고성준이 눈으로 천장을 가리켰다.

"그게 밝혀지면 우리 사업이 위험해져서 말이오."

"그렇군요."

"하지만 동남아에는 우리 연락망이 쫙 깔려 있어서……."

"그러시겠지요."

마약 연락망이다. 배와 바닷가 원주민, 그리고 소매상에까지 펼쳐진 마약 조직은 그대로 정보원이 되는 것이다. 고성준이 굳은 얼굴로 이수철을 보았다. 오늘 만남은 고성준이 요구해서 성사되었다. 그것도 도청과 감시카메라, 위성 촬영까지 피하느라고 약속 시간보다 30분이나 늦게 나왔다.

"이번 미국 대사관을 폭발시킨 것은 알 카에다의 잔당이오, 최 중좌가 말해주었소."

"최 중좌가 말이오?"

이수철이 목소리를 낮추고 물었다. 사건 발생 12시간이 지났을 때부터 CNN 등 미국 방송은 전 세계를 상대로 대사관 폭발사건의 용의자 사진을 방영했던 것이다. 용의자는 미모의 혼혈녀. 대사관 경비대 면회소에 들어왔을 때부터 본관 안의 복도에 서 있는 장면, 정원을 가로질러 가는 장면 등이 다 방영되었고 얼굴도 10여 번이나 클로즈업되어서 비쳤다. 여자의 미모는 금방 세계적인 관심거리가 되었고 '면회녀' 사이트도 생겨났다. 인터넷에서는 초일류 국가인 한국에서 생겨났는데 회원 수가 금방 15만이 되었다. 그러나 여자의 정체는 알 수가 없다. 알 카에다인지 탈레반인지 또는 IS 테러 조직 소속인지 밝혀지지가 않았던 것이다. 그런데 고성준이 알 카에다라고 단정을 지으니 이수철은 긴장할 수밖에 없다. 그때 고성준이 번들거리는 눈으로 이수철을 보았다.

"이 동무가, 아니 한국 국정원에서 우리를 CIA와 연결시켜 주시면 좋겠소."

"CIA하고 만나서 어쩌려는 거요?"

"이 기회에 탈레반 등 테러 조직과의 인연을 끊으려는 것이오."

"미국 측이 믿을까? 더구나 CIA는 지금 난리인데."

"그 '면회녀'에 대한 정보를 우리가 갖고 있다고 하시오."

"그 근거라도 대봐요, 우리를 쓸데없이 이용하지 말고."

"우리가 리비아에서 그 여자를 훈련시킨 필름이 있소, 최 중좌가 훈련 책임자였소."

숨을 들이켠 이수철이 고성준을 보았다.

"정말요?"

"그렇소. 그 여자의 본명, 가족, 인적사항이 담긴 파일까지 다 갖고 있소."

　그러면 상황이 다시 뒤집혀진다. 다시 미국과 손을 잡게 되는가? 북한과 함께?

<2권에 계속>